미덕의 불운

미덕의 불운
Les infortunes de la vertu

싸드 장편소설 이형식 옮김

LES INFORTUNES DE LA VERTU
by MARQUIS DE SADE (1787)

일러두기
1. 번역 대본으로는 갈리마르 출판사의 1979년 판을 사용하였습니다.
2. 모든 외래어는 한글 음운 체계가 허락하는 한 현지음에 가깝도록 표기하였습니다(영어는 제외).
3. 고대 그리스어는 에라스무스의 발음 체계를, 라틴어는 고전 라틴어 발음 규범(기원 1세기 전후의 발음으로 유추되는)을 따랐습니다.
4. 복합어의 경우, 원래의 형태를 드러내기 위하여 연음시켜 표기하지 않았으며, 단어와 단어를 연결하는 선(-) 또한 살렸습니다. 그 선의 유무에 따라 의미가 달라지기 때문입니다.
5. 〈f〉 음은 한글 음운 체계에 존재하지 않으므로 혼동 여지의 유무, 인접한 철자와의 관련, 관행 등을 고려하여 〈ㅍ〉이나 〈ㅎ〉으로 표기하였습니다(〈ph〉, 〈th〉 등도 같은 경우입니다).
6. 이중 모음을 살려 표기하였습니다(쟝, 쟈끄, 쟈베르 등).
7. 특정 교단에서 사용하는 어휘들(수단, 가톨릭, 그리스도, 모세 등)은 원래의 어형이나 발음대로 적었습니다(소따나, 카톨릭, 크리스토스, 모쉐 등).
8. 우리말은 실제 통용되는 단어들을 위주로 사용하였습니다. 국립국어연구원의 〈표준국어대사전〉에서 〈……의 잘못〉 혹은 〈……의 북한어〉라고 한 언급들은 따르지 않았습니다.

이 책은 실로 꿰매어 제본하는 정통적인 사철 방식으로 만들어졌습니다.
사철 방식으로 제본된 책은 오랫동안 보관해도 손상되지 않습니다.

미덕의 불운

7

역자 해설
보라, 그대의 이 대견스러운 작품의 꼴을!

225

싸드 연보

233

철학의 승리는, 섭리가 인간과 관련하여 스스로에게 설정한 궁극적 목표에 이르기 위한 길을 덮고 있는 어두움 위에 빛을 던져 주는 데 있을 것이며, 또한 폭군적으로 마구 이끌어 가는 그 존재의 변덕에 끊임없이 시달리는 가련한 이 두 발 달린 개체로 하여금 그를 짓누르고 있는 섭리의 명령을 해석하는 방법과, 20여 개의 서로 다른 이름을 부여하면서도 아직 아무도 그 실체를 정의조차 내리지 못하고 있는, 숙명이라는 존재의 괴이한 변덕을 예견하기 위해 취해야 할 길을 알게끔 해주는, 몇 가지 행동 방안을 개략적으로 제시해 주는 데 있을 것이다.

왜냐하면, 우리의 사회적 규범에 입각하고, 또 교육이 우리들에게 주입한 그 규범에 대한 맹목적 추종을 고집만 하다가 만일, 불행하게도 다른 사람들의 사악함으로 인하여 사특한 무리들이 장미꽃을 거두는 동안 우리들은 언제나 가시덤불만을 만나게 되는 일이 도래한다면, 그러한 서글픈 상황이 제공하는 사념들을 초월할 만큼 확실한 미덕의 기저를 갖추지 못한 사람들이, 급류에 스스로를 내맡김이 항거함보다 나으리라 은밀히 생각하거나, 혹은 미덕이 아무리 아름답다 하더라도 그것이 더 이상 악덕에 대항할 수 없을 만큼 쇠약해졌을 때에는, 미덕을 취함만큼 불리한 일이 없으며, 완전히 부패해 버린 세기에서는 다른 사람들처럼 행동함이 가장 안전하다고 생각하는 일이 생기지 않겠는가? 어떤 의미에서는 배운 바가 좀 더 많아서, 또 얻은 지혜를 악용하여, 『쟈디그』에 출현하는 천사 제라드[1]가 말한 것처럼, 한 가지 선이라도 낳지 않는 악은 절대 없노라고 말하지 않겠는가? 또한 그 말에 자신들의 생각을 덧붙여, 우리의 사악한 세상이 가지고 있는 불완전한 제도 속에는 선의 총화만큼 악의 총화가 존재하는지라, 균형 유지를 위해서는 악인의 수만큼 선한 자도 있어야 하며, 나아가 그러한 논리에 입각하여 말하기를, 전반적인 차원에서 본다면 각자가 스스로 택하여 불행이 미덕에게 박해를 가하고, 번영이 거의 항상 악덕과 함께하더라도, 그러한 사실이 자연의 눈에는 하등의 다름이 없을진대, 시들어 죽어 가는 덕 있는 사람들보다는 번영을 구가하는 악인들의 축에 끼는 것이 훨씬 나으리라 생각하지 않겠는가? 따라서 철학이 가지고 있는 그러한 유형의 궤변을 경계함은 지극히 중요한 일이며, 아직 일말의 선한 원칙을 간직하고 있는 부패한 영혼에게 제시된 불운한 미덕의 예들이, 미덕의 길에 주어진 그 어떠한 찬연한 훈장이나 가장 기분 좋은 보

---

[1] 볼떼르의 소설 『쟈디그Zadig』의 〈은자(隱者)〉 편에 등장하는, 노인의 형상을 띤 천사이다.

상보다도 오히려 더 확실하게 그 썩은 영혼을 선의 길로 인도해 줄 수 있다는 사실을 보여 줌은 절대 불가결한 일이다. 최선을 다하여 미덕을 고수하는 착하고 마음씨 고운 여인을 짓누르는 숱한 불행과, 또 한편 평생 동안 미덕을 경멸해 온 여인이 누리는 찬란한 행운을 동시에 묘사해야 된다는 것은, 의심할 나위 없이 잔혹한 일이다. 그러나 그 두 화폭에서 단 하나의 선이라도 태어날 수 있다고 한다면, 그러한 그림을 대중에게 제공한 행위를 구태여 나무랄 수 있겠는가? 여기에 이야기된 사실에서, 어떤 현명한 사람이 있어, 섭리의 명령에 복종할 수밖에 없다는 유익한 교훈과, 그 섭리가 감추고 있는 가장 은밀한 불가사의의 한 부분, 그리고 우리들로 하여금 의무를 저버리지 않도록 하기 위하여 하늘은 자신들의 의무를 가장 충실히 이행한 사람들에게 오히려 우리가 보는 앞에서 엄청난 시련을 가하는 경우가 흔히 있다는, 숙명적 경고 등을 성공적으로 읽어 내는 경우가 있을진대, 그러한 이야기를 쓴 것에 대해 추호의 후회나마 품을 수 있겠는가?

이상이 나의 손에 펜을 쥐여 준 몇 가지 소회이며, 가엾고 구슬픈 쥐스띤느의 불운에 독자 제위께서 관심 어린 주의를 베풀어 주기를 요청함은 독자 제위에 대한 신뢰에 의지해서이다.[2]

---

2 작품의 서문에 해당하는 이 부분의 문장이 기이하리만큼 길고 내용 역시 복잡하게 얽혀 있는데, 싸드의 다른 작품에서 흔히 찾아볼 수 있는 현상이다. 현대 프랑스어의 관점에서 볼 때 그대로 수용할 수 없는 부분도 있기는 하나, 원문의 호흡을 살린다는 취지에서 가능한 한 끊어서 번역하지 않았다. 독자 제위의 양해를 바란다. 본격적인 소설의 전개가 시작되는 다음 부

로르상주 백작 부인은 베누스를 섬기는 사랑의 여사제로서, 그녀의 재산은 고혹적인 용모, 무수한 비행 그리고 속임수의 산물이었고, 그녀가 가지고 있는 작위들은 비록 제아무리 거창해 보일지라도 퀴테라 섬[3]의 고문서 보관소 이외에서는 찾아볼 수 없을 것들로서, 그 작위를 받아들이는 사람의 주책없는 생각에 의해 억지로 두드려 만들어졌고, 그것을 주는 사람의 멍청한 고지식함에 의해 유지되었다. 그녀는 갈색 머리에 지극히 생기 넘치며 아름다운 몸매와 황홀한 빛을 발하는 까만 눈을 가졌을 뿐만 아니라, 반짝이는 기지에다 특히 관례를 아예 무시하여, 그것이 남자의 정염(情炎)에 자극을 가하였고, 그러한 특징을 눈치챈 사람들은 더욱더 열심히 그녀를 갈구하게 되었다. 그러나 그녀가 받은 교육은 비할 데 없이 호사스러운 것이었다. 쌩-오노레 가에 사는 거상의 딸로서, 그녀는 세 살 아래인 동생과 함께 빠리에서 가장 훌륭하다는 수녀원에서 자랐으며, 열다섯 살이 되던 해까지 그 어떤 훈도나 스승, 좋은 책, 재능 있는 사람들도 원하는 대로 제공받았다. 그러나 한 소녀의 정숙함에 치명적인 영향을 줄 수 있는 그 무렵, 모든 것이 단 하루 사이에 그녀를 떠나 버렸다. 끔찍한 파산으로 인하여 그녀의 아버지는 혹독한 처지

분부터는, 작가의 호흡이 손상되지 않는 한도 내에서 끊어 번역한다.

[3] Kythera. 이오니아 군도의 섬들 중 가장 남쪽에 있는 섬으로, 서양 문예와 기타 예술에서는 목가적 사랑과 관능적 쾌락을 상징한다. 또한 〈아프로디테의 섬〉이라고 불리기도 한다. 앙뚜완느 바또(1684~1721)가 그린 「퀴테라 섬으로의 출항」이라는 그림으로 인해 더욱 유명해졌다. 즉, 매춘으로 얻은 작위였다는 말이다.

로 굴러떨어졌고, 자신에게 닥쳐올 험악한 운명을 피하기 위하여 딸들을 부인에게 맡긴 채 서둘러 잉글랜드로 피신할 수밖에 없었는데, 부인은 남편이 떠난 지 일주일 후 상심 끝에 세상을 등지고 말았다. 고작 한두 사람 남아 있던 친척들이 두 계집아이의 처리 문제를 의논하고, 또 각자에게 돌아갈 유산이 1백 에뀌[4]쯤 된다는 것을 확인한 후, 제 몫을 주어 각기 마음 내키는 대로 떠나도록 내버려 두자는 결정을 내렸다. 당시 쥘리에뜨라고 불리던 로르상주 부인은 그 성격이나 기지가 벌써 30대 여인 같았고, 따라서 그녀를 묶어 두고 있던 사슬을 순식간에 끊어 버린 잔혹한 운명의 전도에는 아랑곳하지 않고, 오직 자유롭게 되었다는 기쁨에만 취해 있는 듯하였다. 그때 겨우 열두 살이었던 동생 쥐스띤느는 침울하고 항상 우수에 잠긴 성격으로, 언니가 가지고 있던 기교나 술책 대신, 훗날 그녀를 숱한 덫에 걸려들게 한 순박함과 천진난만함 그리고 타인에 대한 신뢰를 가지고 있었으며, 보기 드문 자상함과 감성의 소유자여서, 문득 자신이 놓이게 된 처지의 혹독함을 뼈저리게 느끼고 있었다. 그녀의 용모는 쥘리에뜨의 모습과는 판이하게 달랐다. 쥘리에뜨의 생김새에서는 꾸밈과 잔꾀 그리고 교태가 두드러진 반면, 쥐스띤느에게서 풍기는 정숙함, 섬세함 그리고 수줍음 앞에서는 그 누구도 찬탄을 금치 못하였다. 처녀의 순결한 기색, 호의로 가

---

4 écu. 〈방패〉라는 뜻을 가진 프랑스의 옛 주화이다. 1336년 처음 주조될 당시에는 금화였으나, 훗날 은화(écu blanc, 백색 방패)로 바뀌었다. 대혁명 이후에는 5프랑(리브르) 은화를 가리키기도 하였다.

득 찬 크고 푸른 눈, 눈부신 피부, 가냘파 날아오를 듯한 몸매, 듣는 이의 폐부를 찌를 듯 감동적인 음성, 상아 같은 치아, 아름다운 금발 등, 이상이 그 매력적인 동생의 윤곽이며, 그 속에 깃들어 있는 천진스러운 우아함과 감미로운 모습은 너무나 섬세하고 정교한 솜씨의 산물인지라, 그 어떠한 화가의 붓으로도 재현할 수 없을 것이다.

그녀들에게 남은 1백 에뀌씩을 가지고 각자 좋을 대로 향배를 정하라고 하며 수녀원 측은 스물네 시간 안에 그곳을 떠나라는 시한을 정하였다. 쥐스띤느가 눈물을 흘리자, 그녀의 후견인이 되었다는 황홀한 기분에 사로잡혀 있던 쥘리에뜨는, 잠시 동생을 달래 보다가 여의치 않음을 깨닫자, 위로는커녕 꾸지람을 하기 시작하였다. 동생에게 말하기를, 그 나이와 얼굴을 가지고 굶어 죽은 여자가 있었다는 이야기는 들어 보지도 못하였다 했으며, 또 울고 있는 동생을 멍텅구리라고 윽박질렀다. 그러면서 부모의 슬하를 뛰쳐나와 지금은 어느 총괄 징세 청부인의 첩이 되어 갖은 호사를 누리며 빠리에서 화려한 사륜마차를 굴리고 다니는 이웃집 딸의 이야기를 들려주었다. 그 이야기를 듣고 쥐스띤느는 몸서리를 치며 말하기를, 그렇게 사느니 차라리 죽겠다고 하였으며, 찬양하듯 자기에게 들려준 그 구역질 나는 생활에 쥘리에뜨가 뛰어들 결심을 굳히자, 언니와 함께 기거하기를 단호히 거절하였다.

자신들의 의향이 그토록 판이하게 다름을 깨닫자 두 자매는 재회의 기약도 없이 헤어지고 말았다. 상류 사회의 귀부인이 되겠노라 호언장담하던 쥘리에뜨는, 정숙하고 저속한 성향 때문에 자신의 명예를 실추시킬지도 모를 그 작은 계집 아이를 다시는 만나 주지 않겠노라고 하였으며, 한편 쥐스띤느는 그녀대로, 방탕과 매음굴의 희생물이 되고자 하는 패륜아와 어울림으로써 자신의 품행이 위험에 처하게 하지는 않겠다고, 나름대로의 주장을 굽히지 않았다. 그리하여 두 자매는 다음 날, 예정대로 각자의 소지품을 수습하여 수녀원을 떠났다.

어린 시절, 어머니의 침모에게 귀여움을 받았던 쥐스띤느는, 그녀가 자신의 처지에 무심하지는 않으리라 생각하고, 그녀를 찾아가 자신의 서글픈 신세를 털어놓으며 일거리를 부탁하였으나 냉담하게 거절당하였다…….

「오, 이럴 수가!」 가련한 계집아이가 탄식하였다. 「세상으로 내딛는 첫발자국이 나를 기껏 고통으로밖에 인도하지 못한단 말인가……. 예전엔 그 여자가 나를 귀여워하였는데, 어인 일로 오늘은 나를 배척하는가?…… 아아! 내가 고아이고 가난하기 때문이겠지……. 내가 이 세상에서 가지고 있는 것은 아무것도 없는데, 사람들은 자기들이 받을 수 있는 도움이나 편의에 따라 그 누구를 좋아할 수 있기 때문이겠지…….」

그러한 진실을 깨달은 쥐스띤느는 자기 교구의 사제를 찾아가 조언을 청하였다. 그러나 그 자비로운 사제는, 교구에서 돌보고 있는 사람들이 이미 감당할 수 없는 지경이라, 그녀가 신자들이 낸 적선금의 혜택을 입을 수는 없으되, 그의 시중을 들 뜻이 있다면 자기 집에 유숙도록 하겠노라는 알

쏭달쏭한 대답을 하였다. 그러나 그 성자가 그 말을 하면서 그녀의 턱을 쓰다듬을 뿐만 아니라, 교회에 몸을 담고 있는 사람에게는 전혀 어울리지 않을 만큼 속되게 그녀의 뺨에 입을 맞추자, 그 의미를 알아차린 쥐스띤느는 재빨리 몸을 피하며 말하였다.

「신부님, 저는 당신에게 적선금이나 하녀 자리를 달라는 것이 아니에요. 제가 그러한 자비를 구걸한다든가, 또 그러한 처지로 영락해 버리기에는 그보다 훨씬 높은 신분을 떠난 지가 너무 얼마 되지 않아요. 제 어린 나이와 제가 당한 불행이 필요로 하고 있는 조언을 당신에게 요청하는데, 당신은 저로 하여금 죄악으로 그것들을 사도록 하시는군요……」

그 말에 화가 난 사제는 문을 열어젖히더니 그녀를 거칠게 밖으로 내밀친다. 첫날부터 두 번이나 거절을 당하고 고립무원의 신세가 된 쥐스띤느는 간판이 붙어 있는 어느 집을 찾아 들어가 작은 방 하나를 빌려 방세를 선불한 다음, 그녀의 신세와 불운한 별자리에 이끌려 만나게 된 그 얼마 안 되는 사람들의 잔혹함이 가져다준 설움에 스스로를 내맡겨 버린다.

독자 제위께서는 이제 그녀를 잠시 이 초라하고 음침한 오두막집에 홀로 남겨 두고, 다시 쥘리에뜨의 곁으로 돌아가는 것을 허락해 주시기 바란다. 그것은, 우리가 이미 보았듯이 처음 그녀가 집을 나서던 때의 보잘것없던 신분에서, 단 15년 만에, 작위를 얻었을 뿐만 아니라 3만 리브르[5] 이상의 연금,

화려한 보석, 빠리와 지방에 각각 두세 채의 저택 등을 어떻게 소유하게 되었으며, 이제는 참사원의 일원으로 국왕의 가장 큰 신임을 얻고 입각을 눈앞에 두고 있는 꼬르빌르 씨의 심장이며, 전 재산임과 동시에 그의 절친한 동반자로 둔갑하게 된 경위를 최대한 간략하게 알려 드리려 함이다……. 그 과정은 가시밭길이었다……. 절대 의심할 여지가 없는 일인 즉, 그러한 부류의 처녀들이 길을 개척해 나가는 것은 가장 수치스럽고 고난스러운 배움의 과정을 통해서이다. 그리하여 지금은 비록 어느 귀공자의 잠자리에 있는 여자라 할지라도, 그녀의 인생 초기에 나이 어리고 경험이 부족하여 타락한 난봉꾼의 수중에 걸려들었던지라, 그의 횡포가 남긴 모욕적인 흔적을 여전히 간직하고 있는 것이다.

수녀원을 나서는 길로 쥘리에뜨는, 이웃집의 딸인 그 타락한 친구를 통해서 들은 어느 여인의 이름과 주소를 기억해 두었던 바라, 무작정 그 여인을 찾아갔다. 보따리를 팔짱에 끼고, 옷매무새는 흐트러진 채로, 이 세상에서 가장 귀여운 얼굴과 학생 같은 표정으로, 과감히 그 여인의 집으로 향하였다. 그리고 그 여인에게 자신의 이야기를 털어놓으며, 몇 년 전 자기의 옛 친구에게 하였듯이 자기를 보호해 달라고 애원하였다.

「아가, 몇 살이지?」 뒤뷔쏭 부인이 물었다.

5 *livre*. 원래는 380~550그램에 해당하는 중량 단위였으며, 3분의 1에뀌 혹은 24분의 1루이에 해당하는 명목 화폐 단위였다. 제1공화국 이후에는 프랑*franc*과 혼용되기도 하였다.

「며칠 후면 열다섯이 됩니다, 부인.」

「그리고 아직 아무와도……」

「맹세컨대, 부인, 절대 없습니다.」

「그렇지만 그 수녀원이라는 곳에서는 가끔, 이를테면 부속 사제라든지…… 수녀나 혹은 동료라든지……. 여하튼 확실한 증거가 있어야겠어요.」

「직접 확인해 보십시오, 부인.」

그러자 뒤뷔쏭이라는 여자는 안경을 괴상하게 차려 쓰고서, 모든 것의 정확한 상태를 확인한 다음 쥘리에뜨에게 말하였다.

「좋아요, 아가. 우리 집에 머물러 있기만 하면 돼요. 내 말에 잘 따르고, 내가 하는 일에 진심으로 협조하며, 정결하고 검약하며, 나를 대할 때는 솔직 담백하고, 동료들에게는 우아한 풍모를 보이되 남자들에게는 술책을 사양치 말 것이며, 그렇게 몇 년을 보내면, 내가 아가를 옷장과 거울에다 하녀까지 갖춘 안방에 들어앉게 해주겠어요. 뿐만 아니라, 우리 집에서 터득한 기술이 무엇이든지 다 얻을 수 있게 해줄 거예요.」

뒤뷔쏭은 쥘리에뜨의 작은 보따리를 수중에 넣은 다음 기진 돈이 없느냐고 물었다. 1백 에뀌가 있노라고 고지식하게 아뢰자, 그 인자한 엄마는 그것마저 몽땅 가로채며, 안전한 곳에 맡기겠다고 어린 제자를 안심시켰다. 뿐만 아니라 어린 소녀가 돈을 가지고 있으면 안 된다는 것이었다……. 돈이란 악을 행하는 수단이며, 따라서 오늘날처럼 부패한 시대에는,

현명하고 가문 좋은 집안에서 태어난 여자라면 자신을 보이지 않는 덫에 걸려들게 할 모든 것을 세심하게 경계해야 한다는 것이었다. 그러한 강론이 끝난 다음 동료들에게 그녀를 소개하였고, 그녀는 그 집 안에 있는 방을 지정받았으며, 다음 날부터 그 맏물의 판매가 시작되었다. 넉 달이라는 기간 동안에 같은 상품이 80여 명에게 연속 팔렸고, 구매자들 모두가 한결같이 신상품 값을 치렀다. 쥘리에뜨가 평수녀[6]의 면허장을 얻은 것은 그러한 형극의 입문 과정을 마친 다음이었다. 그 순간부터 그녀는 진정한 집안의 일원으로 인정을 받았고, 또 다른 입문 과정인 음란한 노역에 참여하게 되었다…… 첫 입문 과정에서 쥘리에뜨가 다소나마 자연 법칙에 순응하였다면, 이 두 번째 입문에서는 아예 그 법칙을 망각하였다. 그 범죄적인 탐색이라든가, 수치스러운 쾌락, 음험하고 더러운 음행, 파렴치하고 기괴한 취향, 모욕적인 환상 등 그 모든 것은 자신의 건강을 위험에 빠뜨리지 않고 첫 번째 입문에서 맛볼 수 있는 쾌락을 얻으려는 욕망의 소산으로서, 그 욕망의 대상은 기실 상상력을 무감각하게 만드는 위험한 포만감이며, 그 경우 과격한 행위가 아니면 상상력이 피어나지 않고 또 오직 파괴로써만 상상력을 충족시킬 수 있는 것이다…… 쥘리에뜨는 이 두 번째 훈련에서 자신의 품성을 완전히 부패시켰고, 모든 승리가 악덕에게로 돌아가는 것을 봄으로써 그녀의 영혼은 여지없이 타락해 버렸다. 그녀는 자신

---

[6] 자격 갖춘 〈매춘부〉를 가리킨다.

이 죄악을 위해 태어난 이상, 어차피 잘못을 저지르기는 마찬가지이고 또 자신을 더럽히기는 일반일진대, 별로 큰 소득을 가져다주지 못하는 부수적인 죄악에서 시들 것이 아니라, 아예 큼직한 죄악으로 돌진해야겠다고 느끼기 시작한 것이다. 그녀는 몹시 음탕한 어느 귀족의 마음에 들게 되었는데, 처음에는 그 남자가 잠시 즐기려고 그녀를 불렀던 것이었다. 그러나 그녀는 모든 기예를 다 동원하여 봉사함으로써 그 남자의 화려한 뒷받침을 얻게 되었고, 극장이나 산책길에도 그 퀴테라 섬의 기사와 함께 모습을 나타냈다. 모든 시선이 그녀에게 집중되었고, 그녀를 화제로 삼았으며, 그녀를 부러워하게 되었는데, 그 교활한 계집이 어찌나 능숙하게 일을 해내었던지, 단 4년 만에 세 남자를 파산 지경으로 몰아넣었고, 그중 가장 돈이 적은 사람도 그 연금이 10만 에퀴에 이르렀다. 명성을 얻는 데에는 다른 많은 것이 필요치 않았다. 그 시절 사람들의 무분별이 하도 심하여, 그 불행한 여인들 중의 하나가 부정함을 드러내면, 오히려 그만큼 더 그녀의 고정 명단에 오르기를 갈망하였다. 마치 타락과 부패의 정도가 자신에 대한 사내들의 감정을 재는 척도인 듯하였다.

쉴리에뜨가 스무 살이 되던 해, 약 마흔 살쯤 되는 앙제 지방 귀족인 로르상주 백작이 나타나, 그녀에게 어찌나 반하였던지, 그녀의 뒤를 댈 만한 돈이 충분히 없는지라 자신의 작호를 그녀에게 주기로 결심하였다. 그녀에게 1만 2천 리브르의 연금을 양도하고, 자신이 먼저 죽을 경우 8천 리브르의 연금에 해당하는 재산을 그녀가 상속할 수 있도록 조치를 취하였다. 그 외에 집 한 채와 시종들, 귀부인 휘장을 주고 또 사교계에 그녀를 등장시켜, 단 2~3년이 지나지 않아 그녀는 자신의 초기 생활을 잊게까지 되었다. 가엾은 쥘리에드가 자신의 부끄럽지 않은 출신과 자기가 받은 훌륭한 교육에 연원한 감정을 망각하고, 불량 서적과 악성 조언으로 인해 타락하여, 그리고 홀가분하게 즐기고 작호를 한시바삐 얻으려는 성급한 마음과, 자신을 얽어매고 있는 사슬을 떨쳐 버리려는 생각으로, 남편의 생명을 단축시키는 범행을 꿈꾸게 된 것은 바로 이 무렵이었다……. 범행 계획이 서자 극비리에 실천에 옮겼고, 그리하여 불행하게도 경찰의 추적을 벗어났으며, 또 성가신 남편과 함께 자신의 가증할 범행을 영원히 땅속에 묻어 버렸다.

다시 자유로워지고 백작 부인이 된 로르상주 부인은, 지난날의 습성을 다시 나타내기 시작하였으나, 스스로가 사교계에서 상당한 인물이라는 생각에 종전보다는 조금 체면을 차렸다. 이제는 전처럼 기둥서방에 매달린 여자가 아니라, 그럴싸한 만찬을 차리기도 하는 부유한 미망인으로서, 일반인이건 궁정인이건 그녀의 집에 초대되는 것을 비할 데 없는 행운으로 여겼지만, 2백 루이[7]에 하룻밤 몸을 내맡기거나 5백 루이면 한 달을 허용하였다. 스물여섯 살까지 그녀는 찬연한 정복을 계속하였으니, 그동안 세 사람의 대사와, 총괄 징세

---

7 *louis*. 프랑스 국왕 루이 18세의 흉상을 양각한 옛 금화로, 초기에는 10리브르, 그 이후에는 24리브르, 그리고 제1공화국 시절에는 20프랑에 해당하였다.

청부인 네 명, 두 사람의 주교, 그리고 궁정 기사 세 사람을 파산시켰다. 또한 첫 번째 범행을 저지른 다음에는, 특히 그 것이 요행으로 끝났을 경우 범행을 멈추는 일이 드문 법이 니, 쥘리에뜨, 가엽고 죄악에 빠진 쥘리에뜨는, 첫 범행과 유사한 두 가지 또 다른 범행으로 자신을 더럽혔다. 그 하나는 자기 가문 사람들조차 모르는 거액을 그녀에게 맡긴 어느 정부의 돈을 그 오욕스러운 범행으로 가로채었고, 또 다른 범행은, 그녀에게 혹해 있던 남자들 중의 하나가, 10만 프랑을 제삼자 앞으로 남긴다는 말을 유언장에 쓰고, 훗날 그 당사자에게는 약간의 보수를 주어 그 금액을 쥘리에뜨에게 지불하도록 조치해 두었는데, 그 유산을 앞당겨 수중에 넣으려 저지른 것이다. 그러한 끔찍한 범죄에다 로르상주 부인은 두셋의 태아 살해죄를 첨가하였다. 자기의 아름다운 몸매를 손상하지 않을까 하는 두려움과, 복합적인 남자관계를 감추고자 하는 욕구 등 모든 것이 그녀로 하여금 여러 차례에 걸쳐 낙태를 결심토록 하였다. 그러나 다른 범죄들처럼 비밀 속에 묻혀 버린 이 범행들 역시, 그 능숙하고 야심에 찬 계집이 날마다 새로운 남자를 속이고 범행을 누적해 가면서 쉴 새 없이 재산을 늘리는 것을 막지는 못하였다. 따라서 번영은 범죄를 동반하고, 무질서와 가장 주도면밀한 부패 속에서도 사람들이 행복이라 일컫는 그것이 삶의 끈을 황금으로 덮는다는 말이 너무나 극명한 진실일 수밖에 없다. 그러나 이 혹독하고 숙명적인 진실과 이제 곧 우리가 그 예를 보여 드리려고 하는 진실, 즉 불행이 미덕을 끊임없이 따라다닌다는 진실이, 정직한 사람들의 영혼을 경악케 한다든가 더욱 괴롭히는 일이 없기를 바란다. 죄악이 누리는 그 번영은 기실 피상적일 뿐이다. 그러한 성공을 필경에는 처벌하게 되어 있는 섭리와는 상관없이, 죄인은 자신의 가슴속 깊이 벌레 한 마리를 기르고 있어, 그것이 끊임없이 그를 파먹고 있기 때문에, 그를 둘러싸고 있는 희열의 빛을 즐기도록 내버려 두지 않으며, 그 희열 대신에, 그에게 희열을 얻도록 해준 범행들의 고통스러운 추억만을 남겨 준다. 미덕을 괴롭히는 불행이 있는 반면, 운명의 핍박을 받는 불운한 사람은 그 위안으로 자기의 양심을 가지고 있으며, 그리하여 그가 자신의 순결함에서 이끌어 내는 은밀한 기쁨이 곧 사람들로부터 받은 부당한 대우를 보상해 줄 것이다.

로르상주 부인의 사업이 이상과 같은 상태에 있을 때, 앞에서 이미 묘사한 것처럼, 모든 사람들의 신임을 누리며 쉰 살에 접어든 꼬르빌르 씨가, 이 여인을 위하여 자신을 몽땅 바칠 것이며 그녀를 자신의 곁에 정착시키기로 마음을 굳혔다. 그의 지극한 정성 덕분인지 혹은 주도면밀한 조치를 취했는지, 아니면 로르상주 부인의 현명함 때문인지는 모르되, 그는 목적을 달성했고, 그녀와 완벽한 부부처럼 함께 산 지 4년이 흐른 어느 날, 그가 그녀에게 사준 몽따르지 근처에 있는 영지에서 여름 몇 달을 지내기로 함께 결정을 내렸다. 6월 어느 날 저녁, 걸어서 돌아가기에는 너무 지친 터라, 리용에서 오는 역마차가 기착하는 여인숙에서 사람을 하나 구해,

자기네 저택으로 말을 달려 마차를 한 대 가져오도록 할 의향으로 여인숙에 들어갔다. 그들이 정원 쪽으로 창문이 난 나지막하고 시원한 거실에서 쉬고 있는데 역마차가 정원으로 들어섰다. 여행객들을 하나하나 뜯어보는 것은 자연스러운 즐김일 것이다. 아무 할 일이 없는 동안에 기회가 주어졌을 경우, 그 여가를 그러한 즐거움으로 채우지 않을 사람은 아무도 없을 것이다. 로르상주 부인이 자리에서 일어서자 그녀의 정인 역시 따라 일어섰고, 그때 여행객들이 여인숙 안으로 들어왔다. 마차 안에는 이제 아무도 없는 듯하였다. 바로 그때, 기마경찰 한 사람이 마차의 후미에서 내려와, 옆자리에 앉아 있던 동료로부터 스물여섯이나 일곱쯤 되어 보이는 젊은 여자 한 사람을 받아서 안아 내리는데, 그 여자는 다 해진 인도산 무명 외투로 몸을 감쌌고 죄인처럼 결박되어 있었다. 로르상주 부인의 입에서 튀어나온 두려움과 경악의 비명에, 젊은 여자가 그쪽으로 얼굴을 돌렸고, 그리하여 비할 데 없이 부드럽고 섬세한 용모와 가냘프고 날렵한 몸매를 드러냈는데, 그 자태에 감동한 꼬르빌르 씨와 그의 정부는 그 가련한 여인에 대한 관심을 억제치 못하였다. 꼬르빌르 씨가 경찰관 중 한 사람에게 다가가 그 가련한 여인의 죄목이 무엇이냐고 물었다.

「제가 알기로는, 나리, 서너 개의 큰 죄목을 쓰고 있는 것 같습니다. 살인, 절도 그리고 방화죄로 기소되었는데, 그러나, 솔직히 털어놓자면, 제 동료와 저는 많은 죄수들을 호송해 보았지만 이번처럼 마음에 내키지 않은 적은 없었습니다.

이 여인이 비할 데 없이 유순하고 정직해 보이니까요……」

「아, 그래요.」 꼬르빌르 씨가 대답하였다. 「그렇다면 혹시 지방 재판소에서 흔히 볼 수 있는 판결상의 오류가 있었던 것은 아닐까요? 그런데 범행 장소는 어디입니까?」

「리용에서 30리(약 11.8킬로미터)쯤 되는 곳에 있는 여인숙에서랍니다. 그녀를 재판한 것은 리용 재판소이고, 그 판결의 추인을 받으러 빠리로 가는 중입니다만, 다시 리용으로 돌아와 처형될 것입니다.」

그들 곁으로 다가와 이야기를 듣고 있던 로르상주 부인은, 그 여인으로부터 직접 그 불행한 사연을 듣고 싶다는 뜻을 나지막하게 속삭였고, 꼬르빌르 씨 역시 같은 욕구를 느끼고 있던 차라, 자신의 신분을 밝힌 다음 그 뜻을 호송관들에게 말하였다. 호송관들 역시 반대하지 않았고, 그리하여 몽따르지에서 그날 밤을 묵기로 결정한 다음, 호송관들이 유숙할 방 옆에 깨끗한 방 하나를 빌렸다. 꼬르빌르 씨가 죄수에 대한 보증을 선 다음, 그녀의 결박을 풀어 주고, 꼬르빌르 씨와 로르상주 부인의 방으로 인도하였다. 호송관들은 저녁 식사를 마치고 옆방에서 잠자리에 들었고, 그 가련한 여인에게도 약간의 음식을 들게 한 다음, 그녀에게로 향한 강렬한 관심을 억제하지 못하던 로르상주 부인은 아마 스스로에게 다음과 같이 말하였을 것이다. 〈그녀보다 분명 나의 죄가 훨씬 무거울 것임에도 나의 모든 것은 번창하고 있는데, 이 비참한 여인은 아마 무고할지도 모르건만 범죄자 취급을 받는구나.〉

로르상주 부인은 그 여인이, 그녀에게 쏟은 정성과 관심 덕분에 위안을 얻고 조금 생기를 되찾자, 그토록 정직하고 현숙한 자태를 가진 사람이 어떠한 연유로 이토록 비참한 처지에 놓이게 되었는지 그 사연을 이야기해 달라고 졸랐다.

「부인, 당신에게 제 삶의 역정을 말씀드린다면, 그것은 무고한 사람이 부당하게 겪는 불행의 가장 충격적인 예를 보여드리는 일이 될 것입니다.」 백작 부인을 향해 그 아름다운 죄수가 입을 열었다. 「그것은 섭리를 꾸짖는 일이 될 것이며, 섭리에 대하여 불평을 털어놓는 행위이고, 일종의 범죄 행위가 되므로, 감히 말씀드리기가 어렵습니다……」

그 순간 가련한 여인의 눈에서는 하염없이 눈물이 흘렀고, 한참 동안 설움에 자신을 맡겨 버렸던 그녀는, 이윽고 다음과 같이 자신의 사연을 펼치기 시작하였다.

부인, 저의 이름과, 찬연하지는 못하되 부끄러움 없는 저의 출신을 밝히지 않음을 허락해 주십시오. 다만, 제가 겪은 대부분의 불행을 낳은, 그 모욕적인 운명에 처음부터 처해진 것이 아님은 분명합니다. 아주 어린 나이에 양친을 여의고, 얼마 안 되기는 하나 그분들이 남겨 주신 재산만 있으면 떳떳한 일자리를 찾을 때까지 기다릴 수 있다고 굳게 믿었습니다. 그리하여 떳떳해 보이지 않는 일은 끈질기게 거부하면서, 제게 남겨진 적은 재산을 부지불식간에 모두 허비해 버렸습니다. 제가 가난해지면 질수록 그만큼 경멸을 당했고, 도움의 필요가 절실하면 절실할수록 도움을 얻을 희망이 적어지거나, 혹은 모독적이고 추잡스러운 도움만이 나타났습니다. 그토록 딱한 처지에 놓여 있을 때 제가 겪은 숱한 혹독함 중, 또한 제게 던져진 끔찍한 언사들 중, 왕국의 수도에서 가장 부유한 징세 청부인들 중 하나인, 뒤부르 씨 댁에서 있었던 일을 하나의 예로 말씀드리겠습니다. 그 사람의 신용이나 재산이라면 틀림없이 저의 운명을 순탄하게 해줄 것이라고 하면서, 누군가가 저를 그의 집으로 보냈습니다. 그러나 저를 그의 집으로 보낸 사람이, 저를 속이려 하였거나, 아니면 그 사람의 영혼이 얼마나 혹독하며 그의 품행이 얼마나 타락해 있었는지를 전혀 몰랐던 듯합니다. 그의 집 대기실에서 2시간을 기다리고 있노라니 저를 그의 방으로 안내하였습니다. 뒤부르 씨는 마흔다섯 살쯤 되어 보였는데, 그때 막 침대에서 내려와, 겨우 몸을 가릴 만한 가운을 두르고 있었으며 그 자락이 마구 흐트러져 있었습니다. 그가, 자신의 머리치장을 준비하고 있던 하인을 물러가게 하더니, 제게 무엇을 원하느냐고 물었습니다.

「아아! 나리! 저는 아직 열네 살이 채 안 된 가련한 고아입니다만 불운의 모든 쓴맛을 벌써 다 알게 되었습니다.」 그렇게 대답하고 나서, 제 운수의 급작스러운 전도와, 일자리를 얻기가 어렵다는 점, 그러는 동안 불행하게도 제가 가지고 있던 얼마 안 되는 돈을 모두 써버릴 수밖에 없었다는 사실, 수차에 걸쳐 문전 박대를 당한 일, 상점이건 제 방에서건 제가 할 수 있는 일거리를 찾기가 힘들다는 것 등을 세세하게 아뢴 다음, 그가 저에게 살아갈 방도를 마련해 주리라는 희망을 가지고 있노라고 하였습니다.

상당한 관심을 가지고 제 이야기를 듣고 난 뒤부르 씨는, 언제나 정숙하게 살아왔느냐고 물었습니다.

「제가 정숙하기를 단념하였다면, 지금처럼 가난하지도, 곤경에 빠져 있지도 않을 것입니다.」 제가 그렇게 대답하였습니다.

「얘야, 네가 부유한 사람들에게 전혀 봉사를 할 수 없는데, 도대체 무슨 명분으로 부유한 그들이 너의 고난을 해소해 줄 수 있다고 생각하느냐?」

「봉사라면, 나리, 그거야말로 제가 원하는 것입니다.」

「너 같은 어린애의 봉사가 가정에서는 별 필요가 없어. 내가 말하고자 하는 것은 그 뜻이 아니야. 나이를 보나 생김새를 보나, 네가 원하는 그러한 일에는 적합지가 않아. 오히려 네가 조금만 덜 우스꽝스럽게 준엄하다면, 난봉꾼들에게 가서 떳떳한 운명을 개척할 수 있겠지. 네가 시도해야 할 것은 그 길뿐이야. 네가 그토록 장황하게 늘어놓은 미덕이라는 것이 이 세상에서는 아무 쓸모가 없어. 그것을 아무리 과시해 보았댔자 헛일이고, 그것으로는 물 한 잔 얻어 마시지 못해. 우리가 가장 싫어하고 가능한 한 회피하는 일들 중의 하나인 적선금을 내는 일, 그 일을 하고 있는 나와 같은 부류의 사람들은 자기들의 주머니에서 빠져나간 금전에 대해 보상을 받고 싶어 해. 그런데, 너와 같은 어린 소녀가, 그들이 너에게서 요구하는 것을 흔연히 허락하지 않는다면, 도대체 그들이 지출한 구호금에 무엇으로 보답할 수 있다는 말이냐?」

「아아! 나리, 그렇다면 인간의 가슴속에는 선의도, 고결한 감정도 더 이상 존재하지 않는단 말씀입니까?」

「아주 적어, 애야, 극히 적지. 아무 보상을 기대하지 않고 타인에게 은혜를 끼치는 그 미친 버릇에서 깨어난 거야. 혹시 그러한 짓을 하고 나면 잠시나마 자부심에 우쭐하겠지. 그러나 자부심이 주는 즐거움처럼 환상적이고 찰나적인 것은 없는지라, 사람들은 자신들이 행한 일에 대한 보상으로 더 실질적인 것을 원하게 되었지. 그리하여, 가령 너와 같은 어린 소녀로부터는, 자신들이 지출한 투자금의 결실로 방종이 제공할 수 있는 쾌락을 얻어 냄이, 적선금을 내었다는 자부심에 취하는 것보다 훨씬 유익하다고 생각하게 된 것이야. 후하고, 적선금을 잘 내며, 관대한 사람이라는 명성이 나에게는 네가 제공할 수 있는 가장 가벼운 쾌락만 못해. 그 점에 있어서는, 나와 취향이 같은 내 나이 또래의 모든 사람들이 의견을 같이하지. 그러니 애야, 나는 내가 너에게 요구하고자 하는 모든 것에 네가 순응한다는 조건하에서만 너를 도울 수 있어. 너도 수긍하리라 믿는다.」

「너무나 잔혹합니다! 아! 이 잔혹함! 천벌이 무섭지도 않으십니까?」

「잘 들어 둬, 어린 풋내기야, 이 세상에서 제일 우리의 관심 밖에 있는 것이 하늘이야. 우리가 이 지상에서 하고 있는 일이 그의 마음에 들건 말건, 우리는 털끝만큼도 개의치 않아. 인간들에 대해 그가 아무 힘도 행사할 수 없다는 것을 너무나 잘 알고 있기 때문에, 우리는 조금도 두려워하지 않고 날마다 그에게 도전하고 있으며, 우리의 정열은, 그의 의도를, 혹은 멍텅구리들이 그의 의도라고 우리에게 확언하는 것들을 거스를 때에만 진정한 매력을 가질 수 있어. 신의 의도라는 것의 실체는, 사기꾼이 가장 강한 자를 포박하는 데 사용하는 환상의 쇠사슬이야.」

「그러한 원칙이라면 불운한 사람은 죽어 사라져야겠군요.」

「뭐가 문제야? 프랑스에는 필요 이상의 사람들이 살고 있어. 모든 것을 총체적 관점에서 보고 있는 정부는, 정부라는 그 기구가 온전한 이상, 개인들에 대해서는 별 신경을 쓰지 않아.」

「그렇다면 아버지가 어린아이들을 학대한다 해도 아이들은 아버지를 존경해야 한다고 믿으십니까?」

「아이들이 너무 많은 아버지에게, 아무 도움도 주지 못하는 그 아이들의 사랑이 무슨 소용이 있단 말이냐?」

「우리가 태어난 순간 아예 우리의 목을 졸랐어야 했어요.」

「거의 그렇지. 하지만 너는 아직 영문조차 모르는 정치 문제는 미뤄 두기로 하자. 오직 각 개인 스스로만이 통어(通御)할 수 있는 운명을 왜 탓한단 말이냐?」

「맙소사! 우리 각개가 치러야 하는 대가는!」

「하나의 환상, 즉 너의 자부심이 억지로 부여한 가치 말고는 아무 가치도 없는 바로 그것을 지불하면 되지……. 하지만 이 주제 역시 뒤로 미루고 우리 두 사람에게 관련된 문제만을 우선 생각해 보기로 하자. 너는 그 환상을 대단히 중요하게 생각하는 모양이지만, 나는 전혀 그렇지 않아. 그것은 몽땅 너에게 양보하지. 내가 너에게 부과할 임무는 전혀 다른 종류의 것이야. 그 대가로 너는 너무 과하지 않은 당당한 보수를 받게 될 거야. 내가 너를 나의 가정부 밑에 두겠으니 그녀를 도울 것이며, 매일 아침 그 여자나 나의 시종이 너를 내게 데려오게 될 거야……」

오! 부인, 어찌 차마 그 가증할 제안을 세세히 이야기할 수 있겠습니까? 그러한 제안을 듣기가 너무 모욕적이었고, 그가 그러한 말을 지껄이는 순간 숨이 막히는 듯하였으며…… 그 모든 말들을 제 입으로 옮기기에는 너무 수치스러우니 관대하신 마음으로 유추하시기를……. 그 잔인한 자는 저에게 대제사장들의 이름을 열거한 다음 제가 희생물이 되어야 한다고…….

「애야, 이상이 내가 네게 해줄 수 있는 전부이다.」 말을 계속하며 그 더러운 사나이가 외설스럽게 자리에서 일어섰습니다. 「또한, 항상 그렇듯이, 이 지루하고 어려운 의식의 대가로 너를 2년간 돌보기로 약속한다. 네가 지금 열네 살이니, 열여섯이 되면 네 마음대로 다른 곳에 가서 행운을 찾아도 좋으며, 그때까지는 옷과 음식을 제공하는 것 외에, 매월 1루이씩 지불하겠다. 이것은 정직한 보상인 줄 알아라. 이제 네가 차지하려는 그 자리에 있던 아이에게는 지금까지 그만한 보수를 주지 않았다. 그 아이는 물론 네가 그토록 중요시하는 순결한 미덕을 가지고 있지 않았음이 사실이고, 그래서 네가 보듯이 너의 경우는 연 50에뀌의 값을 매긴 것인데, 그 금액은 먼저 아이에게 지불하던 금액을 훨씬 초과한단다. 그러니 잘 생각해 보아라. 특히 지금의 네 형편을 곰곰이 생각해 보아라. 네가 살고 있는 이 불행한 나라에서는, 생계가 없는 사람은 그것을 얻기 위하여 고통을 감수해야 하며, 또 그들처럼 너도 고통을 견뎌야 한다는 사실을 상기하도록 해라. 그러나 그들의 대다수보다 너는 훨씬 더 벌게 된다는 점을 잊지 마라.」

그 괴물의 추잡한 말이 스스로의 정열에 불을 댕겼음인지, 그는 제 옷의 목덜미 부분을 붙잡고 말하기를, 제가 할 일이 어떤 것인지 우선 시범을 보이겠다고 하였습니다……. 그러나 극도의 불행이 제게 용기와 힘을 주어, 저는 몸을 떨쳐 나오는 데 성공하였으며, 출입문으로 달려가며 소리쳤습니다.

「더러운 남자야, 네가 이토록 잔인하게 모독하는 하늘이, 언젠가는 너의 더러운 만행을 네가 저지른 행위대로 응징할 것이다. 너는 네가 이토록 야비하게 사용하는 재산을 가질 자격도 없고, 너의 사나움이 더럽히고 있는 이 세상에서 공기마저 호흡할 자격이 없어.」

인간들의 잔혹성과 타락이 우리들 속에 필연적으로 야기하는 구슬프고 음울한 상념에 잠겨 처량하게 거처로 돌아오고 있었는데, 그때 번영의 빛이 한 가닥 제 눈앞에 잠시 반짝이는 듯하였습니다. 제가 유숙하고 있던 집 여자가 저의 불행한 처지를 잘 알고 있었는데, 저에게 와서 말하기를, 행실을 단정히 한다면 저를 기꺼이 받아 주겠다는 집을 드디어 발견했다는 것이었습니다.

「오! 하느님! 부인!」 저는 기쁨에 들떠 그녀를 얼싸안으며 소리쳤습니다. 「그 조건이란 제가 제의하고 싶던 것이에요. 제가 얼마나 기꺼이 그것을 수락할지 생각해 보세요!」

제가 주인으로 섬기기로 된 사람은 늙은 고리대금업자였는데, 사람들이 말하기를, 저당을 잡고 돈을 빌려 주는 방법뿐만 아니라, 기회가 주어질 때마다 감쪽같이 절도를 하여 치부하는 데 성공하였다고 합니다. 그는 껭깡뿌와 로에 있는 집 2층에 자기의 늙은 정부와 함께 살고 있었는데, 그녀를 자기 아내라고 하였으며, 그녀 역시 못지않게 심술궂었습니다.

「쏘피, 오! 쏘피.」 그 수전노가 제게 말하였습니다. (쏘피는 제 본명을 감추기 위하여 제가 사용하던 가명입니다.) 「우리 집에서 제일로 꼽는 미덕은 청렴이에요……. 만약 당신이 우리 집에서 단 10분의 1드니에[8]라도 빼돌리는 일이 있으면 당신의 목을 달겠어요, 알겠어요? 쏘피, 물론 다시는 이 세상에 돌아올 수 없도록 목을 매달겠어요. 나의 처와 내가 노년의 안락함을 다소 즐길 수 있는 것은 엄청난 노고와 철저한 검약의 결실이에요……. 식사를 많이 하나요?」

「하루에 몇 온스의 빵과 물, 그리고 행운이 따르면 약간의 수프를 먹습니다.」

「수프라고, 빌어먹을! 수프라고……. 여보, 여기 좀 봐요! 사치가 이 지경에까지 왔으니 탄식할 노릇이오!」 그 늙은 수전노가 자기 부인에게 소리쳤습니다. 「1년 전부터 일자리를

---

[8] *denier*. 프랑스의 옛 화폐 단위로 240분의 1리브르(프랑)에 해당하며, 우리네의 〈한 푼〉처럼 극히 적은 금액을 칭하기도 한다.

찾는다더니, 1년 전부터 굶어서 죽을 지경이라더니, 수프를 먹고 싶다네! 40년 전부터 노예처럼 일을 해온 우리도 일요일에나 겨우 한 번씩 그것을 먹는데! 하루에 3온스(약 85그램)의 빵과 냇물 한 병, 그리고 18개월마다 내 아내의 헌 옷 한 벌을 줄 테니 치마를 만들어 입어요. 또한 우리가 당신의 봉사에 만족하고, 절약함이 우리가 기대하는 수준에 미치며, 매사를 잘 정돈하고 처리하여 이 집을 조금이나마 번창케 한다면 매년 3에퀴씩을 지불하겠어요. 우리 집에는 별로 할 일이 없고 식구라 해야 당신뿐이에요. 방이 여섯 개밖에 안 되는 아파트를 일주일에 세 번씩 쓸고 닦으며, 나와 내 아내의 침대를 정돈하고, 방문객이 오면 문을 열어 주며, 내 가발에 분가루를 칠하거나, 내 아내의 머리를 만져 주고, 개와 고양이 그리고 앵무새를 돌보며, 부엌일을 살피고, 사용하건 사용하지 않건 모든 취사도구를 매일 닦으며, 내 아내가 식사 준비를 할 때에는 그녀를 돕고, 나머지 시간에 양말이라든지 모자 등을 빨고 집 안의 자질구레한 가구들을 손질해요. 보다시피 별일이 아니에요. 쏘피, 여가가 많을 거예요. 그 여가는 당신 마음대로 활용할 수 있으니, 가령 빨래가 필요하거나 하면 그때 하도록 해요.」

추측하시기 어렵지 않겠지만, 부인, 저와 같은 극도의 처지가 아니라면 그러한 자리를 선뜻 수락하기는 어려울 것입니다. 제 나이나 힘이 그 일을 감당하기에 너무 벅찼을 뿐만 아니라, 그들이 주는 것으로 연명해 나갈 수 있을지가 의심스러웠습니다. 그러나 저는 아무 불만도 표시하지 않으려 조심하였고, 그리하여 그날 저녁부터 그 집에 자리를 잡았습니다.

오직 당신의 영혼을 저에게 유리한 방향으로 감동시킬 궁리를 해야 하는 이 순간이지만, 저의 혹독한 현재의 처지가 부인을 잠시나마 즐겁게 해드리는 일을 허락하신다면, 제가 그 집에서 직접 목격한 인색함의 여러 특징을 감히 말씀드려 부인께서 무료함을 잊으시게 해드리겠습니다. 그러나 2년째 되던 해에 저에게는 너무나 끔찍한 재앙이 기다리고 있었기 때문에, 이제 부인께 몇 가지 우스운 이야기를 해드리려고 하니, 먼저 그 운명의 기괴한 역전에 대해 말씀드리고 싶은 욕구를 억제하기가 힘듭니다. 부인께서도 짐작하시겠지만, 그 집에서는 절대 등불을 사용하지 않았습니다. 주인 내외분의 방은 다행히도 창문이 길가의 야등이 있는 쪽으로 나 있어서 별도로 불을 켤 필요가 없었으며, 또 잠자리에 드는 데 다른 빛이 필요하지도 않았습니다. 정장 또한 거의 사용하지 않았습니다. 남편의 상의 소매와 부인의 옷소매에 착용하는 낡은 커프스가 있었는데, 그것에 헝겊을 조각조각 대어 꿰매었으며, 그것을 일요일에 사용할 수 있도록 토요일 저녁마다 빨아야 했습니다. 침대 시트나 수건도 사용하지 않았는데, 그 이유는, 저의 존경스러운 주인이신 아르뺑 씨가 주장하듯, 한 집의 가정 살림살이에서는 세탁비가 큰 부담이기 때문이라는 것이었습니다. 그의 집에서는 절대 포도주를 마시지 않았으며, 아르뺑 부인은 말하기를, 맑은 물이 태초의 인간들부터 사용해 온 자연 음료이고 자연이 우리에게 권장하는 유일한 음료라고 하였습니다. 빵을 자를 때마다 그 밑에 바구니 하나를 받쳐 떨어지는 빵 조각이나 부스러기를 받았으며, 식사 중에 떨어진 빵 부스러기 역시 알뜰하게 함께 모아, 일요일이면 그것에 썩은 버터를 넣어 튀겨서 안식일의 특별 성찬으로 삼았습니다. 옷이나 가구를 절대 툭툭 털어서는 안 되었으니, 그것들이 훼손될 것이 두려워서였으며, 따라서 깃털로 만든 먼지떨이로만 떨어야 했습니다. 영감님과 마님의 구두는 철판으로 밑을 대였으며, 두 내외 모두 그들의 결혼식 날 신었던 구두를 아직도 신주 모시듯 간직하고 있었습니다. 그러나 모든 일 중에서도 가장 괴이한 짓은, 정기적으로 일주일에 한 번씩 어김없이 제게 시키던 일이었습니다. 아파트에는 상당히 큰 집무실 같은 것이 하나 있었는데, 그 방의 벽은 도배가 되어 있지 않았습니다. 저는 방에 들어가 칼로 일정량의 석회를 긁어내어 고운체로 쳤고, 그렇게 해서 얻은 것이 화장용 분가루였는데, 그것을 영감님의 가발과 마님의 틀어 올린 머리에 뿌렸습니다. 그 야비한 사람들이, 지금까지 말씀드린 그 치사한 짓에서 멈췄다면 하느님도 기꺼워하셨을 것입니다 자기의 재산을 온전히 지키려는 욕구야 지극히 자연스러운 것이겠지만, 그렇지 못한 것은, 타인의 재산을 가져다가 자신의 재산을 증대시키려는 욕구였습니다. 아르뺑 씨가 그토록 부자가 된 것이 바로 그러한 방법을 동원해서였다는 사실을 알아챈 것은, 제가 그 집에 들어간 지 얼마 아니 되어서였습니다. 우리가 살고 있던 아파트의 바로 위층에는 대단히 유족한 사람이 살고 있었는데, 그는 많은 보석을 가지고 있었고, 그 사실이, 이웃이었기 때문이었는지 혹은 우리 주인이 그에게 직접 넘겼기 때문이었는지는 모르되, 우리 주인에게 잘 알려져 있었습니다. 저는 그가 자주 자기 부인과 함께 30~40루이가 나간다는 어떤 황금 상자를 애석해하곤 하는 말을 들었는데, 그의 말로는, 자기의 대소인(代訴人)이 조금만 더 기지가 있었다면 그것이 틀림없이 자기 수중에 남아 있었을 거라는 것이었습니다. 그 황금 상자를 넘겨주어야 했던 애석함을 달래기 위하여, 정직하신 아르뺑 씨는 그것을 훔쳐 낼 계획을 세웠고, 그 일을 저에게 맡기기로 결정하였습니다.

절도라는 것이 대수롭지 않은 일이며, 부의 불평등으로 인해 완전히 흐트러진 균형을 되찾아 준다는 의미에서는 그것이 사회에 유익하다고까지 말한 뒤에, 아르뺑 씨는 저에게 열쇠 하나를 건네주면서 그것으로 이웃집 아파트 문을 열 수 있을 거라고 하였습니다. 문제의 상자가 절대 채워 놓는 법이 없는 책상 서랍 속에 있으니, 아무 위험 없이 그것을 가져올 수 있으며, 그 중대한 일을 성공리에 마치면 2년 동안 저의 보수에 2에퀴를 더 가산해 주겠다고 하였습니다.

「오! 주인님!」 제가 소리쳤습니다. 「자기의 하녀를 그렇게 타락시킬 수도 있습니까? 지금 주인님이 제 손에 쥐여 주시는 무기를 주인님에게로 돌려 주인님을 겨눈다면 그것을 누가 막겠으며, 주인님의 원칙에 따라 제가 주인님의 물건을 훔친들 무슨 말씀으로 항변하시겠습니까?」

의외의 제 대답에 몹시 놀란 아르뺑 씨는 감히 더 이상 강요를 못 하고 은밀한 원한을 간직한 채, 다만 저를 시험해 보려는 것이었다고 말하였습니다. 다행히도 제가 그 흉측한 제안에 훌륭히 견디었으며, 제가 만약 그 유혹에 넘어갔다면 저는 이미 목이 매달렸을 거라는 것이었습니다. 제가 한 그 대꾸에 저는 그 대가를 지불하였습니다만, 이미 그러한 제안을 받는 순간, 엄청난 불행이 저를 위협하고 있다는 것과, 한편 그토록 단호하게 대꾸하는 것이 잘못이라는 사실을 느끼고 있었습니다. 그렇지만 중도적인 방법은 없었으니, 제게 요구한 범행을 순순히 저지르든가, 아니면 제가 한 것처럼, 제안을 무정하게 거절하는 길뿐이었습니다. 제가 좀 더 경험이 있었다면 그 순간 지체하지 않고 그 집을 떠났으련만, 그러나 제 운명의 페이지에는 이미, 제 성격에 따라 행한 모든 정직한 행위가 불행으로 보상되리라고 기록되어 있었으며, 따라서 회피할 길 없이 액운을 감수할 수밖에 없었습니다.

아르뺑 씨는 거의 한 달 동안을, 다시 말씀드려 제가 그 집에 들어간 후 두 번째 해가 시작될 무렵까지, 아무 말 없이, 또 저의 거절에 대해 추호도 불쾌감을 나타내지 않고 지냈습니다. 그러던 어느 날 밤, 일을 마치고 몇 시간이나마 휴식을 취하려 제 방으로 막 돌아와 있는데, 별안간 제 방문을 안으로 밀치는 소리가 들리더니, 아르뺑 씨가 경찰관 한 사람과 야경 대원 네 사람을 데리고 제 침대 옆으로 다가왔습니다.

「당신의 직무를 수행하시오.」 그가 경찰관에게 말하였습니다. 「이 가련한 계집아이가 저의 1천 에뀌짜리 다이아몬드를 훔쳤습니다. 이 방 안이나 그녀의 몸에 있을 것입니다. 어찌할 수 없는 사실입니다.」

「제가 주인님의 물건을 훔치다니요!」 저는 혼비백산하여 침대 아래로 굴러떨어지며 소리쳤습니다. 「아! 주인님! 제가 그러한 행위를 몹시 싫어하며, 그러한 범죄를 저지를 수 없다는 사실을 주인님보다 더 잘 아는 사람이 또 누가 있겠습니까?」

아르뺑 씨는 다른 사람들이 제 말을 알아듣지 못하도록 몹시 소란을 피우며, 어서 수색을 계속하라고 소리쳤는데, 그 액운의 반지가 침대의 매트 속에서 발견되었습니다. 그러한 증거물 앞에서는 더 항변할 말이 없었고, 그리하여 즉석에서 체포되어 오랏줄에 묶여 재판소의 부속 감방으로 치욕스럽게 끌려갔습니다.

프랑스에서는, 세력도 없고 보호해 줄 사람도 없는 불운한 여자의 재판일 경우, 그것이 신속히 처리됩니다. 프랑스에서는 가난이 있는 곳에 미덕이 함께 있을 수 없다고 믿으며, 우리의 재판정에서는 가난이 피의자를 옭아매는 완벽한 증거가 됩니다. 부당한 편견 때문에, 범행을 저지를 수 있는 사람이 범행을 실제 저질렀다고 믿습니다. 그곳에서는 법관들의 감정이 피의자의 처지에 따라 변하기 때문에, 작위나 재산이 피의자의 결백 가능성을 입증하지 못할 경우, 그가 도저히 결백할 수 없다고 즉각 판명됩니다.

저 자신을 변호하면서, 한편 잠시 동안 의례적으로 제게 배당된 변호사에게 최선의 자료를 제공했지만, 모두 헛일이었습니다. 저의 주인은 저에게 모든 혐의를 씌웠으며, 다이

아몬드가 제 방에서 발견되었으니 제가 그것을 훔친 것은 명백한 사실이라고 하였습니다. 제가 아르뺑 씨의 무시무시한 실상을 폭로하고, 저에게 닥친 불행은, 그의 비밀을 손에 쥐고서 그의 명예를 좌우할 수 있는 계집아이 하나를 제거해버리고자 하는 욕망과 복수심의 산물임을 입증하려 하자, 재판관들은 저의 말을 모함이라고 몰아붙였습니다. 그리고 아르뺑 씨는 40년 전부터 정직한 사람으로 알려졌으며, 그러한 끔찍한 일을 할 수 있는 사람이 아니라고 하였습니다. 그리하여 저는 범행에 가담하기를 거부한 대가로 제 생명을 바쳐야 할 순간에 놓이게 되었는데, 그때, 예기치 못했던 사건이 생겨 저를 해방시킨 다음, 아직도 이 세상에서 저를 기다리고 있는 새로운 역경 속에 던져 넣었습니다.

나이 마흔에, 각종 범죄를 골고루 다 저질렀다고 알려진 뒤부와라는 여인이, 저와 마찬가지로 사형 언도를 받게 되어 있었습니다. 물론 제 경우와 비교한다면 그녀가 받을 형벌은 당연한 것이었습니다. 저에게 실제 아무 잘못도 없었던 반면, 그녀의 범행은 이미 확인되었으니까요. 그런데 제가 그녀에게 일종의 관심을 불러일으킨 듯합니다. 우리의 사형 집행일이 얼마 남지 않은 어느 날 밤, 그녀가 제게 이르기를, 잠자리에 들지 말고 깨어 있으면서, 태연하게 자기 곁을 떠나지 말고, 가능한 한 출입구 가까이에 있으라고 하였습니다. 그리고 그 운수 좋은 범죄자는 말을 이었습니다.

「오늘 밤 자정에서 새벽 1시 사이에 이 건물에서 불이 날 거예요……. 내가 꾸민 일인데, 화재의 희생자가 생길지도 모르지만, 여하튼 분명한 것은, 우리들이 그 틈을 타서 탈출한다는 것이에요. 나의 친구들이며 동업자인 세 남자가 우리들과 합류하게 되어 있는데, 아가씨를 자유로운 몸으로 만드는 일은 내가 책임지겠어요.」

저의 무고함에 벌을 내린 하늘이, 저를 보호해 주겠다는 여인에게는 도움의 손길을 뻗쳤음인지, 그녀의 말대로 화재가 났고, 불길은 끔찍하였으며, 10여 명의 희생자를 냈지만, 저희들은 탈출에 성공하였습니다. 그날로 저희들은 봉디 숲속에 있는 어느 밀렵꾼의 오두막으로 피신하였는데, 그는 그녀와 저를 구해 준 그 무리와는 친밀한 사이였지만 유형이 다른 도둑이었습니다.

「자, 이제 해방이에요! 쏘피!」 오두막에 도착하자 뒤부와라는 여인이 제게 말하였습니다. 「이제 아가씨가 원하는 형태의 삶을 택하세요. 그러나 한 가지 조언을 드리겠는데, 아가씨가 직접 보았듯이, 아무 성공도 가져다주지 못하는 미덕의 실천을 내동댕이치라는 것이에요. 어울리지 않는 미덕이 아가씨를 단두대로 인도한 반면, 끔찍한 범행이 나의 생명을 구해 주었어요. 이 세상에서 선행이 과연 무슨 소용이 있는지, 또 그것을 위하여 스스로를 제물로 바칠 필요가 있는지 잘 생각해 봐요. 아가씨는 젊고 아름다우니, 원한다면, 브뤽셀로 함께 가서 내가 책임지고 아가씨의 행운을 찾아 주겠어요. 그곳은 나의 고향이고, 그래서 지금 그곳으로 떠나려는 참이에요. 2년 안에 아가씨를 고대광실에 앉혀 놓겠으나, 지금부터 미리 말해 두지만, 아가씨를 부귀로 인도해 가는 것은 미덕이라는 좁은 오솔길이 아니에요. 아가씨 나이에 속히 길을 개척하려면 직업을 가려서도 아니 되며, 모든 수단을 다 동원해야 돼요. 내 말 알아듣겠지요, 쏘피……. 내 이야기 알아듣겠지요. 그러니 얼른 결단을 내려요. 왜냐하면 이곳에서는 단 몇 시간밖에 안전할 수 없기 때문에 속히 먼 곳으로 피신해야 돼요.」

「오! 부인!」 저에게 은혜를 끼친 여인에게 제가 대답하였습니다. 「저는 부인에게 크나큰 은덕을 입었으며, 부인께서 제 생명을 구해 주셨지만, 범죄의 은덕을 입었다는 사실에 절망감을 느끼고 있으며, 또한 분명히 말씀드리건대, 그 범행에 어쩔 수 없이 가담하게 되었지만 저로서는 범행에 가담하느니 차라리 죽음을 택함이 기꺼웠을 것입니다. 항상 저의 가슴속에서 잉태되는 정직하려는 마음에 저 자신을 맡김으로써 제가 겪은 위험들이 어떤 것인지는 너무나도 잘 알고 있습니다. 그러나 미덕의 가시밭길이 어떤 것이건 간에, 번영의 거짓 광명이나 범죄 뒤에 나타나는 일시적이고 위험한 혜택보다는 그 길을 택하겠습니다. 저의 내부 깊숙한 곳에는 종교적 사념들이 있어, 그것들이 하늘의 도움으로, 절대 저를 버리지 않을 것입니다. 혹시 섭리가 제 생의 역정을 고통스럽게 한다면, 그것은 더 좋은 세상에서 더욱 풍요롭게 보상하기 위함일 것입니다. 그러한 희망이 저를 위로해 주고, 저의 모든 고뇌를 어루만져 주며, 저의 불평을 가라앉히고, 저항할 수 있도록 힘을 주어, 섭리가 저에게 가하는 모든 액운에 감연히 맞설 수 있도록 해줍니다. 그런데 제가 만약 죄를 저질러 제 마음을 더럽히는 일이 있다면, 그 즉시 제 가슴 속에서 샘솟는 그러한 즐거움은 소멸되고 말 것입니다. 뿐만 아니라, 이 세상에서 겪게 될 더욱 무서운 운명의 전도에 대한 두려움과 함께, 하늘을 모독하는 사람들을 응징하기 위하여 저세상에 마련된 천벌에 대한 공포심을 아울러 갖게 될 것입니다.」

「아가씨의 그 어처구니없는 논리가 얼마 안 가서 아가씨를 병원으로 데려가고 말 거예요.」 뒤부와 부인이 눈살을 찌푸리며 말하였습니다. 「분명히 말하건대, 하늘의 심판이라든지, 천벌, 아가씨가 기다리는 장래의 보상 등, 그 모든 것은 학교의 문턱을 나서는 순간 잊어버리는 것이 좋으며, 세상에 나와서도 여전히 그따위 것들을 믿는 어리석음을 간직한다면 굶어 죽기에 알맞을 것이니, 아예 그것들을 내던져 버려요. 아가씨, 부자들의 무정함이 가난한 사람들의 못된 짓을 합법화해 줘요. 우리가 절실한 필요를 느낄 때 그들의 돈주머니가 열리고, 그들의 가슴속에 인간을 사랑하는 정이 감돈다면, 우리들의 가슴속에도 미덕이 자리를 잡을 거예요. 그러나 우리들의 불운, 그것을 겪는 우리들의 인내와 선의, 우리들의 예속 상태가, 우리들을 옭아매고 있는 족쇄를 오히려 강화시키고 있는 한, 우리들이 저지른 범행은 바로 저들이 조장한 저들의 산물이며, 따라서 우리들을 짓누르고 있는 멍에를 조금이나마 가볍게 하기 위한 범행을 거절한다면, 그것은 우리들이 속임수에 떨어지는 꼴이 되는 거예요. 쏘피, 자연은 우리들 모두를 평등하게 태어나도록 하였어요. 만약 운명이 그 보편적 법칙에 의해 확립된 최초의 질서를 파괴하기를 즐겨 한다면, 운명의 변덕스러운 짓을 바로잡아 주고, 또 가장 강한 자들의 찬탈 행위를 우리들의 민첩함으로 복수해야 하는 것은 바로 우리들의 책무예요……. 나 역시 그 부자들이나 법관들, 관리들의 말을 듣는 것이나, 그들이 우리들에게 미덕을 설교하는 것을 구경하기 좋아해요. 살아가는 데 필요한 것의 세 배 이상을 소유하고 있을 때 도난당하지 않는다는 것을 보장받기가 지극히 어려우며, 아첨꾼이나 항복받은 노예들로만 둘러싸여 있을 때 살인 사건을 생각지 않는다는 것이 매우 어렵고, 관능이 그들을 도취케 하고 가장 기름진 음식이 그들을 둘러싸고 있을 때 절제하고 검약하기가 기실 엄청나게 고통스러운 것과 마찬가지로, 거짓말을 하여도 그것이 그들에게 더 이상 아무 이익도 가져다주지 못할 때 그들이 솔직하기란 어려운 일이 아니에요. 그러나 우리들은, 쏘피, 당신이 미쳐서 당신의 우상으로 삼은 그 야만스러운 섭리가, 풀숲에 기어다니는 뱀처럼 이 지상에서 굽실거리며 기어 다니도록 단죄한 우리들, 가난하다는 이유로 모두가 경멸하며, 힘이 없다고 하여 모두들 모욕하고, 이 땅 위 어디를 가나 쓰라림과 가시밭만이 기다리고 있는 것이 우리들인데, 범죄의 손길만이 오직 생명의 문을 열어 주고, 그 생명에 우리를 의탁시켜 주며, 우리들을 그 속에 보존시켜 주거나 우리가 그것을 잃지 않도록 하는데도, 당신은 우리들이 범죄를 거절하기를 원하고 있어요! 우리들을 지배하고 있는 그 계급이 행운의 혜택을 몽땅 독점하고 있는 동안, 우리들은, 영원히 예속되고 짓밟힌 채, 오직 고통과 절망, 빈곤과 눈물, 비탄과 죽음만을 우리의 몫으로 차지하기를 바라고 있어요! 안 돼, 안 돼, 쏘피, 절대 안 돼! 당신이 숭배하는 그 섭리가 오직 우리들을 멸시하기 위하여 존재하는 것이 아니라면, 그것이 그의 진정한 의도일 수는 없어요⋯⋯. 그 섭리를 더 깊이 알도록 해요, 쏘피. 그것을 좀 더 깊이 이해한 다음, 그 섭리가 우리들을 악행이 불가피한 처지 속에 던져 넣는 순간부터, 또한 동시에 그 악을 실행할 수 있는 가능성을 우리들에게 부여한 순간부터, 그 악은 선과 마찬가지로 그의 법칙에 봉사하며, 선과 악이 모두 그 앞에서는 평등해요. 섭리가 우리를 창조한 그 최초의 상태는 평등이에요. 그 평등한 상태를 어지럽히는 자가 그 상태를 회복시키려 노력하는 자보다 더 중죄인이라고는 할 수 없어요. 두 사람 모두 주어진 충동에 따라 행동할 뿐이고, 또한 그 충동에 순응해야 하며, 눈을 띠로 가리고 맘껏 즐겨야 해요.」

솔직히 고백하건대, 저는 난생처음으로 그 언변 좋은 여인의 유혹에 마음이 흔들렸습니다. 그러나 제 가슴속에서는 그보다 더욱 강한 목소리가 그 궤변에 항거하고 있었습니다. 그녀의 말을 곰곰이 듣고 난 후, 저는 절대 저 자신의 타락을 허락지 않기로 결심하였노라고 선언하였습니다.

「좋아요.」 뒤부와 여인이 말하였습니다. 「하고 싶은 대로 해요. 아가씨를 타고난 액운에 내버려 두는 수밖에 없겠군요. 그러나 죄악은 구원하고 미덕은 틀림없이 희생시키는 그 운명을 피할 수는 없을 테니, 장차 아가씨가 다시 체포되더라도 제발 우리에 대해서는 절대 이야기하지 마요.」

저희들이 그러한 이야기를 주고받는 동안, 뒤부와 여인의 세 동료와 밀렵꾼은 술을 마시고 있었습니다. 그런데 술이라는 것이, 범인으로 하여금 저지른 범행을 잊게 해주는 기능을 가지고 있을 뿐만 아니라, 아슬아슬하게 빠져나온 위험이 아직 코앞에 있어도 다시 범행을 저지르게 해주는 법인지, 그 악당들은, 제가 그들의 손아귀를 빠져나가기로 결심하는 것을 보자 저를 맘껏 즐기고 싶은 충동을 느끼게 되었습니다. 그들의 생활 원칙과 습관, 우리가 피신해 있는 집의 어두컴컴함, 그들이 느끼고 있던 일종의 안도감, 그들의 취기, 저의 나이, 순진성 그리고 저의 몸매, 모든 것이 그들의 충동을 부채질하였던 것입니다. 그들이 탁자에서 일어서더니, 자기들끼리 수군거리고 나서 뒤부와 여인의 의견을 묻는데, 그 주고받는 이야기를 몰라 저는 두려움에 사로잡혀 몸을 떨었습니다. 그들이 결국 의논한 것은 제가 그들을 떠나기 전에, 좋건 싫건 그 네 사내들을 차례로 충족시켜 주어야 한다는 것이었습니다. 또한 제가 순순히 그들의 요구에 응한다면 각자 저의 노비 조로 1에뀌씩을 주겠다고 하였습니다. 그러나, 제 생각을 돌리기 위하여 폭력을 사용하게 될 경우에는, 비밀을 감추기 위하여, 저를 마지막으로 즐긴 남자가 제 가슴에 칼을 꽂고 즉시 나무 밑에 매장해 버린다는 것이었습니다. 그 추잡한 제안을 듣는 순간 제가 어떻게 되었을지 상상해 보십시오, 부인. 저는 뒤부와 여인의 발아래에 몸을 던져 무릎을 꿇고 다시 한 번 저의 은인이 되어 달라고 애원하였습니다. 그러나 그 간악한 여인은, 그토록 끔찍한 처지가 하나의 단순한 불행으로 보였음인지, 비웃으며 다음과 같이 말하였습니다.

「오! 저런! 저 건장한 네 사내들에게 봉사를 하게 되었으니 참으로 안됐군! 그러나 아가씨, 지금 빠리에는 아가씨 같은 역할을 하라고 하면 돈을 아낌없이 내놓을 귀부인들이 수천 명이에요……」[9]

그러나 잠시 생각에 잠기는 듯하더니 다시 제안을 하였습니다.

「잘 들어 봐요. 아가씨가 그만한 대가를 거절치 않는다면 내가 저 꼴불견의 사내들을 만류하겠어요.」

「제발, 부인, 제가 어떻게 하면 되겠습니까?」 저는 눈물을 흘리며 외쳤습니다. 「명령만 내려 주십시오. 무슨 일이든지 따르겠습니다.」

「우리들과 함께 가서 우리들의 일에 참여하고 함께 일을 저지르되 추호도 싫어하는 눈치를 보여서는 안 돼요. 그러한 조건이라면 모든 것을 보장하겠어요.」

저는 더 숙고할 필요도 없다고 생각하였습니다. 물론 그녀의 제안을 받아들임으로써 새로운 위험을 각오해야 했지만, 우선 목전의 위험이 더 급박하였습니다. 다음에 닥칠 위험이야 또 그때에 가서 면할 방도를 찾아볼 수도 있겠으나, 당장 저를 위협하고 있는 위험을 피할 길이 없었습니다.

---

[9] 르싸주의 장편소설 『힐 블라스』에 등장하는 농담이다.

「어디든지 가겠습니다, 부인. 어디든지 가겠다고 약속할 테니 이 사내들의 광란으로부터 저를 구해 주십시오. 절대 부인을 저버리지 않겠습니다.」

그 말에 뒤부와 여인이 네 도적에게 소리쳤습니다.

「철부지들아, 좀 들어 봐요. 이 아가씨는 이제 우리들의 일원이 되었어요. 그녀를 우리들 무리에 받아들여 당당한 일원으로 삼겠어요. 그녀에게 어떠한 폭행도 하지 못해요! 첫날부터 그녀가 우리의 직업에 구토증을 느끼게 하지는 맙시다. 보다시피 그녀의 나이나 얼굴이 우리들에게는 대단히 유용할 것이니, 쾌락을 위해 그녀를 희생하지 말고, 우리의 이익을 위해 잘 활용합시다.」

그러나 남자에게는 어떠한 말로도 제어할 수 없는 열정의 단계가 있는 것 같습니다. 그 사내들은 아무 말도 귀에 들리지 않는 상태에 있었습니다. 제가 아무리 애원해 보았자 소용없다는 기세로 네 남자는 동시에 다가오며, 뒤부와 여인에게 선언하기를, 침상이 준비되면 제가 그들의 먹이가 되어야 한다고 하였습니다.

「우선 나부터!」 한 남자가 제 허리를 얼싸안으며 소리쳤습니다.

「무슨 권리로 네가 시작하겠다는 거야?」 두 번째 남자가 동료를 떠밀치고 저를 와락 잡아채면서 말하였습니다.

「저런! 누구보다도 내가 먼저 시작해야지!」 세 번째 남자가 나섰습니다.

그리하여 말다툼이 점점 열기를 띠면서, 네 사람의 투사들은 서로 머리칼을 움켜잡고 땅바닥에 쓰러져, 한 덩어리가 되었다가는 나가자빠지고 난장판을 이루었습니다. 뒤부와 여인이 그들을 뜯어말리느라 정신을 못 차리고 있을 때, 탈출의 기회를 가져다준 그러한 상황이 너무나 반가워, 저는 나는 듯이 숲 속으로 달렸고, 순식간에 그 오두막이 보이지 않을 만큼 멀리 도망을 하였습니다.

그리고 안전하다고 생각되는 지점에 이르렀을 때 땅바닥에 무릎을 꿇었습니다.

〈절대자시여! 저의 진실한 보호자이며 안내자이신 절대자여! 제 불행을 가엾게 여겨 주십시오! 저의 나약함과 무지를 잘 알고 계시며, 제가 저의 모든 희망을 당신에게 두고 있음을 알고 계시지 않습니까! 저의 뒤를 급히 쫓고 있는 위험에서 저를 벗어나게 해주시든지, 그것도 원치 않으신다면, 조금 전 겨우 피한 그 치욕스러운 죽음보다 덜 욕스러운 죽음으로 지체 없이 당신 곁에 저를 불러 주세요!〉

불행한 사람에게는 기도가 가장 부드러운 위안으로서, 기도를 하고 나면 힘을 얻습니다. 다시 용기를 얻어 일어섰을 때, 이미 어두워지기 시작하는지라, 안전하게 그 밤을 지내려는 생각으로 덤불숲 깊숙이 몸을 숨겼습니다. 이제 안전하다는 생각과, 극도의 피로와 절망, 조금 전에 겪은 일, 그 모든 것들이 편안한 밤을 보내는 데 도움을 주었으며, 환한 빛 때문에 눈을 떴을 때는 이미 해가 높직하였습니다. 불운한 사람들에게는 잠에서 깨어나는 순간이 가장 처참한 때이니, 모든 감각 기능이 휴식을 취하고, 사념이 평온을 되찾으며,

모든 시련을 잠깐 망각한 다음에는, 불행의 짐이 더욱 고통스럽게 느껴지기 때문입니다.

〈인간들 중에는, 자연이 사나운 야수들과 같은 처지에 던져 놓은 사람도 있다는 것이 사실이구나!〉 잠에서 깨어난 직후 저는 그러한 생각을 하였습니다. 〈야수의 보금자리에 은신하며, 야수들처럼 사람들을 피하고 있는 나와 그 야수들 간에 무슨 다름이 있는가? 이토록 비참한 운수를 가지고 태어날 필요가 구태여 있었던가?〉 그러한 서글픈 사념이 펼쳐지면서 눈물이 하염없이 흘렀습니다. 눈물을 막 그쳤을 때 곁에서 부스럭 소리가 들렸습니다. 처음에는 그것이 짐승이라 생각했는데, 차츰 두 남자의 목소리임을 깨닫게 되었습니다.

「자, 내 친구여, 어서! 여기라면 기가 막히게 좋을 거야.」 두 사람 중 하나가 말하였습니다. 「내 어머니가 살아 계시다는 잔혹하고 숙명적인 처지라 하더라도, 내게 그토록 귀한 쾌락을 그대와 잠깐 나누는 것을 막지는 못할 거야……」

그들은 제가 숨어 있는 곳으로 다가와 바로 저의 면전에 자리를 잡는지라, 그들의 말 한마디, 행동 하나하나가 모두 포착되었습니다. 그리고 제 눈앞에 장면이 펼쳐지기 시작하였습니다…….

오! 하늘이여! — 이야기를 잠깐 중단하며 쏘피가 소리쳤다 — 장면을 일일이 묘사하기는커녕 차마 귀에 담기조차 부끄러운, 그토록 아슬아슬한 장면만을 골라서 그 속에 저를 던져 넣다니, 그것이 운명이라 하더라도 그럴 수가 있습니까?…… 자연과 율법을 모독하는 그 죄악, 하느님의 손이 이미 여러 차례에 걸쳐 주멸(誅滅)하신 그 끔찍한 범죄, 한마디로, 저로서는 상상조차 하기 어려웠던 그 추태가, 모든 불결한 기교와 가장 용의주도하게 준비된 타락의 장면을 연출하며 저의 목전에서 펼쳐졌습니다.

그들 중 위에 있던 남자는 스물넷쯤 되어 보였는데, 초록색 옷을 말끔하게 차려입은 것으로 보아 지체 높은 집안의 젊은이임에 틀림없었습니다. 밑에 있던 다른 남자는 그 젊은이의 하인 같았고, 열일고여덟쯤 되어 보였는데 용모가 아주 귀여웠습니다. 제 눈앞에 펼쳐지는 장면은 음란한 것에 못지않게 오래 지속되었습니다. 그 시간이 그만큼 저에게는 견딜 수 없는 순간이었지만, 발각될까 두려워 꼼짝도 하지 못하였습니다.

이윽고 범죄적 장면을 연출하던 주인공들이, 만족하였던지 몸을 일으켜 집으로 돌아가려는 눈치였습니다. 그때 주인처럼 보이는 남자가 일을 보려고 제가 숨어 있는 덤불숲으로 다가왔습니다. 저의 쫑긋 올라간 모자가 사단이 되어 그가 저를 발견하고야 말았습니다.

「쟈스맹, 내 사랑, 발각되었어……. 어떤 계집아이가, 불경한 여자가, 우리들의 의식(儀式)을 훔쳐보았어. 어서 이리 좀 와요, 깜찍한 계집아이를 끄집어내서 어떻게 하나 보아야겠어.」 그가 자기의 젊은 아도니스에게 소리쳤습니다.

저는 그들이 저를 끌어낼 때까지 기다리지 않았습니다. 제 스스로 덤불 속에서 뛰쳐나와 그들의 발아래 몸을 던지고 그들을 향해 두 손을 모아 애원하였습니다.

「오! 제발, 믿으실 수 없을 만큼 불행한 액운에 시달리고 있는 이 가련한 여자를 불쌍히 여겨 주세요. 제가 겪고 있는 운명의 역경은 이 세상에 다시없을 것입니다. 제가 이곳에 있었던 것은 저의 잘못이라기보다는 제가 겪고 있는 액운의 결과이니, 제발 저를 의심치는 말아 주세요. 저를 핍박하고 있는 시련을 증대시키지 마시고, 악착같이 제 뒤를 따라다니는 가혹한 운명의 손길을 벗어나게 해주시어, 시련을 감하게 해주세요.」

제가 다시 걸려들게 된 젊은 남자는 브레삭 씨라고 하는데, 그의 생각은 방탕으로 젖어 있고, 가슴속에는 가엾은 사람을 측은히 여기는 마음이 별로 없는 자였습니다. 감각적 방탕이 인간의 자비심을 고갈시키는 경우가 불행하게도 너무나 흔한 듯합니다. 감각적 방탕의 결과는 인간을 더욱 무정하게 만든다는 것입니다. 탈선행위의 대부분이 영혼의 무감각을 필요로 하고 있음인지, 혹은 신경 덩어리에 가해지는 격렬한 요동이 행위의 감각을 저하시키기 때문인지, 상습적 탕아들 중에 측은한 마음을 간직한 사람은 지극히 드문 듯합니다. 그러나 제가 지금 대강 말씀드리는 성격의 소유자들이 공통적으로 가지고 있는 정신적 잔혹성 외에, 브레삭 씨는 여성에 대한 현저한 혐오와 여성의 모든 특징에 대한 뿌리 깊은 증오심을 가지고 있어서, 그를 감동시킬 수 있는 심정을 그의 영혼 속에 불어넣기는 매우 어려웠습니다.

「거기서 뭘 하고 있어, 이 멧비둘기야!」 제가 그 마음을 감동시켜 보려 했지만, 그 남자는 여전히 퉁명스럽게 말하였습니다…….

「솔직히 말해, 이 젊은이와 나 사이에 있었던 일을 다 보았지, 그렇지 않아?」

「제가요? 아니에요, 나리!」 그 진실을 감춘다 해도 아무 해악이 되지 않으리라 생각한 저는 얼른 아니라고 대답하였습니다. 「아주 평범한 것밖에 보지 못하였으니 제 말을 믿어 주세요. 두 분이 풀밭 위에 앉아 계신 것을 보았고, 무슨 말씀을 나누시는 것 같았어요. 이상이 제가 본 전부예요. 제 말을 믿어 주세요.」

「네 말을 믿겠어.」 브레삭 씨가 대꾸를 하였습니다. 「그것은 너의 안전을 위하는 마음에서야. 왜인가 하면, 만약 네가 다른 것을 보았으리라고 추측될 경우, 너는 이 숲 속에서 영원히 나갈 수 없을 거야……. 자, 쟈스맹, 아직 시간도 이르고 하니 이 촌뜨기 처녀의 사연이나 들어 보자고. 우선 이야기를 듣고 난 다음, 여기 있는 굵은 떡갈나무에 이 여자를 묶어 놓고, 그녀의 몸뚱이에 우리의 사냥칼을 시험해 보도록 하지.」

그 젊은이들이 자리를 잡더니 자기들 가까이에 앉으라고 명령을 내렸습니다. 저는 시키는 대로 앉아서 제가 세상에 나온 이후 겪었던 일들을 그들에게 열심히 털어놓았습니다.

제가 이야기를 마치자마자 브레삭 씨는 자리에서 일어서면서 말하였습니다.

「자, 어서, 쟈스맹, 내 사랑, 우리도 일생에 단 한 번만이라도 공정해 보자고. 공평무사한 테미스[10]가 이 깜찍한 계집아이에게 유죄 판결을 내리셨으니, 여신을 실망시켜 드릴 수는 없어. 따라서 여신께서 이 죄인에게 가하시려는 벌을 지체하지 말고 시행하자고. 이제 우리가 행하려는 일은 범죄가 아니라 하나의 미덕이야. 오! 내 친구여! 그것은 사물의 윤리적 질서를 회복시키는 일이고, 또한 불행하게도 우리들이 가끔 그 질서를 어지럽히곤 하니, 기회가 주어졌을 때 단 한 번이나마 용기 있게 그것을 원상으로 회복시키자고.」

그러고 나서 그 잔인한 자들은 저를, 앞서 말한 나무로 끌고 갔습니다. 저의 비명이나 눈물에도 전혀 아랑곳하지 않는 듯하였습니다.

「이 여자를 이렇게 묶어.」 브레삭 씨는 저의 복부를 나무 둥치에 대고 밀면서 하인에게 말하였습니다.

그들의 양말대님이며 손수건이 모두 동원되었고, 저는 순식간에 어찌나 우악스럽게 묶였던지, 손가락 하나 꼼짝할 수 없게 되었습니다. 그 작업이 끝나자, 범인들은 제 치마를 벗겨 내고 속치마를 저의 어깨 위로 치켜 올렸습니다. 그리고 사냥칼을 집어 들기에, 그들이 우악스럽게 드러내 놓은 제 몸의 뒷부분을 몽땅 찢어 내려는 줄 알았습니다.

「그만하면 되었어.」 아직 칼이 제 몸에 닿지도 않았는데 브레삭 씨가 말하였습니다. 「그만하면 우리가 어떤 사람들인지 알겠지. 또 우리가 무슨 짓이든지 할 수 있다는 것을 잘

---

[10] Themis. 우라노스와 가이아 사이에서 태어난 딸로, 정의와 질서를 상징한다.

알 것이며, 우리들의 손아귀를 벗어나지 못할 거야. 쏘피, 옷을 다시 입어요. 항상 근신하기를 잊지 말고, 우리들을 따라와요.」 제 몸의 결박을 풀어 주며 그는 말을 계속하였습니다. 「내 뜻에 순종만 잘하면 후회할 일이 없을 거예요, 아가씨. 우리 어머니에게 침모가 한 사람 더 필요한데 내가 당신을 어머니에게 소개하겠어요……. 당신의 이야기를 믿고, 당신의 품행에 대해서는 내가 보증을 서겠어요. 그러나 만약 나의 선의를 악용한다든가, 나의 신뢰를 배반할 경우, 잘 봐두어요. 이 나무가 당신의 임종 침상이 될 테니까. 이제 나와 함께 가서 보게 될 우리의 저택이 여기에서 10리(약 4킬로미터)밖에 되지 않는 거리에 있으며, 따라서 아주 작은 잘못이라도 저지르는 날에는 그 즉시 이곳으로 끌려오게 된다는 사실을 잊지 마요…….」

저는 순식간에 옷을 다시 입고, 저의 은인에게 감사하다는 말을 두서없이 쏟아 놓으며 그의 발아래에 몸을 던졌습니다……. 그의 무릎을 얼싸안으며 품행을 단정히 하겠다는 갖은 맹세를 다 하였건만, 저의 고통에 대해서처럼 저의 기쁨에도 무감각한 그는 다음 대답뿐이었습니다.

「어서 걸읍시다. 당신을 변호해 줄 것은 오직 당신의 품행뿐이며 또 그것만이 당신의 운명을 결정해 줄 것이오.」

저희들은 길을 떠났습니다. 쟈스맹과 그의 상전은 정답게 이야기를 나누며 걸었고 저는 아무 말 없이 다소곳이 그들의 뒤를 따랐습니다. 1시간이 채 못 되어 우리들은 브레삭 백작 부인의 저택에 도착하였는데, 주위의 풍광이 어찌나 찬란하였던지, 그것을 보는 순간, 그 댁에서 제가 어떠한 일을 하게 되든 아르빽 씨 댁의 하녀장직보다는 훨씬 이로우리라는 생각을 하였습니다. 조그만 대기실에서 기다리라고 하면서 쟈스맹이 지극히 공손한 태도로 저에게 점심을 대접하였습니다. 그동안 브레삭 씨는 자기 어머니 방에 올라가 통고를 하고, 30분쯤 후, 자기의 어머니에게 소개하려고 몸소 저를 데리러 왔습니다.

브레삭 부인은 마흔다섯쯤 된 여인이었는데, 아직도 매우 아름다웠고 또 상당히 선량해 보였으며, 특히 그녀의 생각이나 어조에는 약간의 엄격함이 감돌고 있었음에도 인정이 넘쳐 보였습니다. 2년 전부터 미망인으로 살고 있었는데, 사별한 남편은 대단히 문벌이 좋기는 했으나 재산이 없어, 오직 자신의 작호만을 가지고 그녀와 혼인을 하였다고 합니다. 따라서 젊은 브레삭 후작이 기대할 수 있는 유산은 오직 어머니의 재산뿐이었으며, 아버지가 남긴 것으로는 연명조차 하기 어려운 상태였습니다. 브레삭 부인은 아버지의 유산에다가 상당한 금액을 덧붙여 아들의 생활비를 지불하였지만, 무절제하고 아낄 줄 모르는 아들의 낭비벽을 감당하기에는 오히려 부족했습니다. 그 집에는 최소 6만 리브르의 연금 수입이 있었습니다. 게다가 브레삭 씨에게는 다른 형제나 자매가 없었습니다. 주위에서 아무리 권유를 하여도 여전히 빈둥거리고 있을 뿐이었습니다. 그가 택한 쾌락과 관계가 없는 것은, 그것이 무슨 일이든 간에 그에게는 견딜 수 없는 것이었고, 따라서 막무가내로 아무 제약도 받아들이지 않았습니다. 백작 부인과 그 아들은 매년 이 영지에 와서 3개월을 보내고 나머지는 빠리에서 생활하는데, 어머니가 아들에게 함께 지내자고 하는 그 3개월마저도, 쾌락의 소굴을 떠나기를 죽음처럼 싫어하는 아들에게는 대단한 두통거리였습니다.

브레삭 후작은 제가 자기에게 한 이야기를 그대로 자기 어머니에게 아뢰라고 명령을 내렸습니다. 제가 이야기를 마치자 브레삭 부인이 말씀하셨습니다.

「당신의 솔직함과 순진함을 보니 당신이 무고하다는 것을 의심할 여지가 없군요. 당신에 대해서 다른 것들은 더 이상 알아보지 않겠지만, 당신이 정말 조금 전 이야기하던 그 사람의 딸인지 확인해 보고 싶어요. 그것이 사실이라면 나와 당신의 아버지는 서로 아는 사이이고, 그것이 당신에 대하여 더욱 각별한 관심을 가져야 할 또 다른 이유가 되니까요. 당신이 아르뺑의 집에서 당한 일은, 우리 집안과 대대로 친분이 두터운 대법관을 두어 번 찾아가서 해결해 주겠어요. 프랑스 내에서도 유례없이 공정한 사람이에요. 당신에게 가해졌던 모든 것을 무효로 하기 위해서는, 당신이 무고하다는 것을 증명하기만 하면 되고, 그 이후에는 아무것도 두려워할 것 없이 빠리에 다시 나다닐 수 있을 거예요……. 그러나 쏘피, 내가 당신에게 약속하는 모든 것은 당신이 품행을 단정히 할 때에 한해 이행된다는 점을 명심해 둬요. 또한 그렇게 하면, 내가 당신에게 요구하는 조건들이 항상 당신에게 이로울 것이라는 점도 깨닫게 될 거예요.」

저는 브레삭 부인의 발아래에 엎드려, 언제나 만족스럽게 해드리겠노라고 맹세하였으며, 저는 그 순간부터 그녀의 제2침모로서 그 집에 기거하게 되었습니다. 사흘이 지난 후 브레삭 부인이 빠리에 요청한 조회의 회답이 도착했는데, 그 내용은 제가 바라던 대로였습니다. 그리하여 마침내 모든 불행의 사념들이 제 뇌리에서 말끔히 사라지고, 제가 기대할 수 있는 가장 달콤한 위안의 희망이 그 자리를 차지하였습니다. 그러나 이 가련한 쏘피는 절대 행복해질 수 없다는 것이 하늘의 문서에 이미 씌어 있는 듯합니다. 그리하여 이 쏘피에게 한동안 평온이 찾아온다 해도 그것은 순간적일 뿐, 그다음에 올 참혹한 불행의 시간을 더욱 견디기 어렵게 만들기 위한 하늘의 뜻인 듯합니다.

우리가 빠리에 도착하자마자 브레삭 부인은 서둘러 제 문제를 해결하는 일에 착수하였습니다. 대법관은 저를 직접 보자고 하였고, 제 불행한 이야기를 관심 깊게 경청하였으며, 아르빽의 주도면밀한 모함이 그 정체를 드러내게 되었습니다. 뿐만 아니라, 제가 비록 감옥의 화재를 이용했다 하더라도 그 화재 자체와는 아무 관련이 없었다는 결론을 내리고, 담당관들이 또 다른 규정을 적용하지 않는 한 모든 소송 문서는 무효화될 것이라고 하였습니다.

브레삭 부인이 취한 그 모든 절차가 얼마나 저를 그녀에게 밀착시키게 되었는지는 상상하기 어렵지 않을 것입니다. 그녀가 저에게 베푼 갖은 호의는 차치하고라도, 그러한 절차를 취해 주셨는데, 어찌 제가 그토록 귀한 보호인에게 결정적 애착을 느끼지 않을 수 있었겠습니까? 그러나 저를 자기의 어머니에게 긴밀히 묶어 놓으려는 브레삭 후작의 의도가 결정적인 역할을 한 것도 사실입니다. 이미 제가 말씀드렸고, 또 그 젊은이가 빠리에서건 시골에서건 무분별하게 탐닉해 있던 그러한 유형의 끔찍한 방탕과는 상관없이, 그가 백작 부인을 극도로 증오하고 있다는 것을 얼마 가지 않아 간파하게 되었습니다. 그의 방탕을 멈추게 하기 위하여, 혹은 그러한 짓을 방해하기 위하여, 그녀가 모든 수단을 강구한 것은 사실입니다. 그러나 그 과정에서 그녀가 다소 지나치게 엄격했기 때문에, 그 엄격한 통제로 인해 더욱 열이 오른 후작은, 오히려 더 열렬히 방탕의 길에 스스로를 내맡겼고, 가엾은 백작 부인은 하는 수 없이 억압의 손길을 거두었지만, 아들로부터 극도의 증오를 받게 되었습니다.

「우리 어머니가 자발적으로 당신의 일에 뛰어든다고는 생각지 마요.」 후작이 저에게 자주 그러한 말을 하였습니다. 「내가 끊임없이 어머니를 귀찮게 하지 않는다면 아마 자신이 당신에게 약속한 일들을 기억조차 못할 것이에요. 내 말을 믿어요, 쏘피. 어머니는 자기가 한 일들을 당신에게 장황하게 늘어놓으며 자랑하지만, 기실 그것들은 내 손으로 이루어진 것들이에요. 감히 말하건대, 따라서 당신이 은혜를 입었다면 그것은 오직 나의 은혜일 뿐이며, 그 은혜에 대한 보답으로 내가 당신에게 요구하는 호의는 지극히 평범한 일이에요. 물론 당신이 아무리 아름답다 하더라도, 당신의 사랑을 요구하는 것이 아님은 당신도 이미 잘 알고 있겠지요······. 아니에요, 쏘피, 절대 아니에요. 내가 당신을 위해 그 모든 일을 했다는 확신이 당신의 마음속에 선다면, 그 보답으로 내가 기대할 수 있는 모든 것을 당신 영혼 속에서 발견할 수 있으리라 믿어요……」

그의 이러한 말이 저에게는 너무나 모호하여 대답할 말을 찾을 수 없었습니다. 그러나 입에서 나오는 대로 영문도 모르는 채 그의 말에 응대했고, 아마 제가 너무 경솔했던 것 같습니다.

이제 잠깐 제가 평생을 두고 참회해야 할 잘못, 제가 저지른 유일한 잘못을, 부인께 고백해야겠습니다……. 그러나 그것이 죄악은 아니었습니다. 단순한 실수로서, 그러한 실수 때문에 벌을 받은 사람은 저밖에 없을 것이며, 저도 모르는 사이에 저의 앞길에 입을 벌리고 있는 심연으로 저를 이끌어 가는 데, 그 실수를 이용한 것이 하늘의 공평무사한 손길 같지는 않습니다. 저는 브레삭 후작을 대할 때마다 격렬한 연정에 사로잡혔고, 그에게 이끌리는 정을 무엇으로도 억제할 수 없었습니다. 그가 여인들을 기피한다는 것과, 그의 취향이 변태적이라는 사실, 그와 저 사이를 갈라놓고 있는 엄청난 윤리적 거리감 등에 대해 생각을 거듭했지만, 아무것도, 이 세상의 그 무엇도, 이제 막 불붙기 시작한 연정을 끄지는 못하였습니다. 만약 후작이 제 목숨을 요구했다면 저는 1천 번이라도 그를 위해 목숨을 바쳤을 것이며, 그렇게 하고서도 저는 그를 위해 아무 일도 하지 못했다고 생각하였을 것입니다. 그러나 제 가슴속에 정성스럽게 간직한 그 감정을 그는 전혀 눈치조차 채지 못하였습니다……. 그 무심한 사람은,

이 가련한 쏘피가, 그를 파멸로 이끌어 가고 있는 수치스러운 방탕 때문에 날마다 흘리고 있는 눈물의 원인을 까맣게 모르고 있었습니다. 그러나, 그를 기쁘게 하는 일이라면 나는 듯이 달려가고 싶어 하는 제 열망을 그가 눈치채지 못했을 리는 없었고, 저의 적극적인 친절을 막연하게나마 감지하지 못했을 리도 없습니다……. 저의 맹목적인 헌신은 예의범절이 허락하는 한 그 극으로 치달았으며, 심지어 그의 잘못된 행위를 돕는 데까지 이르렀고, 항상 그러한 행위들을 그의 어머니에게는 감추게 되었습니다. 그러한 저 자신의 처신으로 해서 저는 그의 신임을 얻게 되었고, 그에게서 비롯되는 것이라면 무엇이든 저에게는 가장 귀한 것이 되었으며, 그가 저에게 베푸는 약간의 온정에 눈이 멀어, 어떤 때는 제가 그의 관심을 끌고 있다는 자만심에 빠지기도 하였습니다. 그러나 그의 방탕이 얼마 가지 않아 저에게 안겨 준 실망감을 어찌 이루 다 사뢸 수 있겠습니까? 그의 방탕은 극에 달하여, 집 안에는 제가 보고 있음에도 더러운 행위를 서슴지 않는 하인들이 우글댔고, 밖에서도 한 무리의 무뢰배들을 매수하여 그들의 집으로 찾아가거나 그들을 날마다 집 안으로 불러들였습니다. 또한 그의 취향이 아무리 더러운 것이라 할지라도 그에게는 귀한 것인지라, 후작은 엄청난 수고를 아끼지 않고 분주히 돌아다녔습니다. 그리하여 어떤 때는 무례함을 무릅쓰고 그의 행동이 예의에 어긋난다고 지적도 해드렸습니다. 그때마다 그는 싫어하는 기색 없이 제 말을 조용히 듣고 있다가, 누구든 각 개체를 지배하고 있는 악습에서 벗어

날 수는 없는 법이라고 대답하였습니다. 그 악습은 수천의 다양한 형태로 재생되며, 나이에 따라 그 특유의 가지들을 가졌고, 10년마다 그 소유자에게 새로운 느낌을 가져다주기 때문에, 불행히도 그 악습에 한번 사로잡힌 사람은 무덤에 가는 날까지 그것을 고수하게 된다는 것이었습니다……. 그러나 혹시 제가 그의 어머니나, 그가 그녀에게 안겨 드리는 고뇌에 대해 말을 꺼내면, 즉시 언짢은 기색과 노여움, 신경질뿐만 아니라, 자신에게 예속될 재산이 그토록 오랫동안 그러한 여자의 수중에 있는 것을 참을 수 없다는 표정이 역력해졌습니다. 또한 그토록 존경스러운 어머니에 대한 뿌리 깊은 증오와 자연스러운 정에 대한 노골적인 반항을 드러냈습니다. 자신의 취향에 따라 일단 그 성스러운 생리를 그토록 노골적으로 역행하고 나면, 그 첫 범죄의 필연적인 결과로, 모든 다른 죄악을 쉽사리 저지를 수 있다는 것이 진정 사실입니까?

어떤 때는 종교의 힘을 빌려 보려고도 하였습니다. 거의 언제나 종교로부터 위안을 받은지라, 저는 그 타락자의 영혼에 종교적 사랑을 불어넣어 주려 하였고, 그것의 매력을 느끼게끔 하는 데 성공하면, 그 매력이라는 오랏줄로 그를 사로잡을 수 있으리라 확신하고 있었습니다. 그러나 후작은, 제가 자기를 상대로 하여 그러한 방안을 오랫동안 사용하도록 내버려 두지 않았습니다. 우리의 신성한 종교에 대한 선포된 적으로서, 우리 교조의 순수성에 대한 집요한 비방자로서, 또 절대자의 존재에 대한 과격한 불신자로서, 브레삭 씨는 저에 의해 교화되기는커녕 오히려 저를 타락시키려 애를 썼습니다.

「모든 종교는 거짓된 원칙에서 출발하고 있어요, 쏘피.」그가 말하였습니다. 「모든 종교는 창조자에 대한 숭배를 필요조건으로 하고 있어요. 그런데 만약, 이 우주 공간의 무한한 평원에서 다른 천체들 속에 섞여 둥둥 떠다니는 우리의 영원한 지구가, 그 시작도 없었고 또 종말도 절대 없다면, 그리고 자연의 모든 산물이 자연 자체를 속박하는 법칙의 결과적 산물이라면, 뿐만 아니라 자연의 끊임없는 작용과 반작용이 그 본질 속에 어떤 태생적 운동 법칙이 있으리라는 추단을 가능케 한다면, 당신이 그리도 쉽사리 그 창조자에게 부여하는 만유의 운동 원리라는 것은 어떻게 되지요? 제발, 쏘피, 내 말을 믿어요. 당신이 인정하는 그 신이라는 것은, 한편 무지의 결과이고, 또 다른 한편으로는 폭정의 결과에 불과해요.[11] 강자가 약자를 속박하고자 할 때, 강자는 자기가 약자를 핍박하는 데 사용하는 그 무기가, 어느 신에 의해 성스러워졌노라고 약자를 설득하였고, 자신의 비참한 처지에 얼이 빠진 약자는, 강자가 원하는 대로 모든 것을 믿게 된 것이에요. 그 최초의 거짓말의 숙명적 결과인 모든 종교는 그 최초의 거짓말

---

[11] 이상은 데모크리토스(B.C. 460~B.C. 370)를 비롯하여 에피쿠로스(B.C. 341~B.C. 270), 루크레티우스(B.C. 98~B.C. 55) 등이 주장하던 원자론*atomisme*을 연상시키는 시각이다. 세네카나 마르쿠스 아우렐리우스 등 스토아학파 철인들이나 볼떼르와 같은 이들의 신관(神觀)과는 다르다. 『미덕의 불운』이 소설의 구성이나 냉소적 어조에서는 볼떼르의 『깡디드』를 연상시키기도 하지만, 싸드의 신에 대한 시각은 볼떼르의 그것과 근본적으로 다르다.

처럼 경멸을 받아야 마땅하며, 이 세상의 모든 종교들 중 사기와 어리석음의 표징을 간직하고 있지 않은 종교는 단 하나도 없어요. 모든 종교에는 우리의 이성을 전율케 하는 교리와, 자연을 모독하는 교조, 그리고 조롱을 금치 못하게 하는 우스꽝스러운 의식이 있어요. 내가 철이 들면서부터, 쏘피, 나는 그 외설스러운 짓들을 강렬하게 배척하였으며, 그것들을 내 발아래 짓밟아 버리겠다는 원칙을 세웠고, 목숨이 붙어 있는 한 절대 종교로 귀의하지 않겠노라는 맹세를 하였어요.[12] 당신도 사리에 맞게 살고 싶으면 나를 본받도록 해요.」

「오! 나리!」 제가 후작에게 답하였습니다. 「이 가련한 여인을 위무해 주는 그 종교를 빼앗아 가신다면, 저의 가장 큰 희망을 박탈하시는 게 될 거예요. 종교의 가르침에 흔들림 없이 애착하고 있으며, 종교에 가해지는 모든 공격이 방탕과 정염의 소산이라는 확신을 가지고 있는 제가, 듣기만 하여도 전율을 금할 수 없는 궤변에 제 생명의 가장 큰 위안인 그 생각을 희생할 수 있겠어요?」

저는 그 말에다가 제 가슴에서 우러나오는 대로, 제 이성이 명령하는 대로, 수천 가지 말을 덧붙여 그를 설득하려 하였지만, 후작은 그저 웃을 뿐이었습니다. 그리고 사람을 홀리며, 남성적인 웅변으로 무장되었을 뿐만 아니라, 다행히도 제게는 없는 많은 독서량의 힘을 입은 그의 이론은, 저의 모든 이론을 여지없이 쓰러뜨렸습니다. 미덕과 경건함으로 가

---

[12] 싸드의 모든 작품에 줄기차게 서려 있는 의지이다.

득 찬 브레삭 부인은, 당신의 아들이 자신의 모든 방종을 불신자의 모순적인 이론을 내세워 변호하고 있다는 것을 잘 알고 계셨습니다. 그리하여 저와 함께 그 점을 탄식하셨으며, 주위에 있는 다른 여자들보다 제가 좀 더 사리에 밝다고 생각하셔서, 송구스럽게도 당신의 고뇌를 제게 즐겨 털어놓으시곤 하셨습니다.

그러는 동안에도 어머니에 대한 아들의 못된 거조는 날이 갈수록 심해졌습니다. 이제는 아예 자신이 하는 짓을 감추려고도 하지 않게 되었으며, 자기 어머니 측근에 자신의 쾌락을 돕는 더러운 자들을 가득 모아들일 뿐만 아니라, 제가 있는 자리에서 무례하게도 자기 어머니에게 선언하기를, 만약 또다시 자신의 취향에 반대한다면 어머니 앞에서 실제 장면을 연출하여, 자신들이 느끼는 매력으로 어머니를 설득하겠다고까지 하였습니다. 저는 그러한 언사와 행위에 비명을 질렀으며, 제 영혼을 삼키고 있는 불행한 연정을 멈추게 할 동기를 그의 언행에서 찾으려고 내심 노력하였지만…… 사랑이라는 것이 어디 치유될 수 있는 병입니까? 제가 그를 싫어하게 할 모든 것을 찾아냈지만, 그것들이 오히려 연모의 불길을 더욱 돋울 뿐, 그 간교한 브레삭은, 그에 대한 증오심을 불러일으킬 만한 모든 것을 제 앞에 집결시키면 집결시킬수록 오히려 더욱 사랑스러워 보였습니다.

항상 같은 고뇌로 고초를 받고, 항상 같은 위안거리로 위무를 받으며 그 집에 머문 지 4년이 되었을 때, 후작이 저를 유혹한 끔찍한 동기가 마침내 그 무서운 정체를 드러내게 되었습니다. 그때 우리들은 시골 저택에 있었는데, 백작 부인은 저 혼자 모시게 되었습니다. 제1침모는 남편의 일 때문에 그해 여름을 빠리에서 보내도 좋다는 허락을 얻었기 때문이었습니다. 어느 날 저녁, 주인마님 곁을 물러난 지 얼마 되지 않았을 때, 제 방 발코니에 나와 숨을 돌리며, 몹시 더운 날씨 때문에 잠자리에 들까 말까 망설이고 있는데, 별안간 후작이 제 방문을 두드리며 잠시만 함께 이야기할 수 있게 해달라고 하였습니다……. 아아! 제 불행의 장본인인 그 무정한 자가 제게 허락하는 모든 순간들이, 저에게는 너무나 귀하게 여겨졌기 때문에, 저는 어느 순간도 감히 거절할 수가 없었습니다. 그가 방으로 성큼 들어서더니 문을 조심스럽게 닫고, 제 곁에 있는 안락의자에 털썩 주저앉은 다음, 조금 거북한 어조로 입을 열었습니다.

「쏘피, 잘 들어요, 당신에게 할 아주 중대한 이야기가 있어요. 먼저, 이제부터 내가 하는 이야기를 절대 누설하지 않겠다고 나에게 맹세를 해줘요.」

「오! 주인님, 제가 당신의 신뢰를 악용할 수 있다고 생각하세요?」

「내가 당신에게 신뢰를 허락한 것이 잘못되었다는 것을 당신 스스로 증명하게 되는 날, 당신이 감당해야 될 위험이 어떤 것인지 당신은 모르고 있어요.」

「저에게 가장 큰 아픔은 당신의 신뢰를 잃는 것이니, 더 이상의 경고가 필요치 않습니다.」

「좋아요, 쏘피……. 내가 어머니를 살해할 계획을 세웠는데, 당신의 손을 빌리기로 하였어요.」

「제가요, 주인님? 오! 하늘이시여!」 저는 두려움에 흠칫 뒤로 물러서며 소리치듯 말하였습니다. 「그러한 두 가지 계획이 어떻게 당신의 뇌리에 떠오를 수 있습니까? 제 목숨을 앗아 가세요, 주인님. 제 목숨은 당신의 것이니 마음대로 하세요. 제 생명은 오직 주인님 덕분에 유지하고 있어요. 그러나 생각만 하여도 가슴이 내려앉는 그러한 범죄에, 제가 가담하겠다는 응낙을 얻어 내실 생각은 염두에도 두지 마세요.」

「잘 들어요, 쏘피.」 브레삭 씨는 조용히 저를 달래면서 말을 계속하였습니다. 「그러한 일에 대한 당신의 혐오감은 익히 짐작하고 있었어요. 그러나 당신은 사리가 밝기 때문에, 당신이 그토록 엄청나다고 생각하는 그 범죄도 기실 지극히 단순한 일이라는 것을 깨닫게 해줌으로써 당신의 혐오감을 지워 버릴 수 있으리라 생각하였어요. 별로 철학적이지 못한 당신의 눈에는 이 일이 내포하는 두 가지 죄악이 보일 것이에요. 그 하나는 자신의 유사체(類似體)[13]를 파괴한다는 것이며, 또 다른 하나는 그 유사체가 내 어머니이므로 해서 증대되는 파괴의 괴로움이에요. 자신의 유사체를 파괴한다는 것, 쏘피, 분명히 확언하건대, 파괴한다고 믿는 것은 순전한 환상이에요. 파괴의 능력은 인간에게 허락되어 있지 않아요. 기껏해야 형태를 변화시킬 수는 있으되, 절멸시킬 수는 없어요. 그런데 자연의 눈에는 모든 형태가 평등해요. 다양성이

---

13 흔히들 〈인간〉, 〈동포〉, 〈동류〉 등으로 번역하는 〈*semblable*〉을 원의대로 옮긴 것이다.

실현되는 이 거대한 도가니 속에서, 상실되는 것은 아무것도 없어요. 그 속에 던져지는 모든 물질 덩어리들은 끊임없이 다른 모습으로 재생되며, 그것에 대한 우리의 작용이 어떻든 간에, 그 작용의 어느 것도 그 도가니를 손상하거나 모독할 수 없고, 우리의 파괴는 그의 능력에 활기를 줄 뿐만 아니라, 그의 에너지를 지속시켜 줄지언정, 어떠한 파괴도 그것을 약화시키지는 않아요.[14] 오늘 여인의 모습을 하고 있는 이 살덩이가, 내일 각양각색의 수천 마리 곤충으로 재생산된다고 하여, 끊임없이 창조를 계속하고 있는 자연의 눈에 무슨 의미가 있겠어요? 우리들과 같은 개체의 축조가 한 마리 구더기의 축조보다 자연에게 더 큰 수고를 끼치며, 따라서 자연이 우리들에게 더 깊은 관심을 가지고 있노라고 당신은 감히 말할 수 있겠어요? 그렇다면 애착의 도가, 아니 무관심의 도가 같을진대, 소위 죄라고 하는 것을 한 사람이 저질러, 다른 사람이 파리나 상추로 변한들 그것이 자연에게 무슨 영향을 끼칠 수 있겠어요? 우리 인간이라는 족속의 고귀함을 누가 내게 증명해 보인다면, 또 인간이 자연에게 하도 중요하여, 인간의 파괴에 대해 자연이 필연적으로 노하게 되어 있다는 것을 내게 보여 준다면, 나 역시 그러한 파괴가 하나의 범죄라고 생각할 수 있을 거예요. 그러나 자연에 대한 가장 심오한 연구 결과, 이 지구 표면에 붙어 서식하는 모든 생물들이, 비록 그것이 가장 불완전한 작품일지언정, 모두 자연의 눈에는

---

14 원자론을 주장하던 이들이나 스토아 철학자들의 일관된 공통적 시각이다. 특히 루크레티우스의 『자연에 대하여』 제3권을 연상시키는 언급이다.

평등하다는 사실이 증명된 이상, 그 존재들을 수천의 다른 존재로 변화시킨다고 해서, 그것이 자연의 법칙을 위배한다고는 절대 생각할 수 없어요. 그리고 나는 이렇게 말할 수 있을 거예요. 〈모든 인간, 모든 식물, 모든 동물이 모두 같은 방법으로 성장하고 서식하며 서로 파괴하는 과정에서, 절대 실질적인 죽음을 맞는 것이 아니라, 그들을 변화시키는 것 속에서 하나의 다양성을 맞는 것뿐이다. 다시 말해, 그들은 모두 무심하게 서로 밀치고 파괴하며 번식하는 과정에서, 하나의 형태를 가지고 잠시 나타났다가는 얼마 후 또 다른 형태를 취하며, 그들을 움직이기를 원하거나 혹은 그렇게 할 능력이 있는 존재의 뜻에 따라, 단 하루 사이에도 수천 번씩 그 형태를 바꿀 수도 있으되, 자연의 어느 한 법칙도 그 일로 인해 단 한순간이나마 영향을 받지는 않는다.〉 그러나 내가 공격하려는 존재는 나의 어머니이며, 그 존재가 나를 자기의 뱃속에 간직하고 있었어요. 그것이 어떻다는 말인가요? 그 무의미한 사실이 나의 뜻을 멈출 수 있어요? 도대체 무슨 자격으로 나를 막을 수 있나요? 이 어머니라고 하는 존재가 도대체, 음란함에 사로잡혀, 나를 탄생시킨 그 탯덩이를 잉태하던 순간, 내 생각을 하였단 말이에요? 그녀가 자신의 음탕한 쾌락에 골몰해 있던 사실에 대하여 감사해야 하나요? 게다가 어린애를 형성하는 것은 어머니의 피가 아니라 오직 아버지의 피뿐이에요. 암컷의 배는 열매를 맺게 하고, 보존하며, 성숙시키되 아무것도 제공하지 못해요. 그러한 생각이 바로, 아버지의 생명에는 손을 대지 못하게 한 반면, 어머니의 생명을 해치는 것은 실 한 오라기를 끊는 일처럼 간단하게 생각하도록 한 소이예요. 따라서 어린아이의 심정이 어머니에 대한 몇 가지 감사의 마음으로 감동받을 수 있다면, 그것은 오직 그녀가 우리들을 위해, 우리가 그것을 즐길 수 있는 나이에 취해 준, 몇 가지 배려 때문이에요. 만약 어머니가 좋은 배려를 해주었다면 우리는 어머니를 사랑할 수 있을 뿐만 아니라, 아마도 사랑해야 되겠지요. 그러나 어머니가 좋지 못한 배려만을 취할 경우에는, 우리 역시 그 어떤 자연법칙에도 속박되어 있지 않은 이상, 그녀에 대한 아무 의무도 없을 뿐만 아니라, 인간으로 하여금 자신에게 해로운 모든 것을 제거토록 하라는 명령을 자연스럽게, 또 거역할 수 없는 힘으로 전해 주는 이기심의 강력한 힘에 따라, 그 어머니를 제거해 버리라고, 모든 것이 나에게 지시하고 있어요.」

「오! 주인님!」 저는 공포에 사로잡혀 후작에게 말하였습니다. 「당신이 추측하는 자연의 무관심이라는 것 역시 당신을 사로잡고 있는 정염의 소산이에요. 그 열정 대신 단 한순간만이라도 당신의 가슴에 귀를 기울여 보세요, 제발. 그러면 당신의 방탕에서 연원한 그 교만한 생각들에 대해 당신의 심정이 어떤 심판을 내리는가를 깨닫게 될 것이에요. 제가 당신을 보내고자 하는 법정을 주관하고 있는 그 가슴, 그곳이 바로, 당신이 모독하고 있는 자연 역시 우리가 존경하고 그 명령을 경청하기를 바라는 성소(聖所) 아니겠어요? 만약 그곳에, 당신이 지금 획책하고 있는 범죄에 대한 혐오를 자연이 새겨 놓았다면, 그 범죄가 심판받아 마땅하다는 데 동의

하시겠어요? 정염의 불길이 한순간 그곳에 새겨진 혐오감을 지울 수는 있으되, 당신이 만족감을 느끼고 난 직후 혐오감은 그곳에 다시 생겨날 것이며, 후회라는 거역 못 할 생리를 통하여 자신의 목소리를 높일 거예요. 당신의 감성이 예민하면 예민할수록 그만큼 후회는 당신의 오장육부를 갈가리 찢으며 당신 속에 군림할 거예요……. 당신의 야만스러운 손으로 무덤 속에 처박은 자애로운 어머니가, 매일, 매 순간, 당신 눈앞에 어른거릴 거예요. 당신의 어린 시절, 그토록 자애롭게 들리던 당신의 사랑스러운 이름을 비탄에 젖어 외치는 어머니의 음성을, 여전히 듣게 될 거예요……. 당신이 깨어 있을 때는 당신 앞에 나타나실 것이며, 잠들었을 때는 꿈속에서 당신을 괴롭히시며, 당신이 그녀에게 입힌 상처를 피 묻은 손으로 열어 보이실 거예요. 그 순간부터는 당신이 이 지상에 있는 동안 단 일순간의 행복도 당신에게 빛을 던지지 않을 것이며, 당신의 모든 쾌락은 중독될 것이고, 당신의 사념은 항상 혼미 속에 빠질 것이에요. 당신이 그 능력을 인정치 않으려는 하늘의 손길이, 당신의 혈육을 독살한 것에 대한 보복을 가해 올 것이며, 당신은 당신이 저지른 죄악의 결실을 즐기지도 못한 채, 그것을 감행하였다는 깊은 후회에 빠져 죽어 갈 거예요.」

저는 이 마지막 말을 하며 눈물을 쏟았고, 후작의 무릎을 얼싸안으며, 그에게 가장 귀한 모든 것의 이름으로 제발 그 수치스러운 방황을 잊어 달라고 애원하였으며, 그러한 사실은 죽을 때까지 비밀 속에 묻어 두겠노라고 하였습니다. 그러나 제가 감동시키려고 하던 그 심장을 제가 미처 잘 몰랐던 것입니다. 그의 심장에 비록 다소간의 힘이 남아 있었다 할지라도, 죄악이 이미 그 활기를 죽인 다음이기 때문에, 정염은 맹렬한 기세로 그 속에 오직 죄악만이 군림토록 하고 있었습니다. 후작은 냉담하게 자리에서 벌떡 일어섰습니다.

「내가 쏘피 당신을 잘못 보았음을 이제 깨닫겠어요. 나 자신을 위해서나 당신의 장래를 위해서나 유감스러운 일이에요. 하는 수 없지, 다른 방법을 찾아보겠어요. 당신은 나에게서 많은 것을 잃게 되겠지만, 그렇다고 당신의 주인마님에게는 하등의 득이 되지 않을 거예요.」

그러한 협박이 제 생각을 몽땅 바꿔 놓고 말았습니다. 저에게 요구해 온 범행을 수락하지 않을 경우 저 자신이 큰 위험을 감수해야 할 뿐만 아니라, 주인마님은 어차피 희생될 운명이었습니다. 그 음모에 동의함으로써 저는 젊은 주인의 진노를 피할 수 있고, 기회를 보아 그의 어머니를 구출할 수 있을 것 같았습니다. 제 심중에서 순식간에 이루어진 그러한 생각이 즉각 제 역할을 바꾸어 놓았습니다. 그러나 급작스러운 태도의 변화가 수상쩍게 보이지 않을까 저어하여 저는 시간을 끌며 천천히 승복한다는 기색을 보였습니다. 그렇게 하기 위하여 저는 후작이 그의 궤변을 자주 반복하도록 유도했고, 그런 다음 조금씩 그의 말에 더 이상 이의를 제기치 못하는 척하였습니다. 후작은 제가 완전히 설복된 줄로 믿었고, 저는 그의 화술 앞에서 더 이상 견디지 못하는 체하였으며, 드디어 모든 것을 수락하겠노라는 표정을 지었습니다.

그때 후작은 저의 목을 얼싸안았습니다……. 그를 향해 저의 연약한 가슴이 감히 품었던 감정이 그의 야만스러운 음모로 인해 지워지지만 않았더라면, 그러한 행동이 저에게 얼마나 큰 행복이었겠습니까……. 제가 아직도 그를 사랑할 수만 있었다면…….

「당신은 내가 포옹한 첫 여인이에요.」 후작이 제게 말하였습니다. 「그리고 진실로 말하건대 나의 온 영혼을 다 바쳐 당신을 포옹하고 있어요……. 당신은 감미로워요, 나의 아가. 이제 드디어 철학의 한 줄기 빛이 당신의 정신 속으로 파고들었어요. 이토록 매력적인 머리가 그리도 오랫동안 암흑 속에 머물러 있었다니, 그럴 수가 있어요?」

그러고 나서 저희들은 일을 모의하기 시작하였습니다. 후작이 더욱 완벽히 속아 넘어가도록 하기 위하여, 그가 자신이 세운 계획을 단계적으로 개진할 때나 혹은 구체적 방법을 제게 설명할 때마다, 저는 혐오의 빛을 표정에 드러냈습니다. 저의 불행한 처지에서도 그렇게 허락된 그 가식이, 그 무엇보다도 훌륭하게 그를 속여 넘길 수 있었습니다. 우리들은 합의하기를, 대략 2~3일 안에, 기회를 보아서, 후작이 저에게 건네준 독약 한 봉지를 백작 부인이 아침마다 드시는 초콜릿 잔에 감쪽같이 섞기로 하였습니다. 그다음 일은 후작이 책임지며, 저에게는 또 2천 에뀌의 연금을 주겠다고 약속하였습니다. 또한 그 돈을 자기의 곁에서 쓰건 혹은 제가 여생을 보내기에 좋다고 여겨지는 곳에 가서 쓰건, 전적으로 저의 자유라고 하였습니다. 그는 그 약속에 서명을 하였지만, 제가 그러한 특혜를 누리게끔 해줄 구체적 지시 내용이 결여된 채였고, 저희들은 자리를 파하였습니다.

그러는 동안에 너무나도 기이한 일이 생겼는데, 그 사건은 제가 겪고 있던 그 혹독한 사람의 성격을 이해하시는 데 도움이 될 것입니다. 물론, 제가 이미 휩쓸려 든 모험의 결말을 부인께서 궁금해하실 테니 그 사건 때문에 제 이야기가 중단되게 하지는 않겠습니다. 우리들이 모의를 하고 난 그다음 다음 날 저녁, 유산을 남겨 주리라고는 전혀 생각지도 않은 후작의 숙부가 임종하면서 그에게 8만 리브르의 연금을 유산으로 배정하였다는 소식을 받았습니다. 그 소식을 들으며 저는 혼자 생각하였습니다. 〈오! 하늘이시여! 천국의 정의는 범행의 음모를 이렇게 처벌하십니까? 저는 이 범행에는 비할 바도 되지 않는 일을 거절하였다 해서 목숨을 잃을 뻔하였는데, 이 남자는 무시무시한 범행을 획책한 대가로 융성의 절정에 이르렀나이다!〉 그러나 이내 그러한 모독적인 사념을 회개하고 저는 무릎을 꿇어 하느님의 용서를 빌었습니다. 그리고 또 한편, 그 예상치 못했던 유산이 후작의 계획을 바꾸어 놓을 수도 있으리라고 저 자신을 위안하였습니다……. 그런데, 맙소사! 저의 착각이었습니다! 바로 그날 저녁 브레삭 씨는 제 방으로 달려 들어오면서 소리쳤습니다.

「오오! 내 사랑스러운 쏘피! 행운이 내 머리 위로 빗물처럼 쏟아지고 있어요! 내가 당신에게 수없이 반복해 말했듯이, 행운이 도래토록 하기 위해서는 범죄를 획책하는 것처럼 효과적인 방법은 없어요. 행운의 길이 수월하게 열리는 것은 오직 악당들에게만 허락된 듯해요. 들어 봐요, 내 귀여운 아가씨, 8만 리브르에다가 6만 리브르라……. 14만 리브르가 내 쾌락에 유용될 거예요.」

「아니, 주인님!」제가 놓여 있던 처지 때문에 놀라움을 억제하며 대답하였습니다. 「뜻하지 않던 재산이 생겼는데, 앞당기려 하시던 그 죽음을 참을성 있게 기다리지 않으시겠습니까?」

「기다리라고! 나는 단 한순간도 못 기다리겠어요, 내 귀여운 아가씨, 내 나이 스물여덟이고, 이 나이에 기다린다는 것이 얼마나 힘든 일인지 상상이나 해보았어요? 간곡히 부탁하건대, 이 일로 인해서 우리의 계획에 변동이 생기지 않도록 해요. 그리고 빠리로 돌아가기 전에 모든 것을 마무리 지어 한숨을 돌리도록 해요……. 내일, 늦어도 모레까지 해치우도록 해요. 당신에게 지불하게 되어 있는 연금의 4분의 1을, 아니 전부를 당장 지불하고 싶은 심정이에요.」

그토록 악착스럽게 범행을 저지르려는 집념 앞에서 저는 무서운 공포감에 휩싸였지만, 최선을 다하여 그것을 감추었고, 범행을 모의하던 날 저녁의 애정은 완전히 꺼지고 말았으며, 그토록 완고해진 악한에 대한 감정은 깊은 혐오감뿐이었습니다.

저의 입장은 이제 비할 데 없이 난처하게 되었습니다. 만약 결행을 지체한다면 후작은 머지않아 제가 그를 농락한다는 생각을 할 것이고, 브레삭 부인에게 알린다면, 그 폭로된 범죄가 그녀로 하여금 어떠한 조치를 취하게 하든, 후작은 자신이 배반당했음을 알게 될 형편이었습니다. 뿐만 아니라 그는 지체하지 않고 더 확실한 방도를 모색하여 어머니를 살해할 것이며, 저는 무서운 복수의 표적이 될 것이 뻔하였습니다. 사법에 의존하는 길밖에 없었는데, 이 세상의 모든 것을 다 준다 하여도 절대 그 길만은 취할 수 없었습니다. 따라서 저는 무슨 일이 닥치든 우선 백작 부인에게 알리기로 마음을 정하였습니다. 제가 취할 수 있는 모든 조치 중 그것이 최선이라 여겨졌고, 그리하여 그쪽으로 제 운명을 맡겼습니다.

「부인, 꼭 알려 드려야 할 중대한 일이 있습니다.」 후작과 만난 다음 날 제가 백작 부인에게 아뢰었습니다. 「그러나 그 일이 아무리 부인을 놀라게 하더라도, 아드님이 감행코자 계획하는 일에 대하여 절대 노여움을 나타내지 않으시겠다는 언약을 주시기 전에는, 침묵을 지키겠습니다. 대응책을 강구하시어, 보시기에 가장 좋은 방안을 취하시되 일체 아무 말씀도 말아 주십시오. 청하옵건대 그 점을 약속해 주시옵고, 그렇지 않으면 저 역시 입을 다물고 말겠습니다.」

자기 아들이 습관적으로 저지르는 엉뚱한 짓 중의 하나려니 생각한 브레삭 부인은 제가 요구한 약속을 선선히 받아들였으며, 저는 모든 것을 폭로하고 말았습니다. 그 추잡한 이야기를 듣자 가련한 어머니는 하염없이 눈물을 흘렸습니다. 그러더니 절규하듯 말하였습니다.

「악당 같으니라고. 제 이익을 위한 일 외에 내가 무슨 짓을 했단 말인가? 자기의 못된 짓을 꾸짖거나 고치려 했다 한들, 제 행복과 평온을 위해서일 뿐, 또 무슨 동기가 있을 수 있었겠나? 나의 은밀한 배려가 없었던들 도대체 누구의 덕으로 이번 유산이 자기의 수중에 굴러들어 왔단 말인가? 그 사실을 감추어 온 것도 모두 체통과 품위 때문이었는데. 괴물이야! 오오! 쏘피, 그가 꾸민 음모의 흉악성을 내게 낱낱이 보여 줘요. 그 사실을 내가 추호도 의심치 않도록 해줘요. 내 가슴속에서 천륜의 정이 완전히 꺼지도록 해줄 수 있는 모든 것을 보고 싶어요……」

그리하여 저는 가지고 있던 독약 봉지를 백작 부인에게 보여 드렸습니다. 우리들은 개 한 마리를 은밀히 가둬 놓고 아주 적은 분량을 먹여 보았습니다. 개는 즉각 무서운 경련을 일으키며 죽어 갔습니다. 백작 부인은 더 이상 의심할 여지가 없다고 판단하여, 즉석에서 자신이 취할 조치를 결정하였습니다. 그녀는 나머지 독약을 달라고 하더니 자기의 친척인 쏭즈발 공작에게 편지를 썼습니다. 그 편지의 내용인즉, 은밀히 법무 대신에게 가서 자신의 생명을 위협하고 있는 흉악한 음모를 낱낱이 설명한 다음, 자기 아들을 체포하라는 국왕의 명령서를 받아 가지고, 기병 하사관 한 사람과 함께 급히 영지로 달려와 자기의 생명을 노리고 있는 괴물의 손아귀로부터 속히 자신을 해방시켜 달라는 것이었습니다……. 그러나 추악한 범행이 저질러지고, 모독당한 미덕이 악랄한 행위의 힘에 밀려나는 것이 하늘의 뜻인 듯하였습니다.

우리가 시험 삼아 독약을 먹었던 그 가엾은 개가, 모든 것을 후작에게 알려 주게 된 것입니다. 개의 비명을 들은 후작은, 어머니가 아끼는 개임을 아는지라, 개에게 무슨 일이 생졌으며 또 그것이 어디 있느냐고 다급히 물었습니다. 질문을 받은 사람들은 전혀 영문조차 모르고 있었기 때문에 모두 묵묵부답이었습니다. 분명 그 순간부터 그가 의혹을 품은 듯합니다. 그는 아무 말이 없었으나, 불안하고 동요된 듯한 기색이 제 눈에도 완연하였고, 온종일 사방을 경계하는 듯하였습니다. 그 사실을 백작 부인에게 알렸으나 주저할 겨를이 없었습니다. 이제 단 하나 취할 수 있는 길은, 서신을 서둘러 보내고 그 내용을 감쪽같이 숨기는 것뿐이었습니다. 백작 부인은 아들에게 말하기를, 빠리에 사람을 급히 보냄은, 쏭즈발 공작에게 부탁하여 지체하지 말고 숙부의 유산 상속 절차를 매듭짓게 하기 위함이라고 하였습니다. 그 이유는 당사자가 즉시 나타나지 않을 경우, 귀찮은 소송 문제가 제기될지도 모른다는 것이었습니다. 그녀는 또, 그 일로 인해 필요하다면 자신과 아들이 즉각 빠리로 출발할 수 있도록, 공작이 직접 와서 모든 일을 보고토록 하였노라고 덧붙였습니다. 탁월한 관상가였던 후작은, 자기 어머니의 얼굴을 스치는 당황한 기색과 저의 얼굴에 나타난 약한 동요를 놓치지 않았지만, 모든 말에 속아 넘어가는 척하면서 경계를 더욱 철저히 하였습니다. 자기의 연인들과 바람을 쐬겠다면서 저택을 나선 후, 그는 서찰을 가지고 떠난 사람이 반드시 지나야 할 길목을 지켰습니다. 심부름꾼 역시 그의 어머니에게보다는 그에게 더 충직한 사람인지라, 순순히 그에게 서찰을 내주었고, 제가 배반하였음을 확신하게 된 그는, 심부름꾼에게 1백 루이를 주며 다시는 집 안에 나타나지 말라는 명령을 내린

다음, 가슴에 이글거리는 분노를 품은 채 돌아왔습니다. 그러나 최선을 다하여 스스로를 억제하였고, 저를 만나자 평소와 마찬가지로 명랑한 농담을 던지며, 내일이면 결행하겠느냐고 묻기도 하였습니다. 또, 그 일을 공작이 도착하기 전에 해치우는 것이 좋겠다고 제게 당부한 다음 태연히 잠자리에 들면서 아무 기색도 나타내지 않았습니다. 후작이 얼마 후 제게 알려 준 바와 같이 그 불행한 범죄는 실제 저질러졌는데, 그것은 틀림없이 다음과 같이 이루어졌을 것입니다……. 주인마님은 다음 날 역시 여느 때와 마찬가지로 초콜릿을 드셨는데, 제가 직접 준비해 드렸으니 그것에 아무것도 섞이지 않았음은 분명하였습니다. 그러나 아침 10시경 후작이 부엌에 들어왔을 때, 그곳에는 주방장 한 사람밖에 없었고, 후작은 그에게 정원에 가서 복숭아 몇 개를 따오라고 하였을 것입니다. 만들던 음식을 놓아둔 채 잠시도 부엌을 떠날 수 없다는 요리사의 말에, 그는 별안간 복숭아가 먹고 싶어 견딜 수가 없으니, 자신이 그동안 화덕을 보고 있겠노라고 하였을 것입니다. 주방장이 나가자 후작은 점심상에 오를 요리 하나하나를 살펴보고, 아마 부인께서 매우 좋아하시는 아르티쵸크 요리에 부인의 생명을 앗아 갈 독약을 넣었을 것입니다. 점심때가 되어 부인께서는 분명 그 죽음의 요리를 드셨을 테고, 그렇게 하여 범행이 이루어졌을 것입니다. 이상 드린 말씀은 모두 제가 의심하던 바일 뿐입니다. 제가 그 불행한 일을 겪는 과정에서 브레삭 씨는 자신의 음모가 성공하였노라고 제게 확언하였습니다. 어떻게 하든 그 불행을 막아 보려 했던 저의 노력이, 결국 그에게 목적을 달성하는 수단을 제공하고 말았습니다. 그 모든 끔찍한 추측들은 이제 그만 생략하고, 그 잔학한 범행에 참여하기를 원치 않았을 뿐만 아니라, 그것을 폭로한 죄로, 제가 받은 벌의 혹독한 참상에 대하여 말씀드리겠습니다……. 점심 식사가 끝나자 후작은 저에게 다가오면서 외견상 침착하게, 그리고 조용히 말하였습니다.

「잘 들어요, 쏘피. 내 계획을 실천하는 데, 먼저 제안했던 것보다 더 확실한 방법을 찾아내었어요. 그런데 상세한 설명이 필요할 듯해요. 당신 방을 너무 빈번히 드나들자니 사람들의 눈이 염려돼요. 정확히 5시에 정원 모퉁이로 와요. 그리로 데리러 가겠어요. 그다음 함께 산책을 하며 모든 것을 설명해 주겠어요.」

솔직히 고백드리건대, 섭리가 그것을 허용하였음인지, 저의 지나친 천진난만함 때문이었는지 혹은 잠시 저의 눈이 어두워서였는지, 저를 기다리고 있는 끔찍한 불행을 예감토록 해주는 것은 아무것도 없었습니다. 저는 백작 부인께서 비밀을 철저히 지키셨고 일을 완벽히 처리하셨으리라 철석같이 믿고 있었기 때문에, 후작이 모든 것을 알아챘으리라고는 상상조차 하지 못하였습니다. 그러면서도 저의 내심에는 편안치 못한 점이 있었습니다.

맹세를 어김도 미덕이니, 그것은 죄악을 벌할 때이니라.

어느 비극 작가가 한 말입니다만, 그러나 맹세를 어길 수밖에 없는 처지에 놓인 섬세하고 예민한 영혼에게는, 어느 경우든 그것이 가증스러울 수밖에 없습니다. 저의 역할이 저를 몹시 불편하게 하였습니다만 그 불편함도 오래가지 않았습니다. 후작이 취한 가증할 조치는 또 다른 고통을 가져다주기는 하였지만, 적어도 그 불편함만은 씻어 주었습니다. 그는 지극히 명랑하고 소탈한 기색으로 제게 다가왔으며, 우리들이 함께 숲 속으로 걷는 동안, 저와 함께 있을 때면 항상 그랬듯이, 쾌활히 웃으며 농담을 던질 뿐이었습니다. 우리가 은밀히 만나도록 한 그 문제에 관해 제가 몇 번이고 이야기를 꺼내려 하였지만, 그때마다 그는, 누군가가 우리를 볼지도 모르고 아직은 안전한 장소에 이르지 못하였으니 조금 더 기다리라고 하였습니다. 어느덧 우리는 그가 저를 처음 보았던 그 덤불숲과 떡갈나무가 있는 지점에 도달하였습니다. 그것들을 보는 순간 온몸이 오싹하였습니다. 저의 경솔함과 끔찍한 제 운명이 그 순간 눈앞에 역력히 펼쳐지는 듯하였습니다. 뿐만 아니라, 제가 이미 그 무시무시한 위기를 겪었던 음산한 떡갈나무 아래에, 후작이 가장 총애한다고 알려진 두 젊은이가 앉아 있는 것을 보았을 때 제 두려움이 어떠했을지 상상을 해보십시오. 우리가 다가가자 그들은 천천히 일어서더니 밧줄과 채찍 등 소름을 끼치게 하는 기구들을 잔디 위에 늘어놓았습니다. 한편 후작은 돌연 태도를 바꿔 상스럽고 무서운 어조로, 그러나 아직은 그 젊은이들이 그의 말을 알아들을 수 없는 지점에서, 제게 말하였습니다.

「B⋯⋯,[15] 야수처럼 죽어 가는 너를 끄집어내서 다시 살아가게 해주었던 이 덤불을 알아보겠지? 내가 너에게 베푼 후의를 나 스스로 후회하게 만들 일을 네가 저지를 경우, 너를 다시 비끄러매겠다고 했던 이 나무를 기억하겠지! 내 어머니를 해하려고 너에게 도움을 청했을 때, 네가 나를 배신할 뜻을 가졌다면 왜 내 청을 수락했어? 네 생명을 구해 준 사람의 자유를 위험에 몰아넣으면서 도대체 어떻게 미덕을 실천한다는 생각을 할 수 있어? 어쩔 수 없이 두 개의 죄악 사이에 놓이게 되었다 하더라도, 무슨 이유로 더 추악한 쪽을 선택하게 되었느냐 말이야? 내가 너에게 요청하는 것을 거절했으면 그만이었어. 나를 배신할 의향이었다면 아예 수락하지 말아야 했어.」

그리고 나서 후작은 서찰 심부름꾼을 중도에서 잡은 전말과, 어떠어떠한 의혹 때문에 그러한 조치를 취하게 되었는지를 제게 상세히 이야기해 주었습니다. 그리고 계속하여 말하였습니다.

「도대체 너의 그 어쭙잖은 짓으로 얻은 것이 무엇이야, 이 미천한 것아? 너는 내 어머니의 목숨도 구하지 못하고 네 목숨마저 위기에 빠뜨렸어. 이미 일은 저질러졌고, 이제 곧 집에 돌아가면 내 일이 성공리에 끝나 있을 거야. 그러나 우선 너에게 벌을 내려야겠어. 또한, 미덕의 오솔길이 언제나 최선은 아니라는 것과, 세상살이를 하다 보면 범죄와의 협잡이

---

15 여성의 몸 특정 부위를 가리키며 여성을 비하적으로 환유하는 *baba*(음문이나 항문)나 *barbu*(여성의 생식기)의 생략형인 듯하다.

그것을 밀고하는 것보다 훨씬 나은 경우가 허다하다는 것을 너에게 가르쳐 주어야겠어. 내가 어떤 사람인지를 이미 잘 알았으련만, 감히 어떻게 나를 우롱하려 들어? 오직 내 쾌락만을 위해서밖에는 절대 내 가슴이 받아들이지 않는 자비심이나, 혹은 내가 언제나 짓밟아 버리는 몇몇 종교적 원칙 따위가 내 행동을 억제해 주리라는 헛된 공상을 한 것인가?…… 아니면 네 몸뚱이의 매력을 믿었어?」 그는 가장 혹독한 경멸조로 덧붙였습니다……. 「좋아, 너의 그 매력이 완전히 노출되었다 하더라도 그것이 오히려 더욱 내 복수심에 불을 댕길 뿐이라는 것을 증명해 보여 주지.」

그러더니 저에게 대꾸할 겨를도 주지 않고, 또 냇물처럼 흐르는 제 눈물에 조금도 감동되는 빛도 없이, 제 팔을 와락 잡더니 저를 자기의 졸개들에게 끌고 가면서 그들에게 명령을 내렸습니다.

「자, 이년이 우리 어머니를 독살하려던 여자야. 내가 아무리 그 일을 미연에 방지하려 하였지만, 그 끔찍한 범행을 이미 저질렀을지도 몰라. 이년을 경찰에 넘기는 편이 좋았을지 모르겠으나, 그러면 그곳에서 쉽게 죽고 말지. 하지만 나는 요것에게 생명을 남겨 두어 오랫동안 고통을 받도록 해주고 싶어. 냉큼 이년을 홀딱 벗겨서 배를 나무둥치에 대고 꽁꽁 묶어. 이년이 응당 받아야 할 벌을 내가 직접 가하겠어.」

명령이 떨어지자마자 즉각 시행되었습니다. 손수건으로 입에 재갈을 물리더니 나무를 꼭 껴안으라고 하였습니다. 팔과 다리만을 나무에 묶고, 몸의 다른 부분은 밧줄이 지나지 못하게 하였습니다. 채찍 세례를 받을 때 밧줄이 제 몸을 다소나마 보호해 주는 일이 없도록 하기 위해서였습니다. 놀라울 정도로 흥분한 후작은 쇠심줄 채찍을 집어 들었습니다. 채찍질을 가하기 전에 그 잔인한 자는 저의 반응을 관찰하고 싶어 했습니다. 저의 눈물과 제 얼굴에 나타나는 고통이나 두려움의 성격을 조용히 음미하려는 듯하였습니다……. 그러고 나서 저의 뒤로 돌아가 3삐에[16]쯤 거리를 두고 섰으며, 그 순간 저는 온 힘을 다하여 내려치는 채찍을 느낄 수 있었고, 채찍은 등으로부터 시작하여 종아리까지 내려갔습니다. 그 망나니는 잠시 멈추더니 자기가 제 몸에 낸 상처 하나하나를 거칠게 만져 보았습니다……. 그가 자기 졸개 중 하나에게 무슨 말을 하였는지는 잘 알아들을 수 없었으며, 그 순간 제 얼굴을 손수건으로 덮었기 때문에 그들의 행동도 전혀 볼 수가 없었습니다. 하지만 제게 가해지던 유혈극을 다시 시작하기 전에 제 뒤에서 부산한 움직임이 있었다는 것은 느낄 수 있었습니다……. 「응, 좋아, 바로 그거야.」 후작의 목소리였습니다. 그리고 무슨 뜻인지 알아들을 수 없는 그 말이 끝나기가 무섭게 채찍질은 더욱 난폭하게 재개되었습니다. 다시 채찍질이 멈추더니 여러 손이 두 번째로 해진 살에 와 닿았습니다. 그리고 또다시 나지막한 목소리로 말을 주고받았습니다……. 젊은이들 중 하나가 조금 목소리를 높여 말했습니다. 「내가 이렇게 하는 것이 좋지 않겠어요?」 ……역시

---

16 *pied*. 프랑스의 옛 길이 측정 단위로, 1삐에는 약 30센티미터에 해당한다.

알아들을 수 없는 그 말에 대하여 후작은 〈좀 더 가까이, 좀 더 가까이……〉라는 말뿐이었고, 그 말에 이어, 앞서 가해진 두 차례의 채찍질보다 더욱 강렬한 채찍질이 시작되었습니다. 그리고 채찍질이 계속되는 동안 브레삭은 끔찍한 욕설을 섞어 가며 두세 차례 연속으로 다음과 같이 말하였습니다. 「어서, 어서 제발! 두 사람 모두, 이 자리에서 이년이 죽는 꼴을 보고 싶다는 것을 몰라?」 점점 숨 가쁘게 반복되던 그 말이 끝남과 동시에 살육도 멈췄습니다. 그리고 또다시 잠깐 동안 나지막한 말소리가 들렸습니다. 그들이 움직이는 듯하더니 저를 묶고 있던 밧줄이 풀렸습니다. 잔디 위에 낭자한 피를 보고서야 제가 어떠한 지경에 처했는지를 깨달았습니다. 졸개들은 사라졌고 후작 혼자만이 남아 있었습니다.

「자, 이 더러운 년아, 미덕의 대가가 좀 비싸다는 것을 깨달았어? 1천 에퀴의 연금이 1백 대의 채찍질보다 더 취할 만하다는 것을 알았겠지?」 정열의 광증 뒤에 오는 일종의 혐오감 어린 표정으로 저를 바라보며 그가 말하였습니다…….

저는 나무 밑에 쓰러져서 거의 의식을 잃을 지경이었습니다……. 그러나 그 악당은 방금 마친 그 혹독한 짓에도 만족하지 못했음인지, 혹은 제 상처를 보자 더욱 잔인하게 흥분되었음인지, 땅에 쓰러진 저를 발로 밟으며 숨이 막힐 지경으로 짓눌렀습니다. 그러고는 두세 번 연거푸 지껄였습니다.

「네 목숨을 살려 두는 것은 나의 선의에서야. 나의 이 또 다른 선처를 악용하지 않도록 조심해…….」

그러더니 일어나서 옷을 다시 입으라고 저에게 명령하였

습니다. 사방에 피가 낭자하였기에, 단 한 벌인 옷에 피가 묻지 않도록 하기 위하여, 저는 기계적으로 풀을 뜯어 제 몸을 닦았습니다. 그러는 동안 그는 제가 하는 대로 내버려 둔 채 오락가락하며, 저는 안중에도 없다는 듯 자신의 상념에 골몰해 있었습니다. 살은 퉁퉁 부어올랐고, 피가 여전히 흐르고 있었으며, 고통이 극심하여 옷을 다시 입기가 거의 불가능하였건만, 저와 문제가 생겼던 그 표독스러운 사내, 저를 그 지경으로 만들어 놓은 그 괴물, 며칠 전까지만 해도 제 목숨까지 바치려 했던 그는, 추호의 연민도 없었음인지 저를 도와줄 생각조차 하지 않았습니다. 제가 옷을 다 입자 제게로 다가오더니 퉁명스럽게 말하였습니다.

「가고 싶은 데로 가요. 주머니에 돈이 남아 있을 거예요. 그것을 빼앗지는 않겠어. 하지만, 빠리건 시골이건 내 집 근처에 나타나지 않도록 조심해요. 경고해 두는 바이지만 당신은 이제 우리 어머니의 살인범으로 지명 수배될 거예요. 아직 그녀에게 한 가닥 숨이 남아 있다면, 그녀 역시 그렇게 알고 무덤으로 가게 하겠어. 온 가문이 그렇게 알 것이며, 나는 당신을 경찰에 고발하겠어요. 따라서 당신의 첫 번째 사건이 있었을 때와 마찬가지로 빠리에서는 살 수가 없을 거예요. 당신이 끝났다고 믿고 있는 그 사건 역시 잠잠해졌을 뿐 끝난 것이 아님을 경고해 두는 바예요. 그 사건이 말끔히 끝났다고 당신에게 말했지만, 그것은 사람들이 당신을 속인 거예요. 수배령이 취소된 것은 아니에요. 현 상태대로 놓아두고 당신의 거조를 보려 한 것뿐이지. 이제 당신은 하나가 아닌

두 개의 재판에 연루되었고, 그 상대 역시 추잡한 고리대금업자 대신 부유하고 권세 높은 사내이니, 내가 살려 준 그 목숨을 악용하여 모독적인 탄원을 한다면 지옥의 끝까지라도 당신을 추적할 거예요.」

「오! 나리, 당신이 제게 가한 행위가 아무리 혹독했다 할지라도, 제가 취할 거취에 대해서는 조금도 염려치 마세요. 당신의 어머니와 관련된 일을 위해서는 당신을 상대로 하여 무슨 조치든 취해야 한다고 생각하였지만, 한낱 이 가련한 쏘피만의 일이라면 절대 아무 조치도 취하지 않겠어요. 안녕히 계세요, 나리. 당신의 혹독함이 제게 고통을 안겨 준 것만큼 당신의 범죄가 당신에게 행복을 가져다주기를 빕니다. 또한 하늘이 저의 한탄스러운 생명을 허락하는 한, 저의 여생을 오직 당신을 위해 하늘에 비는 것으로 보내겠어요.」

후작은 숙였던 고개를 쳐들더니, 그 말에 자신도 모르게 저를 이윽히 바라보았고, 제 얼굴을 덮고 있는 눈물을 보자 분명 자신의 동요를 두려워해서인지 제 모습을 더 이상 견디지 못하고 발길을 돌렸습니다. 그리고 그 잔혹한 사내는 제가 있는 곳으로 다시는 고개를 돌리지 않았습니다. 그가 제 시야에서 완전히 사라지자 저는 땅바닥에 주저앉아 제 고통에 자신을 맡기고, 대기를 비명과 탄식으로 채웠으며, 풀밭을 눈물로 적셨습니다.

〈오오! 나의 하느님이시여! 모두 당신이 원하신 바대로입니다. 무고한 자가 죄인의 희생물이 되라는 것은 당신의 뜻입니다. 당신 뜻대로 하소서, 주님이시여, 당신이 우리들을 위해 겪으신 고난에 비한다면 저는 아직 멀었습니다. 당신을 숭배하며 제가 감내하는 고난이 언젠가는, 약한 자가 고초 속에서 당신을 희망으로 삼고 아픔 속에서 당신을 영광스럽게 할 때 당신이 그에게 약속한 보상을, 저도 받을 수 있도록 해주소서!〉

밤이 다가오고 있었습니다만 한 발자국도 떼어 놓을 형편이 못 되었습니다. 몸을 겨우 지탱할 수 있을 정도였으니까요. 문득, 4년 전, 분명 현재보다는 훨씬 덜 불행한 처지에서, 제가 잠들었던 그 덤불숲을 생각해 냈습니다. 그럭저럭 그곳으로 몸을 이끌고 가 같은 장소에 자리를 잡고, 아직도 피가 흐르는 상처로 고통을 받고 정신적 괴로움과 가슴의 쓰라림에 짓눌려, 이루 상상조차 할 수 없이 혹독한 밤을 보냈습니다. 저의 젊은 나이와 기질 덕분으로 동이 틀 무렵 원기를 조금 회복하였고, 그 잔인한 저택이 근처에 있다는 것이 두려워, 저는 서둘러 그 자리를 떠나 숲을 빠져나온 다음, 아무 촌락이나 닥치는 대로 찾아들 생각을 하였습니다. 그리하여 빠리에서 약 60리(약 23.5킬로미터) 지점에 있는 끌래 마을로 들어서게 되었습니다. 의사의 집을 찾았더니 사람들이 곧 일러 주었습니다. 저는 의사에게 상처를 치료해 달라고 간청하면서 그에게 설명하기를, 사랑 문제 때문에 빠리에 있는 어머니 집을 뛰쳐나왔다가 불행히도 봉디 숲으로 들어가게 되었고, 그곳에서 악당들이 저를 그 꼴로 만들었노라고 하였습니다. 그가 저를 치료해 주었으며, 마을의 재판소 서기에게 그 사실을 진술하라고 하였습니다. 저는 그의 말에 동의

하였는데, 그들은 실제 어떤 사람을 수소문하고 있었습니다. 물론 제가 이름도 들어 보지 못한 사람이었습니다. 의사는 제가 완전히 치유될 때까지 자기 집에 머무는 것을 흔쾌히 응낙하였고, 그의 정성에 힘입었음인지, 저는 한 달이 채 못 되어 완전히 건강을 회복하였습니다.

제가 혼자서 산책이라도 할 만한 상태가 되자마자 제일 먼저 생각한 일은, 브레삭 씨의 저택에 가서 제가 떠난 이후 그곳에 무슨 변화가 있었나를 은밀히 염탐할 수 있는 영리하고 날렵한 소녀를 그 마을에서 물색하는 것이었습니다. 그러한 일을 결정하게 된 것은 호기심만이 유일한 동기는 아니었습니다. 위험천만일 수도 있는 그 호기심은 분명 그릇된 짓이었습니다. 제가 백작 부인 댁에서 번 얼마 안 되는 돈이 그곳 제 방에 있었기 때문이었습니다. 저는 고작 6루이밖에 몸에 지니고 있지 않았는데, 저택에 남겨 둔 것은 거의 30루이에 달했습니다. 당당히 저에게 귀속되는 그 돈을 거절할 만큼, 후작이 비정하리라고는 상상을 못하였던 것입니다. 그리하여, 그의 첫 노여움이 가신 다음인지라, 또다시 저에게 부당한 처사는 하지 않으리라 확신하였던 것입니다······. 저는 가능한 한 감동적인 편지를 그에게 썼습니다······. 아아! 제 편지는 지나치게 감동적이었으니, 저의 슬픈 가슴이 아마도 제 뜻과는 상관없이 그 간특한 자에게로 기우는 말을 하였던 것 같습니다. 저는 그에게 제가 있는 곳을 세심하게 감췄으며, 제 방에 있는 저의 소지품과 돈을 보내 달라고 간청하였습니다. 스물에서 스물다섯쯤 되어 보이는 발랄하고 재기 넘치는 어느 농가의 처녀가 제 편지를 전하겠다고 나서며, 모든 사정을 상세히 탐문하여 제가 일러 준 일들에 대하여 세세히 답변할 수 있도록 하겠노라고 약속을 하였습니다. 저는 특히 그녀에게 당부하기를, 어디에서 왔는지를 절대 발설하지 말 것이며, 저에 대해서는 무엇이든 일체 함구하고, 그 편지는 저택에서 150리(약 59킬로미터) 되는 지점에서 어떤 남자가 준 것이라고 말하라 일렀습니다. 쟈네뜨(제 편지를 가지고 간 처녀의 이름입니다)가 떠난 후 스물네 시간이 지나 회신을 가지고 돌아왔습니다. 제가 회신으로 받은 편지를 보여 드리기 전에 먼저 브레삭 후작 댁에서 일어난 일들을 말씀드리는 것이 좋겠습니다.

제가 저택에서 나오던 날 브레삭 백작 부인은 위중한 병에 걸려 그날 밤으로 갑작스럽게 세상을 떠나셨다는 것입니다. 빠리에서는 아무도 오지 않았고, 후작은 몹시 애통해하며 (교활한 자!) 쏘피라고 하는 어머니의 침모가 그날 저택에서 도주하였는데, 자기 어머니를 그녀가 독살하였노라고 주장하더라는 것이었습니다. 그리하여 그 침모를 찾고 있으며, 그녀를 체포하면 사형에 처할 계획이라는 것이었습니다. 뿐만 아니라 후작은 어머니의 죽음으로 인해 자신이 예상했던 것보다 더욱 부자가 되었다는 것입니다. 브레삭 부인의 금고와 귀금속 등 별로 알려지지 않은 현금과 패물이, 정규적인 수입 외에, 약 60만 프랑을 그에게 더 안겨 주게 되었다는 것입니다. 사람들이 귓속말로 수군거리기를, 후작은 꾸민 슬픔 밑에 기쁨을 감추느라 무척이나 애를 쓰더라는 것이었습니다. 통보를 받고 부인의 부검 현장에 달려온 친척들도, 가엾은 백작 부인의 운명을 애통해하며 그 범행을 저지른 여자가 잡히기만 하면 단단히 복수를 하겠노라 벼르면서도, 그 젊은이가 자신의 악행으로 거둔 열매를 몽땅 편안하게 수중에 넣도록 내버려 두었다는 것입니다. 브레삭 씨는 직접 쟈네뜨를 인견하고, 그녀에게 여러 가지를 물었지만, 그 처녀가 어찌나 침착하고 꾸밈없는 기색으로 답변하였던지 그녀를 더 이상 힐문하지 않고 답장을 써주었다고 합니다.

쏘피는 주머니에서 편지를 꺼내며 말하였다.

바로 이것입니다, 부인. 그 편지가 제 가슴에게는 가끔 필요하며, 그리하여 제 마지막 숨이 멈추는 날까지 간직하렵니다. 부인에게 전율을 가져다 드리지 않는다면 한번 읽어 보십시오.

로르상주 부인은 우리의 아리따운 주인공으로부터 편지를 받아 들고 읽기 시작하였는데 그 내용은 다음과 같다.

무엄하게도 내 어머니를 독살한 악독한 계집이, 그 추악한 범죄를 저지르고도 감히 내게 서찰을 보내다니, 참으로 파렴치하도다. 그녀가 취할 최선책은 자신의 은신처를 깊숙이 감추는 것이로다. 그곳이 어디이든 간에 발각되는 경우 평온을 잃을 것이 명약관화하기 때문이니라. 감히 무엇을 요구한단 말인가……. 돈이니, 소지품이니 하고 뇌까리다니, 무슨 백일몽인가? 혹시 내 집에 남겨 놓은 것이 있다 한들, 그것이, 내 집에 머무는 동안 혹은 마지막 범죄를 저지르면서 자행한 절도에 비교나 될 수 있겠는가? 차후로는 이와 같은 서찰을 두 번 다시 보내는 일이 없도록 할지어다. 분명히 경고하건대, 다음에는 심부름꾼을 체포하여 죄인의 은신처가 경찰에 의해 발견될 때까지 추궁하리라.

「이야기를 계속해요, 가엾은 아가씨. 정말 소름 끼치는 처사예요…….」 로르상주 부인이 쏘피에게 편지를 돌려주며 말하였다. 「황금 속에서 헤엄을 치면서도, 범행을 회피하려는 가엾은 소녀에게 그녀가 정당히 번 것조차 돌려주기를 거부하다니, 비열하고 추잡한 일이에요. 아마 유례가 없을 거예요.」

쏘피가 자신의 이야기를 다시 시작하였다.

오오! 부인! 저는 저를 더욱 불행하게 만든 편지를 앞에 놓고 이틀이나 울었습니다. 그의 거절보다는 그가 취하겠다는 조치가 더욱 서러웠습니다. 〈아아! 이제 나는 죄인이구나! 법을 너무나 잘 지킨 죄로 이제 또다시 법의 손에 넘겨졌구나!〉 저는 그렇게 절규하였습니다……. 〈하는 수 없지, 그러나 후회는 없어. 내게 무슨 일이 닥치든, 내 영혼이 순결한 이상 나에게는 윤리적 고통도, 회한도 없을 거야. 또한 나를 절대 저버리지 않을 미덕과 공평성의 명령에 너무 귀를 기울인 것 이외에 다른 잘못을 저지르지는 않았으니까.〉

그러나 후작이 말한, 저에 대한 수배는 사실이라고 믿을 수가 없었습니다. 그것은 도저히 있을 수 없는 일이었으니, 저를 재판정에 세운다는 것이 그에게는 너무나 위험스러웠기 때문에 그가 내심으로는 저의 접근을 몹시 두려워하고 있으리라 생각하였습니다. 그가 비록 저의 거처를 찾아낸다 하더라도, 그의 협박을 두려워할 필요가 없다고 생각하게 되었습니다. 그러한 생각 끝에 저는 계속 그곳에 머물기로 결심하였고, 다른 곳으로 떠날 노자를 마련할 때까지 가능하면 그곳에서 일자리를 찾기로 마음을 굳혔습니다. 저를 치료해 준 의사는 로댕 씨라고 하는 분인데, 그가 먼저 자기를 도와주겠느냐고 제의를 했습니다. 그는 서른다섯쯤 되는 나이에 무정하고 거칠며 난폭한 성격이었으나, 그 일대에서는 평판이 아주 좋았습니다. 항상 자기의 일에만 열중하는데 집에 여자가 없어, 그가 집에 돌아왔을 때, 살림을 돌보고 그의 시중을 드는 여자를 대할 수 있게 된다는 것은 매우 기분 좋은 일이었을 것입니다. 그는 연간 2백 프랑과 자기의 진료 수입에서 얼마를 떼어 제게 주겠노라고 하였으며, 저는 두말없이 수락하였습니다. 로댕 씨는 저의 몸을 너무나 샅샅이 알고 있었기 때문에, 제가 아직 남자와 관계를 가진 일이 없다는 것을 모를 리가 없었습니다. 그는 또한 언제까지나 순결을 간직하려는 강렬한 제 열망을 잘 알고 있었던 터라, 그 문제로 저를 괴롭히는 일이 절대 없도록 하겠노라고 제게 약속을 하였습니다.

그럭저럭 그 집에서 2년을 보냈으며, 비록 그동안 숱한 노고가 멈추었던 것은 아니지만, 그곳에서 누릴 수 있었던 일종의 정신적 평온이 저의 모든 고뇌를 거의 잊게 해주고 있었습니다. 그 무렵, 저에게 불운을 떠안기지 않고는 단 한 가지의 미덕도 제 가슴에서 발산하지 않기를 바라는 하늘이, 제가 잠시 쉬고 있던 그 서글픈 열락에서 이끌어 내 다시 새로운 불행 속으로 던져 넣었습니다.

어느 날 집 안에 혼자 있으면서 이 구석 저 구석을 다니며 일을 하고 있는데, 지하실에서 신음 소리가 새어 나오는 듯하였습니다. 다가가 보니⋯⋯ 더욱 분명히 들렸고, 그것은 어느 소녀의 비명이었습니다. 그러나 그녀와 저 사이에는 문이 꼭 잠겨 있었습니다. 도저히 들어갈 방도가 없었습니다. 수천 가지 생각이 제 뇌리를 스쳤습니다⋯⋯. 요 계집아이가 저 속에는 무엇하러 들어갔을까? 로댕 씨에게는 아이도 없으려니와 관심을 가지고 있는 누이나 조카딸도 없었습니다. 그가 엄정한 절제 속에 살고 있는 것을 저 자신이 항상 보아 온 터라, 방탕한 쾌락을 위해 데려다 놓았다고는 생각할 수 없었습니다. 도대체 무슨 연유로 이 소녀를 가둬 놓았을까? 도무지 풀 수 없는 궁금증을 견딜 수 없어, 저는 마음을 다잡고 그 아이에게, 그곳에서 무엇을 하고 있으며 또 누구인가를 물었습니다.

「아아! 아가씨!」 그 가엾은 소녀가 울면서 대답하였습니다. 「저는 숲 속에 사는 나무꾼의 딸인데 열두 살밖에 안 되었어요. 어제 이 댁에 사시는 분이 자기 친구 분과 함께, 저의 아버지가 잠시 집에서 멀리 가신 틈을 타 저를 납치해 오셨어요. 그들은 저에게 덤벼들어 저를 꽁꽁 묶더니 밀기울이 가득 찬 포대 속에 집어넣었고, 그리하여 저는 그 속에서 소리도 칠 수 없었어요. 그러더니 말에 태워 가지고 와서 어젯밤 어두워진 후에 이 집으로 들어왔어요. 그런 다음 곧바로 이 지하실에다 저를 내려놓았어요. 그들이 저를 어떻게 하려는지는 모르겠어요. 이곳에 도착하자마자 저를 발가벗기고 제 몸을 샅샅이 들여다보더니 제 나이를 물었어요. 그리고 이 댁의 주인으로 보이는 분이 동료분에게 말하기를, 제가 너무 겁을 먹고 있으니 수술을 모레 저녁으로 미루자고 하였어요. 제가 조금 안정을 되찾으면 자기들의 실험이 더욱 훌륭할 것이며, 뿐만 아니라 저는 그들의 〈주제〉에 필요한 모든 조건을 갖추고 있대요.」

그 소녀는 그와 같이 말한 다음 또다시 슬피 울기 시작하였습니다. 저는 그녀를 안심시키고 꼭 도와주겠다고 약속을 하였습니다. 저로서도, 로댕 씨와 역시 외과 의사인 그의 친구 분이, 그 가엾은 소녀를 데리고 무엇을 하려는지 이해하기가 힘들었습니다. 그렇지만 그들이 평소 자주 사용하던 〈주제〉라는 단어를 듣는 순간, 그 가엾은 소녀를 가지고 해부학적 실험을 하려는 무시무시한 계획을 세우고 있는 것이 아닌가 하는 의심을 품게 되었습니다. 그리고 그 막연한 의심을 사실로 믿기 전에 우선 더 확실한 증거를 찾아야겠다고 마음을 굳혔습니다. 로댕 씨가 친구와 함께 돌아와 저녁 식사를 하며 저에게 물러가라고 하였습니다. 그의 명령에 따르는 척하면서 숨어 엿들으니, 그들의 대화는, 그들이 세우고 있는 끔찍한 계획을 저에게 더욱 분명히 확인시켜 줄 뿐이었습니다. 그들 중 한 사람의 목소리가 들려왔습니다.

「열두 살이나 열세 살 된 아이의 신경에 고통을 가하는 순간, 즉각 그 아이의 몸을 가르고, 아주 조심스럽게 관찰하지 않으면, 절대 그 부분은 해부학적으로 완벽히 밝혀질 수 없어. 쓸데없는 생각 때문에 의술의 발달을 지체시킨다는 것은 도대체 내 마음에 들지 않아······. 결국 수백만을 구하기 위하여 하나를 희생시키는 것인데, 그 가치를 따져 봐야 하나? 법에 입각한 살인은 우리가 수술을 시행함으로써 저지르는 살인과 다른 것인가? 그토록 현명하다고 하는 법률이 죽이는 대상 역시, 1천 명을 구하기 위하여 죽어 가는 하나의 희생물 아닌가? 따라서 그 무엇도 우리들을 막지는 못해.」

「오오! 물론!」 다른 사람의 대꾸였습니다. 「나는 결심이 되어 있어. 나 혼자 할 용기만 있었다면 벌써 오래전에 했을 거야.」

대화의 나머지 부분은 다 말씀드리지 않겠습니다. 대화가 의술에 관한 것들뿐이었기 때문에 그 내용은 별로 기억하지 못하고 있습니다. 또한 그 순간부터는, 어떠한 대가를 치르더라도, 물론 여러 관점에서 의술이 귀중하기는 하지만, 의술의 희생물이 될 그 가엾은 소녀를 구출해 낼 방도에만 골몰하였습니다. 무고한 사람을 희생시킨다는 것은 의술의 발달을 위함이라 할지라도 너무 비싼 대가처럼 보였습니다. 그 잔인한 희생의 날로 정해진 다음 날, 그는 여느 때와 마찬가지로 외출하였고, 집을 나서면서 저에게 말하기를 전날과 마찬가지로 저녁 식사에 친구를 초대하겠다고 하였습니다. 그가 문 밖으로 나서자마자 저는 만사를 제쳐 두고 오직 제가 세운 계획에만 몰두하였습니다……. 하늘이 또 제 일을 도우셨습니다. 그러나 무고하게 희생될 제물을 구하신 것인지, 혹은 또다시 벌을 내릴 계획하에, 이 가련한 쏘피의 자비심에서 나온 행위를 도우셨는지 제가 감히 어찌 단정하겠습니까?…… 사실만을 말씀드리겠사오니, 부인, 몸소 판단해 주시기 바랍니다. 그 설명할 수 없는 섭리의 손길 아래 하도 시련을 겪어서, 그가 저에 대하여 가지고 있는 의도를 헤아리기가 불가능해졌습니다. 저는 그의 목적하는 바를 도와 드리려 노력했지만, 바로 그 노력으로 인해 야만적으로 처벌되었다는 사실, 그것이 제가 말씀드릴 수 있는 전부입니다.

급히 지하실로 내려가 다시 그 소녀에게 질문을 하니 역시 같은 대답이었고, 같은 공포감에 떨고 있었습니다. 그들이 지하실을 나서며 열쇠를 어디에 놓아두었는지를 보지 못하였느냐고 소녀에게 물었습니다……. 「잘 모르겠어요, 하지만 가지고 가는 듯했어요.」 소녀의 대답이었습니다……. 저는 무턱대고 그 주위를 뒤졌습니다. 그러던 중 모래 속에 있던 무언가가 제 발의 촉감에 잡혔습니다. 얼른 몸을 숙여 집어 보았습니다……. 열쇠였습니다. 지체하지 않고 문을 열었습니다……. 그 어리고 가엾은 소녀는 제 앞에 무릎을 꿇고 제 손을 감사의 눈물로 적셨습니다. 저는 제가 겪어야 할 모든 위험과 저를 기다리고 있는 운명에 대해 생각해 볼 겨를도 없이, 그 아이의 탈출 방법만을 생각하였습니다. 다행히 아무와도 마주치지 않고 소녀를 마을 밖까지 무사히 인도해 주었습니다. 저는 소녀를 껴안으며, 그녀와 함께, 그녀 자신의 행복과, 한편 딸이 다시 자기 앞에 나타남을 보고 기뻐할 그녀 아버지의 행복을 만끽하였습니다. 그러고 나서 서둘러 집으로 돌아왔습니다. 예정된 시각이 되자, 두 외과 의사는 자기들의 추잡한 계획을 실현할 희망에 부풀어 돌아왔습니다. 저녁 식사 역시 매우 즐겁게 또 신속하게 마치더니 지하실로 내려갔습니다. 저는 제가 한 일을 은폐하기 위하여, 자물통을 부수고 열쇠를 원래 있던 곳에 다시 놓아두는 것 외에 다른 예비 조치를 취해 두지 않았습니다. 소녀가 혼자 힘으로 탈출했다고 믿도록 하기 위함이었습니다. 그러나 제가 속이려 했던 사람들은 녹록히 속아 넘어갈 위인들이 아니었습니다....... 로댕이 맹렬한 기세로 올라오더니 저에게 덤벼들어 마구 매질을 하며, 가둬 놓은 아이를 어찌했느냐고 윽박질렀습니다. 처음에는 모른다고 하였습니다....... 그러다가, 제게 항상 불운만을 가져다주는 솔직성 때문에, 결국 모든 것을 고백하고 말았습니다. 그러자 그 두 악당의 입에서는 형언할 수 없을 만큼 잔인하고 험한 욕설이 쏟아져 나왔습니다. 한 사람은 소녀 대신 저를 실험에 사용하자고 하였습니다. 그러자 다른 사람은 그보다 더 무시무시한 고문을 가하자고 하였습니다. 그러한 말과 제안이 오가는 동안 매질은 계속되었으며, 저는 그 두 사람 사이에서 조리질을 당하여 결국 얼마 아니 되어 의식을 잃고 쓰러졌습니다. 그러자 그들의 광증이 조금 누그러졌습니다. 로댕이 저를 소생시켰고, 제가 의식을 회복하자 발가벗으라는 명령을 내렸습니다. 저는 사시나무 떨듯 하면서 시키는 대로 하였습니다. 그들이 원하는 대로 발가숭이가 되자마자, 한 사람이 저를 꼼짝 못 하게 붙잡고 다른 한 사람은 저에게 수술을 가하기 시작하였습니다. 저의 양쪽 발에서 발가락 하나씩을 잘라 내더니 저를 앉게 한 다음, 각자 저의 맨 안쪽 어금니 하나씩을 뽑았습니다.

「아직 끝나지 않았어.」쇠막대를 불 위에 놓으며 로댕이 말하였습니다. 「죄수라는 낙인을 찍어서 내쫓아야겠어.」

그러한 말을 하면서 그 추잡한 자는, 자기 친구가 저를 붙잡고 있는 동안, 시뻘건 쇠막대로, 절도범들에게나 가하는 낙인을 저의 어깨 뒷부분에 찍었습니다…….

「감히 내 앞에 다시 나타나 봐, 더러운 년, 어디 나타나 보라지!」노기등등한 로댕은 제 어깨에 찍힌 모욕적인 낙인을 가리키면서 말하였습니다. 「내가 왜 남모르게, 또 지체하지 않고 제 년을 내쫓았는지 충분한 합법적 증거가 될 테니.」

그 말을 마치자 두 친구는 저를 끌고 밖으로 나갔습니다. 캄캄한 밤이었습니다. 숲 어귀까지 데리고 가더니, 만약 제가 그토록 더럽혀진 주제에 그들을 상대로 법에 탄원을 한다면 더욱 큰 위험에 빠질 것이라고 하면서, 저를 그곳에 내동댕이치고 돌아갔습니다.

저 아닌 다른 사람이었다면 그따위 협박에 조금도 개의치 않았을 것입니다. 제가 당한 일들이 재판소에 의해 행하여진 것이 아님을 증명하면 되는데 무엇을 두려워하겠습니까? 그러나 저의 나약함, 평소의 순진함, 빠리와 브레삭 저택에서 당한 불행한 일들, 그 모든 것이 제 정신을 혼미하게 하였고 공포에 사로잡히게 하였으며, 그리하여 상처의 고통이 다소나마 진정되는 대로 그 운명의 장소를 멀리 떠날 생각만 하였습니다. 그들이 제 상처를 정성스레 싸매 준 덕분에 다음 날 아침부터 고통은 수그러지기 시작하였으며, 그리하여 어느 나무 밑에서 제 생애의 가장 끔찍했던 하룻밤을 보낸 다음, 해가 뜨기가 무섭게 길을 떠났습니다. 발의 상처 때문에 빨리 걸을 수는 없었으나, 저에게는 너무나 음산해 보이는 그 숲에서 한시바삐 멀어지고 싶은 조바심이 있었기 때문에, 그 첫날 40리(약 15.7킬로미터) 길을 걸었습니다. 다음 날, 또 그다음 날도, 방향도 분별치 못하고 아무 생각도 없이 무작정 걸으며 빠리의 주변을 돌고 있었으며, 나흘째 되는 날 도착한 곳이 겨우 리으쌩이었습니다. 저는 그 길이 프랑스의 남부 여러 지방으로 통한다는 것을 알고 있었기 때문에, 그 길로 들어서기로 결심하였으며, 그리하여 가능한 한 그 먼 고장으로 가려고 하였습니다. 제 고향에서는 그토록 비정하게 거절당했던 평화와 안식이, 아마 이 세상 끝에서는 저를 기다리고 있을지도 모른다고 상상하였던 것입니다.

역시 숙명적인 착각이었습니다! 아직도 저를 기다리고 있는 고통이 그토록 많다는 것을 어이 알았겠습니까! 브레삭 후작 댁에서 번 것에는 비할 바가 못 되지만, 로댕의 집에서 번 돈은 일부를 따로 떼어 간직하지 않고 모두 몸에 지니고 있었습니다. 천만다행한 일이었고, 브레삭의 저택을 떠나며 간직했던 것과 외과 의사 집에서 번 것을 합하여 모두 10루이쯤 되었습니다. 극도의 불행 속에서도 그 돈을 빼앗기지 않은 것이 다행으로 여겨졌고, 그 돈이면 다음 일자리를 찾을 때까지 지탱할 수 있으리라는 생각에 위안을 얻기도 하였습니다. 제 몸에 찍힌 야만적 행위의 흔적은 언제까지나 감출 수 있으리라 생각하였습니다. 또한 그러한 불명예의 흔적이 생업을 영위하는 데 방해가 될 것 같지도 않았습니다. 스물들의 젊은 나이에, 몸매는 비록 호리호리하고 마른 편이지만 건강하였고, 얼굴은 보는 이들의 찬탄을 자아내어 오히려 제 불행의 불씨가 될 만하였으며, 제게 항상 해만을 끼치는 미덕이지만 그것을 약간 갖추었던 터라, 저는 내심 그것들을 위안거리로 삼았습니다. 또한 그 미덕에 대하여 언젠가는, 섭리가 얼마간의 보상을 해주거나, 최소한 그 미덕으로 인해 제가 겪는 고초를 중지시켜 주리라는 희망을 갖게 되었습니다. 그러한 희망과 용기에 부풀어 저는 쌍스[17]까지 계속 걸었습니다. 그곳에 도착하였을 때 아직 완전히 아물지 않은 발의 상처가 견딜 수 없는 통증을 가져다주었습니다. 그곳에서 며칠 쉬어 가기로 마음을 정했으나, 누구에게도 제 상처의 원인을 털어놓을 수는 없고, 마침 로댕이 유사한 상처에 발라 주곤 하던 약이 생각나는지라, 그 약을 사서 제 손으로 치

---

17 Sens. 빠리 동남방 욘느Yonne 지방에 있는 도시이다.

료를 하였습니다. 일주일을 쉬고 나니 완전히 치유되었습니다. 제가 원했다면 쌍스에서도 아마 일자리를 찾을 수 있었을 것입니다만, 오직 멀리 떠나고 싶은 일념에, 아예 일자리는 알아보지도 않고 여로를 계속하였습니다. 도피네[18] 지방으로 가서 행운을 찾을 생각이었습니다. 제가 어린 시절에 자주 듣던 지방 이름이었으며, 그곳에는 행복이 있을 듯하였습니다. 이제부터 그 꿈이 어떠한 식으로 실현되었나를 말씀드리겠습니다.

제가 지금껏 살아오는 동안 어떠한 처지에서도 종교적 감정이 저를 떠난 때는 없었습니다. 기지를 반짝이는 사람들의 궤변을 경멸하고, 그 궤변들이 모두 단단한 이론보다는 방탕의 소산이라고 믿으면서, 그것들에 대항하여 저의 의식과 진실한 마음을 내세웠으며, 그 의식과 마음이 궤변에 대항할 수 있도록 모든 방법을 모색하였습니다. 저에게 닥치는 수난에 겨워 가끔은 자비를 베풀어야 하는 의무를 등한히 할 수밖에 없던 경우도 있었지만, 그러한 잘못을 기회가 생기는 즉시 고치곤 하였습니다. 6월 7일, 저는 그날 옥세르[19]를 막 떠났고, 절대 그때를 잊지 못할 것입니다. 약 20리(약 7.8킬로미터)쯤 걸었을 때 더위가 심해지기 시작하였습니다. 그리하여 길에서 왼쪽으로 조금 떨어진 곳에 있는 언덕 위로 올라가 더위를 식히고, 두어 시간쯤 낮잠을 자고 가야겠다는

---

18 Dauphiné. 프랑스 동남부 산악 지역이다. 주요 도시로 그르노블 Grenoble이 있다.
19 Auxerre. 빠리 동남방 약 160킬로미터 지점에 있는 도시로, 욘느 지방의 주도이다.

마음을 먹게 되었습니다. 언덕 위에는 작은 숲이 소복하였는데, 그곳에서 쉬는 것이 여인숙에 들어가는 것보다 우선 여비를 아낄 수 있어서 좋을 듯하였고, 또 대로변보다 안전할 듯하였습니다. 그곳으로 올라가 어느 떡갈나무 아래에 자리를 잡고, 빵 한 조각과 물 한 모금으로 점심을 마친 다음, 엄습해 오는 달콤한 잠에 저 자신을 맡겼습니다. 그리고 2시간 이상을 편안히 잘 수 있었습니다. 잠에서 깨어나면서, 길 왼쪽으로, 제 시야에 펼쳐지는 풍경을 즐거운 마음으로 완상하게 되었습니다. 그런데 끝없이 펼쳐진 숲 가운데, 약 30리쯤 되어 보이는 곳에서 작은 종각 하나가 겸허하게 하늘을 향해 솟아 있는 것이 보였습니다.

「평온한 고독이여, 그대의 거처가 부럽구나!」 저는 혼자 중얼거렸습니다. 〈분명, 몇몇 수녀들이나 아니면 은벽한 곳을 찾아든 성자들의 처소겠지. 죄악이 끊임없이 순결함을 공격하여 언제나 승리를 거두는 사악한 세상으로부터 멀리 떠나, 종교에 모든 것을 바치고 오직 자신들의 의무에만 골몰해 있겠지. 분명 모든 미덕은 저곳에 있을 거야.〉

그러한 생각에 잠겨 있을 때, 문득 제 나이 또래의 소녀 하나가 언덕 위에서 몇 마리 양과 함께 있는 것이 보였습니다. 저는 그 소녀에게 숲 한가운데 있는 거처가 어떤 곳이냐고 물었습니다. 그녀는 저에게 말하기를, 그것은 성 프란체스코회 수도원이며, 그곳에는 은자 네 사람이 살고 있는데, 그들의 신앙심과 금욕, 절제는 그 누구도 따를 수가 없다고 하였습니다. 그리고 덧붙여 말하였습니다.

「사람들은 1년에 한 차례씩 그곳을 순례하는데, 기적을 일으킨다는 어느 처녀를 위해서라고 하며, 마음이 경건한 사람에게는 그 처녀가 모든 소원을 다 이루도록 해준답니다.」

하느님을 낳으신 성모의 발아래 엎드려 도움을 탄원하고 싶은 조급한 마음에, 저는 소녀에게 그곳에 함께 가줄 수 없겠느냐고 물었습니다. 그녀는 어머니가 집에서 기다리고 계시기 때문에 불가능하다고 하였습니다. 그러나, 가는 길은 아주 쉽다고 하며 저에게 그 길을 일러 주었습니다. 또한 수도원장은 존경스럽고 그 누구보다도 성스러워, 저를 환대할 뿐만 아니라, 제가 도움을 필요로 하는 처지라면 모든 도움을 아끼지 않을 것이라고 하였습니다. 소녀가 계속하여 말하였습니다.

「사람들은 그분을 라파엘 수도원장님이라 부르는데, 이탈리아 태생이지만 프랑스에서 평생을 살아왔으며, 이곳에서의 적막한 생활을 좋아한답니다. 또한 교황과는 친척 간인데, 교황께서 그분에게 베풀려 하는 여러 가지 특혜를 모두 거절하였다고 합니다. 그분은 명문가 출신이건만 인자하고, 남을 도와주기를 좋아하며, 열렬한 신앙과 자비심을 가진 쉰 살쯤 된 분으로, 이 지방에서는 그분을 성자로 여기고 있습니다.」

양치기 소녀의 그 이야기에 저는 더욱 열광하게 되었고, 그 수도원으로 순례의 길을 떠나고 싶은 열망과, 그곳에 가서 그때까지 등한시하였던 독실한 일들을 맘껏 행함으로써 저의 죄를 씻고 싶은 갈망을 억제할 수 없게 되었습니다. 저의 처지 역시 비록 다른 사람의 적선을 필요로 하고 있었지만, 우선 그 소녀에게 적선을 베푼 다음, 저는 어느새, 쌩뜨-마리-데-부와[20]라고 하는 그 수도원을 향해 발길을 옮기기 시작하였습니다. 제가 다시 평지로 내려왔을 때에는 종각이 보이지 않아 오직 숲만을 따라갔습니다. 저에게 길을 일러 준 소녀에게 수도원까지의 거리가 정확히 얼마나 되는지를 묻지 못하였는데, 저는 이내 그 거리가 목측했던 것보다 훨씬 멀다는 것을 깨닫게 되었습니다. 그러나 그 무엇도 제 용기를 꺾지는 못했고, 숲 언저리에 도달했을 때에는 아직도 해가 높직했기 때문에, 어둡기 전에 수도원에 닿을 수 있으리라 거의 확신하고 숲 속 길로 들어섰습니다……. 그러나 인적도, 집 한 채도 보이지 않았고, 길이라 해야 사람이 별로 다닌 흔적이 없는 오솔길뿐이어서, 저는 무작정 그 길을 따라갔습니다. 언덕에서 보기에는 30리 남짓해 보이던 목적지가, 50리(약 19.6킬로미터)를 걸었는데도 나타나지 않았고, 사방은 오직 숲일 뿐, 벌써 해는 뉘엿뉘엿 지고 있었습니다. 그때 10리도 안 될 듯한 곳에서 종소리가 들려왔습니다. 종소리가 나는 곳을 향해 걸음을 재촉하자니 오솔길이 조금씩 넓어지기 시작하였습니다……. 그리고 종소리를 듣고 난 후 1시간쯤 걸으니, 드디어 울타리가 나타나고, 곧이어 수도원이 보였습니다. 그 은둔처보다 더 쓸쓸한 곳은 아마 없을 것입니다. 근처에는 인가가 전혀 없었고, 가장 가까운 인가라

---

20 Sainte-Marie-des-Bois. 〈숲 속의 신성한 마리아〉라는 뜻이다.

고는 1백 리 밖에 있었으며, 사방 30리는 모두 숲이었습니다. 뿐만 아니라 수도원은 움푹 팬 골짜기에 자리 잡고 있어서, 그곳에 도달하려면 비탈길을 한동안 내려가야 했고, 제가 평지에서 종각을 볼 수 없었던 것도 그 때문이었습니다. 정원 일을 맡아보는 수도사의 거처인 오두막은 안채의 벽에 맞닿아 있었는데, 안으로 들어가기 위해서는 우선 그 오두막을 통해야 했습니다. 저는 그 성스러운 은자에게 수도원장님을 뵐 수 있겠느냐고 물었습니다……. 그는 저에게 무슨 일이냐고 물었고…… 저는 그에게, 종교적 의무감이…… 빌어야 할 소망이, 그 경건한 은둔처로 발길을 옮기게 했노라고 대답하였습니다. 또한 잠시만이라도, 마리아상의 발아래에, 그리고 기적을 일으키는 그 상을 간직하고 있는 집의 성스러운 원장의 발아래에 무릎을 꿇을 수 있다면, 그곳에 이르기 위하여 겪은 모든 고난에 대한 위안을 얻겠노라고 하였습니다. 수도사는 잠깐 앉아서 기다리라고 하면서 안으로 들어가더니, 밤 시간이고 또 신부님들이 저녁 식사 중이었기 때문이었노라고 하면서 한참 후에나 돌아왔습니다. 이윽고 그가 어느 수도사와 함께 나타나더니 제게 말하였습니다.

「이분은 끌레망 신부님으로, 수도원의 재정 책임자이신데, 당신이 원하는 것이 원장님께 말씀드릴 만한 것인지 우선 알아보러 오셨습니다.」

끌레망 신부는 마흔다섯쯤 된 나이에, 몸이 뚱뚱했고 키가 거인 같았으며, 시선이 사납고 음침할 뿐만 아니라, 목소리는 퉁명스럽고 걸걸하였습니다. 그를 대하는 순간 저는 위안을 얻기는커녕 온몸에 전율을 느꼈습니다……. 그 순간 전신이 저도 모르게 후들후들 떨리며, 지난날 겪은 모든 수난의 추억들이 항거할 수 없는 힘으로 제 기억 속에 되살아났습니다.

「원하는 게 뭐요?」 그 수도사가 자못 퉁명스럽게 물었습니다. 「지금이 교회당에 올 시간이오? 정처 없이 떠다니는 못된 여자 같은데.」

「성자시여!」 저는 그 자리에 엎드리며 말했습니다. 「하느님의 집에는 시각을 가리지 않고 찾아올 수 있는 것으로 알았습니다. 저는 이곳에 이르기 위하여 열광과 신앙심에 가득 차서 먼 길을 달려왔습니다. 허락해 주신다면 고해 성사를 하고 싶습니다. 그리고 제 양심의 고백을 들으신 다음, 이 수도원에 간직되어 있는 마리아상의 발아래 경배할 수 있는 자격이 제게 있는지 없는지를 분별해 주시기 바랍니다.」

「하지만 지금은 고해 성사를 할 시간이 아니에요.」 수도사가 목소리를 조금 부드럽게 하여 대답하였습니다. 「이 밤을 어디에서 보낼 거요? 당신이 유숙할 만한 곳이 없는데. 아침에 왔더라면 더 좋았을 것을.」

그 말에 저는 그렇게 할 수 없었던 이유를 상세히 이야기했고, 그는 더 이상 아무 말도 하지 않고 수도원장에게로 돌아갔습니다. 몇 분 후, 교회당 문이 열리는 소리가 들리더니, 원장이 몸소 나타나 오두막으로 다가오면서 저에게 어서 성전으로 들어가자고 하였습니다. 라파엘 수도사에 대해서는 단적으로나마 그의 사람됨을 잠깐 말씀드림이 좋을 듯합니다. 그의 나이는 양치기 소녀가 말한 대로였으나, 겉보기에는 마흔도 안 될 듯하였습니다. 깡마른 데다 키는 큰 편이었고, 얼굴은 기지가 있어 보였으며 온순한 인상이었습니다. 비록 이탈리아식 발음이 섞이기는 했지만, 그의 프랑스어는 매우 유창했습니다. 겉보기에는 예의 바르고 친절하였지만, 내심은 음산하고 사나웠는데, 그 점은 제 이야기를 들으면서 직접 확인하시게 될 것입니다.

「아가씨.」 그 수도사가 우아한 목소리로 제게 말하였습니다. 「비록 규칙에 위배되는 시각이고, 이토록 늦은 시각에 방문객을 받아들이는 것이 상례가 아니기는 하지만, 당신의 고해를 듣겠어요. 그리고 당신이 편안히 밤을 보낼 수 있도록 방법을 강구하겠어요. 우리가 간직하고 있는 성모상은 내일 참배토록 해요.」

그렇게 말한 후 수도원장은 고해실 주변에 등불 몇 개를 밝히게 한 다음, 저를 그 안에 앉히고, 수도사를 돌려보내며 모든 문을 닫더니, 마음 놓고 모든 것을 자기에게 털어놓으라고 하였습니다. 외견상 그토록 인자한 사람과 함께 있으니, 끌레망 수도사로 인해 야기되었던 두려움이 완전히 사라져, 수도원장의 발아래에 무릎을 꿇은 다음, 저는 그에게 저의 모든 것을 털어놓았습니다. 저의 순진함과 남을 믿기 잘하는 습성대로, 저는 저에게 관련된 모든 것을 숨김없이 아뢰었습니다. 저의 모든 잘못을 고백하였고, 제가 겪은 모든 고초를 털어놓았으며, 그 추잡한 로댕이 제게 찍은 수치스러운 낙인 등, 아무것도 빼놓지 않았습니다.

라파엘 수도사는 제 이야기를 관심 깊게 들었으며, 심지어 여러 가지 구체적인 사실들에 대하여 관심과 자비심을 가지고 반복하여 묻기도 하였습니다……. 여러 번에 걸쳐 그가 저에게 반복 질문한 것의 골자는 다음과 같은 사항들에 관해서였습니다.

첫째, 제가 정말 빠리 태생의 고아인가.
둘째, 저에게 서신을 보낼 만한 친척이나, 친구, 후견인 등이 없다는 것이 확실한가.
셋째, 수도원으로 가겠다는 의사를 양치기 소녀 이외의 다른 사람에게는 말하지 않았으며, 그 소녀와 다시 만나자는 약속을 하지 않았는가.
넷째, 제가 진정 처녀성을 지켜 왔으며, 정말 스물두 살밖에 되지 않았는가.
다섯째, 아무도 제 뒤를 따라온 사람이 없다는 것과, 수도원으로 들어오는 것을 본 사람이 없다는 것이 틀림없는 사실인가.

그러한 질문에 그가 흡족할 만큼 고분고분 대답을 하고 나니, 그 수도사가 자리에서 일어나 제 손을 잡으면서 말했습니다.
「좋아요, 아가씨, 오늘 저녁에 성모 마리아께 인사를 드리기에는 너무 늦었어요. 성모상의 발아래에서 성체를 배령하는 평화로운 만족감을 맛보도록 해주겠어요. 그러나 우선 저녁 식사와 당신의 잠자리부터 생각해 보기로 하지요.」

그렇게 말하면서 그는 저를 의식 용구실 쪽으로 이끌어 갔습니다.

「아니, 신부님, 신부님이 거처하시는 곳으로요?」 저는 주체할 수 없는 불안감에 휩싸여 그에게 물었습니다.

「그러면 어디로 가겠다는 말이야, 매력적인 순례자 아가씨?」

수도사는 의식 용구실과 건물 맨 안쪽으로 통하는 문을 열면서 제게 대답하였습니다⋯⋯. 「뭐라고? 네 사람의 신부와 함께 밤을 보내는 것이 두렵다는 말이에요? 자, 나의 천사, 우리들이 표면에 나타난 것처럼 그토록 편협한 종교인이 아니며 또한 예쁜 아가씨와 즐길 줄도 아는 사람들이라는 것을 이제 곧 알게 될 거예요.」

그 말에 저는 몸서리를 쳤습니다. 그리고 속으로 탄식하였습니다. 〈오오! 하늘이시여! 이제 또다시 저의 선한 심성의 희생물이 되어야 한단 말입니까? 종교에서 가장 존중되어야 할 것에 가까이 가려는 열망이 또다시 범행처럼 벌을 받아야 합니까?〉 그동안에도 우리들은 계속 어둠 속을 걸었습니다. 벽 끝에 도달하였을 때 이윽고 층계 하나가 한쪽 편에 나타났습니다. 수도사는 저에게 먼저 오르라고 하였습니다. 저의 주저하는 기색을 알아챈 그는, 화를 내고, 또 그때까지 번지르르하던 어조를 바꿔 지극히 불손한 투로 윽박질렀습니다.

「더러운 갈보 년 같으니라고! 지금이 꽁무니를 뺄 때라고 생각해? 제기랄, 도둑놈들의 소굴에 걸려든 것보다 네 사람의 프란체스코회 수도사들의 손아귀에 들어온 것이 더 나쁘지 않다는 것을 곧 깨닫게 될 거야.」

저를 두려움의 소용돌이로 몰아넣는 일들이 하도 신속하게 제 눈앞에서 속출하여, 저는 그의 말에 놀랄 겨를조차 없었습니다. 그의 말이 저에게 충격을 가하는가 싶으면 즉각 또 다른 경악할 일들이 저의 정신을 덮쳐 왔습니다. 문이 열리더니 탁자 둘레에 수도사 세 사람과 젊은 여자 셋이 앉아 있는 것이 보였고, 그 여섯 사람 모두 이 세상에서는 유례를 찾아볼 수 없을 만큼 난잡한 상태에 있었습니다. 세 여자 중 둘은 실오라기 하나 걸치지 않았고, 세 번째 여자의 옷을 열심히 벗기는 중이었으며, 수도사들 역시 몸에 걸친 것이 거의 없는, 비슷한 상태였습니다…….

「친구들이여!」 라파엘이 들어서면서 말하였습니다. 「우리들에게 하나가 부족했는데 이제 여기 하나가 더 있소. 허락하신다면 진실로 희귀한 것 하나를 여러분에게 소개하겠소. 여기 있는 것은, 못되게 살아가는 여자들에게나 찍는 낙인을 어깨에 간직한 하나의 루크레티아[21]라오.」 그리고 그는 의미심장하고 추잡한 몸짓을 하며 말을 계속하였습니다…….
「여기, 친구들이여, 공인된 처녀성의 확실한 증거가…….」

그 괴상한 소개에, 이 구석 저 구석으로부터 폭소가 터져

---

21 Lucretia(?~B.C. 509). 귀부인으로, 로마의 마지막 왕 타르키누스 수페르부스의 아들 쎅스투스에게 겁간당한 후 자살하였으며, 그의 오라비 루키우스 브루투스가 민중 봉기를 주도하여 왕정을 무너뜨렸고, 그 사건이 로마의 공화정이 시작되는 계기가 되었다고 한다. 정절의 상징으로 간주되는 여인이다.

나왔습니다. 그리고 제가 맨 처음 만났던 사람인 끌레망은, 그 말을 듣자, 이미 반은 취한 상태로, 사실을 즉각 확인해 보아야겠다고 소리쳤습니다. 그때 저와 함께 있었던 사람들을 부인께 하나씩 묘사해 드릴 필요가 있을 듯하여 제 이야기를 잠깐 중단하겠습니다. 물론, 그다음 제가 어떻게 되었는지 그 귀추를 너무 오래 기다리시게 하지는 않겠습니다.

부인께서도 이미 라파엘과 끌레망에 대해서는 잘 아실 테니 다른 사람들로 넘어가겠습니다. 그 수도원의 세 번째 수도사인 앙또냉은 마흔 살쯤 된, 키가 작은 남자였는데, 깡마르고 호리호리한 데다가, 불같은 성미에 얼굴은 색마 같았으며, 곰같이 털투성이였고, 고삐 풀린 듯한 음탕함, 심한 야유, 유례없는 심술궂음 등이 특색이었습니다. 수도원의 최연장자인 제롬은 예순 살쯤 된 늙은 난봉꾼이었는데, 끌레망에 못지않게 무정하며 사나웠고 그보다 더 심한 주정뱅이였습니다. 그리고 그는 평범한 쾌락에는 벌써 싫증이 나서, 다소나마 관능의 빛을 다시 찾기 위해 변태적이고 구역질 나는 방법을 동원해야만 하는 사람이었습니다.

플로레뜨는 저희들 중 가장 어린 여자였는데 디종 출신으로, 열네 살쯤 되어 보였습니다. 그 도시에 사는 어느 부유한 부르주아의 딸이라고 하는데, 라파엘의 심복이 납치해 왔다고 했습니다. 돈이 많아 확실한 추종자들을 거느리고 있던 라파엘은, 자신의 쾌락에 필요한 일이라면 가리는 것이 없었습니다. 그녀의 머리는 갈색이었고, 눈매가 아름다웠으며, 얼굴에는 자극적인 면이 많았습니다. 꼬르넬리는 열여섯쯤 되어 보였는데, 금발이었고, 기색은 사람들의 시선을 끌 만하였으며, 눈부신 피부에 몸매는 더 이상 아름다울 수가 없었습니다. 옥세르 태생으로 포도주 상인의 딸이었는데, 라파엘 자신이 유혹하여 함정으로 끌어들였다고 합니다. 옹팔은 서른 살로, 키가 매우 컸으며, 부드럽고 친근감을 주는 얼굴이었고, 윤곽이 뚜렷할 뿐만 아니라, 탐스러운 머리에, 젖가슴은 더할 나위 없이 아름다웠습니다. 또한 그녀의 눈은 바라보면 볼수록 사랑을 자아내는 시선이었습니다. 그녀는 쥬와니에 사는 어느 포도 경작인의 딸인데, 그녀에게 윤택한 장래를 약속한 어떤 젊은이와 결혼식을 갖기 바로 전날, 제롬이 기상천외한 방법으로 유인해 왔으며, 그때 나이 열여섯이었다고 합니다.

이상이 제가 함께 어울려 살아가야 할 사람들이었고, 칭송받을 만한 은둔처라고 하기에 미덕을 발견할 수 있으리라는 기쁨으로 찾아갔던 곳이, 바로 그들에게 어울리는 그 더럽고 모독으로 가득 찬 시궁창이었습니다.

그들은 은근히 제게 암시하기를, 이제 그 무시무시한 집단에 들어왔으니, 제가 취할 수 있는 최선책은 제 동료들의 복종 습성을 본뜨는 것이라고 하였습니다.

「당신의 나쁜 별자리에 이끌려, 아무도 접근할 수 없는 이 은거지에 들어온 이상, 어떠한 저항도 소용이 없다는 것은 쉽게 상상이 되겠지요.」 라파엘이 말하였습니다. 「당신 말대로, 당신은 많은 불행을 겪었어요. 또 이야기를 들으니 의심할 바 없는 사실이에요. 그러나 품행이 단정한 처녀에게는 그 무엇보다 큰 불행이 당신의 불운 목록에서 빠졌어요. 그 나이에 아직도 처녀라니, 그것이 도대체 자연스러운 일인가요? 이제 더 이상 얼마 지속하지 못할 일종의 기적 아닌가요?…… 여기 있는 당신의 동료들도 우리들에게 봉사하기를 강요당했을 때, 당신처럼 처음에는 까다롭게 굴었어요. 그러나 그렇게 하는 것이 자기들에게 푸대접만을 가져다주게 된다는 것을 깨달은 그녀들은, 이제 당신이 현명히 처신하게 되듯, 결국 순순히 복종하게 되었어요. 쏘피, 당신이 처한 현 상황에서 어떻게 스스로를 방어할 수 있기를 기대하겠어요? 이 세상에서 당신은 버림받은 사람이라는 사실에 눈을 떠요. 당신의 고백대로라면 이제 당신에게는 친척도 친구도 없어요. 어떤 구원의 손길도 닿을 수 없고, 이 지상의 그 누구도 모르는 이 황야에서, 당신을 온전히 놓아둘 뜻은 추호도 없는 네 사람의 난봉꾼 수중에 들어와 있는 당신의 처지를 잘 생각해 봐요……. 도대체 누구에게 도움을 청하겠어요? 당신이 그토록 열렬한 믿음을 가지고 자비를 구하러 왔던 그 신, 그러나 당신의 그 열정을 악용하여 좀 더 확실하게 당신을 덫에 밀어 넣은 그 신에게 도움을 청하겠어요? 인간의 힘이나 신의 힘, 그 어떤 힘도 당신을 우리들의 손아귀로부터 빼낼 수 없다는 것을 이제 깨달을 수 있을 거예요. 인간이 행할 수 있는 일의 범주 속에도, 또 기적의 범주 속에도, 당신이 그토록 자랑스러워하는 미덕을 더 이상 간직도록 해줄 수 있는 수단은 있을 수 없음을 직시하세요. 그리하여 이제 당신이, 모든 형태와 상상할 수 있는 모든 방법을 골고루 취하면서 우리 네 사람이 당신과 펼칠 불순한 행위의 희생이 되더라도, 그것을 막아 줄 것이 이 세상에는 없음을 분명히 직시해요. 자, 쏘피, 그러니 옷을 벗어요. 당신의 아낌없는 체념으로 우리들의 친절을 얻도록 해요. 만약 당신이 복종하지 않는다면 우리의 친절은 즉시 가장 비정하고 추잡한 대접으로 바뀔 거예요. 또한 그러한 대접은 당신으로 하여금 더욱 우리의 신경을 건드리게 할 것이고, 당신은 우리의 무절제와 포악성을 피할 길이 없을 거예요.」

저는 그의 무시무시한 엄포에 모든 묘안이 스스로 꺾여 사라짐을 느꼈습니다. 그렇다고 저의 가슴이 지시하는 것과 천성이 아직 저에게 남겨 준 것을 사용치 않는다면, 그 역시 죄악이 아니겠습니까? 저는 라파엘의 발아래에 엎드려, 저의 처지를 악용하지 말아 달라고 애걸하는 데 제 영혼의 모든 힘을 동원하였습니다. 저의 쓰디쓴 눈물이 그의 무릎을 적셨고, 영혼이 저에게 구술해 주는 가장 비장한 말을 감히 그에게 시험해 보았습니다. 그러나, 죄악과 음란의 눈에는 눈물이 또 하나의 매력이 된다는 것을 당시 저는 까맣게 모르고 있었으며, 그 괴물들을 감동시키기 위하여 동원한 모든 수단들이 오히려 그들의 불길을 돋우어 줄 뿐이라는 사실도 전혀 모르고 있었습니다……. 라파엘이 펄펄 뛰며 자리에서 일어섰습니다. 그리고 눈살을 찌푸리며 소리쳤습니다.

「앙또냉, 이 비렁뱅이 년을 일으켜 세워요. 즉시 우리들 앞에서 이년을 발가벗기고, 동정심이 그 권리를 행사하는 것은 우리들과 같은 사람들 속에서가 아님을 톡톡히 가르쳐 줘요.」

앙또냉은 비쩍 마르고 힘찬 팔로 저를 휘어잡더니, 끔찍한 욕설이 뒤섞인 말을 중얼거리며 행동을 개시하였고, 순식간에 제 옷을 사방으로 날려 보내면서 저를 사람들 앞에 알몸으로 만들어 놓았습니다.

「정말 예쁜 계집이야!」 제롬이 말하였습니다. 「30년 이래 이보다 더 예쁜 년을 내가 보았다면, 이 수도원이 나를 으깨 버려도 좋아.」

「잠깐!」 수도원장이 말하였습니다. 「우리들의 절차에 약간의 규칙을 세웁시다. 친구들이여, 여러분들은 우리의 영접 절차를 잘 알고 계십니다. 이 여자가 그 절차 하나하나를 모두, 하나도 빼놓지 않고, 밟도록 합시다. 그동안 나머지 세 여자는 우리들 주위에 지켜 섰다가, 우리의 욕구를 상황에 따라 만족시켜 주도록 하거나, 혹은 우리의 욕구를 자극시키도록 합시다.」

그들은 지체하지 않고 원형을 이룬 다음 저를 가운데에다 놓더니, 2시간 이상이나 저를 면밀히 관찰하고 검토하며 만져 본 다음, 그 네 탕아들이 차례차례 각자의 견해를 말하는데, 칭찬하는 놈도 있었고 비판적인 놈도 있었습니다 — 이 부분에 이르자 우리의 아름다운 여죄수는 얼굴을 몹시 붉히며 말하였다 — 부인, 이 첫 의식에서 행하여진 음란한 세부 사항들의 일부를 부인께 숨기는 것을 허락해 주십시오. 그러한 경우에 방탕이 그 난봉꾼들에게 충동질했을 모든 것을 상상 속에서 그려 보십시오. 그들이 저의 동료들과 저 사이를 차례차례 오가면서 비교도 하고, 맞대어 보고, 재어 보면서 떠들어 대는 모습을 상상해 보십시오. 그러나 부인께서는 그 첫 향연에서 이루어진 모든 것에 대해 아마 극히 일부분밖에 상상하실 수 없을 것입니다. 물론 그 모든 것도 제가 그다음에 겪은 끔찍한 일들에 비하면 가볍기 이를 데 없습니다.

「자, 어서!」 엄청나게 자극된 욕망을 더 이상 억제할 수 없다는 듯 라파엘이 말하였습니다. 「희생물에 칼을 꽂을 시간이야. 각자 좋아하는 쾌락을 그녀에게서 취할 준비를 하도록……」

그러고 나서 그 음험한 사나이는 자기의 추악한 쾌락을 얻기에 적합한 자세로 저를 소파에 놓고, 앙또냉과 끌레망으로 하여금 저를 꼼짝 못 하도록 잡고 있으라고 하더니…… 라파엘, 이탈리아 놈, 수도사이며 변태적인 라파엘은, 저의 처녀성은 건드리지도 않고, 모욕적인 방법으로 자신의 욕구를 충족시켰습니다. 오! 방황의 절정이여! 그 더러운 남자들은, 각각 자기의 비천한 쾌락 추구 방법을 택하면서, 자연의 법칙을 망각하는 것을 자신의 영광으로 생각하는 듯하였습니다. 그다음에는 끌레망이 나섰는데, 자기 상관이 벌인 추잡한 정경에 의해 흥분되기도 하였지만, 그것을 구경하면서 스스로가 행한 짓으로 인해 더욱 자극되어 있었습니다. 그는 저에게 선언하기를 수도원장보다 자기가 더 위험하지는 않을 것이라고 하였습니다. 그리하여, 자신의 헌정물이 예방할 부분 역시 저의 순결을 위협하는 곳은 아니라고 하였습니다. 그는 저에게 무릎을 꿇으라고 하였습니다. 그 역시 같은 자세로 저에게 달라붙더니, 그의 사특한 정열이 작동을 개시하는데, 그 장소는, 의식이 거행되는 동안 그것이 아무리 난폭하여도 비명조차 지를 수 없도록 하는 그 부분이었습니다. 그다음은 제롬의 차례였는데, 그의 신전은 라파엘과 같았지만, 그는 주 제단에까지 이르지도 못하였습니다. 신전의 앞뜰을 둘러보는 데 만족하고, 그 음란함은 형용할 수 없지만, 원초적인 작은 일화에 감동한 그는, 자기 욕망의 보충을 야만스러운 방법을 통해 얻었는데, 야만스러운 방법이란, 이미 말씀드렸듯이 뒤부르의 집에서 그 희생이 될 뻔하였고, 브레삭의 손에 의해 희생이 되었던 그러한 방법이었습니다.

「딱 알맞게 요리가 되었군.」 앙또냉이 덤벼들면서 말하였습니다. 「이리 와요, 작은 씨암탉, 내 형제들이 당신에게 행한 부자연스러운 짓들에 대해 내가 복수를 해주지. 그들이 무절제하여 나에게 남겨 준 기분 좋은 만물을 내가 거두지……」

그러나 그 자세한 정경을…… 하느님이시여!…… 차마 그것들을 어찌 제 힘으로 부인께 묘사해 드릴 수 있겠습니까? 비록 자연의 순리에 가장 가까이 있는 듯 보이지만, 기실 네 사람 중 제일 난폭한 탕아였던 그 악당은, 자연의 순리에 조금 접근해 가는 척하고 자신의 의식에 약간의 예의를 갖추는 데 있어서도, 자신의 변태성을 표면에 덜 나타내는 대가로, 저를 모독할 수 있는 모든 방법을 동원하는 듯하였습니다……. 아아! 제가 가끔 그러한 쾌락을 상상 속에서 그려 볼 때면, 그것을 우리에게 불어넣어 주는 것이 하느님이시고, 인간을 위로하기 위하여 자연이 부여한 것이며, 사랑과 친절에서 비롯된지라, 오직 청순한 줄로만 믿었습니다. 그리하여, 인간도 사나운 짐승들처럼, 자신의 상대를 전율토록 하면서밖에는 그 쾌락을 맛볼 수 없다는 사실을 상상조차 못하였던 것입니다. 결국 그 쾌락을 맛보았습니다. 그러나 어찌나 심한 난폭함 속에서였던지, 처녀막이 자연스럽게 찢기면서 가져다주는 통증도 그 맹렬한 공격의 와중에서는 가장 약한 고통이었습니다. 앙또냉이 절정에 달했을 때, 그는 맹렬하게 포효하였으며, 저의 온몸을 더듬으며 상처를 내었고, 호랑이의 피투성이 애무를 방불케 할 만큼 저를 물어뜯는 등, 그 순간 저는 저를 통째로 삼키기 전에는 직성이 풀리지 않을 어떤 야수의 먹이가 된 줄로 알았습니다. 그러한 끔찍한 의식이 끝났을 때 저는 거의 의식을 잃은 채 꼼짝도 못하고 저를 희생시킨 그 제단에 쓰러졌습니다.

라파엘은 여자들을 시켜 저를 간호해 주고 음식을 먹이도록 하였습니다. 그러나, 가장 견디기 어려운 그 순간에 맹렬한 슬픔의 격정이 제 영혼을 엄습하였습니다. 제 생명을 백 번이라도 희생시키는 한이 있어도 지키려고 했던, 보물 같은 처녀성을 잃었다는 생각과, 도움과 정신적 위안을 기대하며 찾아왔던 사람들에 의해 짓밟혔다는 끔찍한 상념 앞에, 더 이상 저 자신을 주체할 수가 없었습니다. 저는 하염없이 눈물을 흘렸으며, 저의 울음소리로 방 안을 가득 채웠고, 마구 몸부림을 쳤습니다. 저는 제 머리카락을 쥐어뜯으며 망나니들에게 아예 저를 죽여 달라고 애걸하였습니다. 그러한 정경에는 이미 무감각한 그 악당들이, 비록 제 고통을 가라앉혀 주거나 위무해 주기보다는 저의 동료들과 새로운 쾌락을 탐

하는 데 빠져 있기는 했지만, 저의 울음소리가 귀찮아서였던지, 그들은 그 소리가 들리지 않을 만한 곳으로 저를 보내 쉬도록 하자는 결정을 내렸습니다……. 옹팔이 저를 그곳으로 데려가려고 하는데, 사특한 라파엘이, 저의 그 처참한 상태에도 불구하고 저를 음란한 눈으로 바라보며 하는 말이, 저를 다시 한 번 자기의 희생물로 만들지 않고는 보내 줄 수 없다고 하였습니다……. 그러한 생각을 품자마자 즉각 실행에 옮겼는데……. 그러나, 그의 욕구는 한 단계 더 높은 흥분을 요구했기 때문에, 그의 새로운 범죄를 성취하는 데 필요한 힘은 제롬이 사용한 방법을 동원해서 얻어 냈습니다……. 오! 하느님! 음란함의 극치여! 저로 하여금 그토록 야만적인 육체적 고역을 감내토록 하기 위하여, 제가 겪고 있던 그 심한 정신적 고통의 순간을 선택할 만큼, 그 탕아들의 표독스러움이 그 지경에까지 이를 수 있는 것입니까?

「오, 제기랄!」 이번에는 앙또냉이 역시 저를 다시 거머쥐며 말했습니다. 「윗사람이 보이는 모범을 따르는 것만큼 좋은 일은 없지. 또한 재범을 저지를 때만큼 짜릿한 것도 없어. 이 어여쁜 아가가 나를 남자들 중에서 가장 행복한 사람으로 만들어 줄 거라 확신해.」

그리하여 저의 몸부림과 비명, 애원에도 불구하고, 저는 또다시 그 비천한 자의 뻔뻔스러운 욕망 앞에 갑옷의 가슴받이 같은 노리개가 되고 말았습니다……. 이윽고 저를 그 방에서 나가도록 허락해 주었습니다. 그때 끌레망이 중얼거렸습니다.

「이 아름다운 공주가 도착하였을 때 내가 너무 열을 올리지 않았다면, 제기랄, 내 열정도 다시 한 번 충족시켜 주지 않고는 이 방을 나서지 못할 텐데. 그렇지만, 공주님께서 기다리신다고 해서 손해 보실 것은 없지.」

「나도 그녀에게 같은 것을 약속하지.」 제롬 역시, 제가 그 옆을 지나갈 때, 자기 팔의 힘을 저에게 느끼도록 하면서 한마디 했습니다. 「하지만 오늘 저녁은 모두 이만 잠이나 자도록 합시다.」

라파엘 역시 같은 생각이었기 때문에, 음탕한 향연은 막을 내렸습니다. 그는 플로레뜨를 자기 곁에 잡아 두었는데, 그녀는 분명 그곳에서 밤을 보냈고, 나머지는 각자 흩어졌습니다. 저는 옹팔의 안내를 받았습니다. 다른 여자들보다 나이가 많아서, 회교국 왕비의 지위를 누리고 있던 그 여자는, 다른 자매들을 돌보는 책임을 맡고 있는 듯하였습니다. 그녀는 저를 저희들 공용의 아파트로 데리고 갔는데, 그것은 일종의 사각형 탑이었고, 그 각 모서리에 저희들 네 사람의 침대가 하나씩 놓여 있었습니다. 여자들이 거처로 물러날 때면 수도사들 중 한 사람이 항상 따라와 문을 닫고, 밖에서 빗장을 두 겹 세 겹으로 지른다고 하였습니다. 그날 그 일을 맡은 사람은 끌레망이었습니다. 아파트에 일단 들어가면 도저히 밖으로 나갈 방법이 없었습니다. 그 방에 단 하나의 출구가 있다면, 그것은 변소 겸 화장실로 쓰이는 작은 방으로 통하는 문이었는데, 그 화장실의 창문 역시 침실의 창문 못지않게 촘촘한 철책으로 막혀 있었습니다. 뿐만 아니라, 저희들의 방에는 침대 옆에 의자 하나와, 다 떨어진 옥양목으로 덮은 탁자 하나가 있을 뿐 다른 가구는 하나도 없었으며, 화장실에도 나무로 만든 궤짝 몇 개와, 밑창 빠진 의자 몇 개, 비데, 그리고 공용 화장대뿐이었습니다. 물론 그러한 실태를 파악한 것은 그다음 날이었습니다. 첫날에는 절망에 빠져 아무것도 눈에 보이지 않았으며, 오직 저 자신의 고통에만 잠겨 있었습니다. 〈오! 하늘이시여! 미덕에 입각한 행위가 제 가슴에서 우러나오면, 즉시 고통이 그 뒤를 따라야 함이 이미 정해진 뜻이오니까?〉 저는 마음속으로 혼자 절규하였습니다. 〈위대한 하느님이시여, 다소간의 경건한 의무를 수행코자 이 집으로 달려오기를 열망한 것이 무슨 잘못이오니까! 그러한 일에 뛰어든 것이 하늘의 뜻을 거슬렀나이까? 이것이 제가 기다려야 했을 행위의 대가입니까? 오! 헤아릴 수 없는 섭리의 명령이여, 이 몸이 당신의 율법에 반항하는 것을 원치 않으신다면, 삼가 청하옵건대 잠시나마 제 눈앞에 당신의 실체를 나타내 보여 주소서!〉

그러한 생각에 이어 쓰디쓴 눈물이 흘렀으며, 동이 틀 무렵 옹팔이 제 침대 옆으로 다가왔을 때에도 저는 아직 눈물에 젖어 있었습니다. 그녀가 저에게 속삭이듯 말하였습니다.

「친구여, 용기를 가지라고 격려하러 왔어요. 나 역시 그대처럼 처음 여러 날은 눈물로 보냈지만, 이제는 어느덧 습관이 되었어요. 그대 역시 나처럼 적응하게 될 거예요. 초기에는 정말 견딜 수 없었어요. 우리의 생활을 고통스럽게 하는 것은 그 탕아들의 고삐 풀린 욕망을 끊임없이 충족시켜 주는 일뿐만이 아니에요. 일체의 자유가 허용되지 않는다는 사실과, 이 추잡한 집 안에서 우리들이 몹시 포악한 대접을 받는 것 역시 참을 수 없는 일들이에요……」

불행한 사람들은 자기네 이웃이 고통받는 것을 보고 스스로를 위안하는 듯합니다. 저의 고통은 여전히 타는 듯 심하였으나, 저는 그것을 잠시 진정시키고, 그녀에게 간청하기를, 제가 장차 각오해야 할 수난들이 어떤 것들인지 상세하게 알려 달라고 하였습니다. 그러자 옹팔이 제 침대 옆으로 다가앉으며 이야기를 시작하였습니다.

「잘 들어요. 그대를 신뢰하여 해주는 이야기이니, 절대 그것을 악용하지 않도록 명심해 주기 바라요……. 우리들이 겪고 있는 고통 중에서 가장 혹독한 것은, 오! 내 친구여! 우리들의 운명이 항상 불확실하다는 것이에요. 다시 말해, 누구든 이곳을 떠난 다음에는 어떻게 되는지 전혀 알 수가 없다는 점이에요. 궁벽한 우리의 처지가 허락하는 한 입수한 증거에 의하면, 수도사들에 의해 환속된 여자들이 다시는 세상에 모습을 드러내지 않는다는 것이에요. 수도사들 역시 그 점을 우리에게 경고하면서, 이 은둔처가 우리들의 무덤이라는 것을 감추지 않아요. 매년 거르지 않고 두세 사람의 여자가 이곳을 떠나지요. 그 여자들이 어떻게 되었을까요? 그녀들을 모두 죽여 버렸을까요? 어떤 때는 수도사들 말이, 그렇다 하고, 또 어떤 때는 아니라고 해요. 그러나 분명한 사실은, 이곳을 떠난 여자들마다, 바깥세상에 나가면 이 수도원을 고발하고 우리들의 석방을 위해 노력하겠다고 약속들을 하였지만, 아무도 아직까지 그 약속을 지키지 않았다는 점이에요. 수도사들이 그녀들을 구슬린 것일까요? 아니면 고발조차 할 수 없는 상태로 만들어 버렸을까요? 새로 들어오는 여자들에게 이곳을 떠난 여자들의 소식을 묻곤 했지만, 아직 그 소식을 알고 있는 여자는 하나도 없었어요. 그 가련한 여자들이 도대체 어찌 되었단 말일까요? 쏘피, 우리들을 괴롭히는 것은 바로 그 점이에요. 내가 이 집에 온 지 14년, 그동안 쉰 명 이상의 여자가 이곳을 떠났는데…… 모두 어디에들 있다는 말일까요? 모두들 한결같이 우리들을 돕겠노라 굳은 언약을 하고서, 도대체 왜 아무도 그 약속을 지키지 못한다는 말일까요? 우리들은 항상 네 사람으로 한정되어 있어요……. 적어도 이 방에만은……. 이 말인즉 이 탑과 유사한 탑이 또 하나 있어 같은 수의 여자를 가둬 놓고 있으리라는 뜻인데, 우리들 모두 거의 확신하고 있어요. 그들의 거조에서 발견되는 여러 징후들과 주고받는 말에서 그러한 확신을 갖게 되었지요. 그러나 그 여자들을 단 한 번도 본 일은 없어요. 그러한 추측을 가능케 하는 가장 큰 증거들 중의 하나는, 우리들이 이틀 연속으로 봉사하는 경우가 절대 없다는 사실이에요. 어제저녁 우리들이 사용되었으니, 오늘은 쉬게 될 거예요. 그런데 이 탕아들이 단 하루라도 절제를 할 수 없다는 것은 너무나 분명한 일이거든요. 뿐만 아니라, 우리들의 나이나 용모의 변화, 권태, 싫증 등 그 무엇도 우리가 은퇴하게 되는 정당한 이유가 되지 못하며, 오직 그들의 변덕만이 그 숙명적 휴가를 결정하게 되는데, 우리가 그 휴가를 어떻게 활용하게 될지 전혀 알 길이 없어요. 그 하나의 예로, 여기에서 일흔 살 된 여자도 보았는데, 지난여름 이곳을 떠났어요. 그녀는 이곳에서 60년을 살았다고 하는데, 그녀가 이곳에 있는 동안에도, 아직 열여섯 살도 안 되는 소녀 열두 명 이상이 환속되는 것을 제가 직접 보았어요. 어떤 여자들은 이곳에 도착한 지 사흘 만에 떠나갔고, 다른 여자들은 겨우 한 달 만에, 또 다른 여자들은 몇 년 후에 떠나갔어요. 그 일에 있어서는 그들의 뜻, 아니 그들의 변덕 외에, 아무 규칙도 없어요. 물론 우리의 품행과도 전혀 관계가 없어요. 마치 날아가듯 그들의 욕구에 선선히 응낙하는 여자들도 있었지만, 6주가 채 못 되어 이곳을 떠난 경우도 있으니 말이에요. 반면 어떤 여자들은 침울하고 괴벽스러웠지만 여러 해를 데리고 있었어요. 따라서 새로 도착하는 여자에게 어떤 형태이건 행동 규범을 알려 준다는 것이 모두 무의미해요. 그들의 환상은 모든 규칙을 수시로 깨뜨리기 때문에, 어떠한 규칙도 우리가 의지할 만큼 안전한 것은 없어요. 이곳에 오는 수도사들의 교체는 거의 없는 편이에요. 라파엘은 이곳에 15년 전에 왔고, 끌레망이 이곳에 머문 지는 16년, 제롬은 30년 그리고 앙또냉은 10년이에요. 앙또냉만이 이곳에 도착하는 것을 내가 직접 본 수도사인데, 그는 이곳에서 극도의 음탕함으로 인해 예순 살의 나이로 죽은 어느 수도사의 후임으로 왔어요……. 휘렌체 태생인 이 라파엘이란 자는 교황과 아주 가까운 친척이라는데, 교황과 뜻이 잘 맞는다고 해요. 이곳에 있는 성모상이 기적을 일으킨다는 소문이 퍼져, 이 수도원의 명성이

높아진 것도 그가 이곳에 온 이후 생긴 일인데, 그리하여 비방하기를 좋아하는 사람들조차, 이곳에서 무슨 일이 벌어지고 있는지 기웃거릴 엄두를 내지 못해요. 물론 이 수도원의 실태는 그가 이곳에 오기 전에도 마찬가지였대요. 현재와 같은 일이 자행된 것은 80년 전부터라고 하는데, 이곳에 부임한 모든 수도원장들이 자기네의 쾌락을 위해 그만큼 전통을 잘 지켰다는 것이에요. 금세기 최고의 탕아들 중에 속하는 라파엘은 이 수도원을 잘 알고 있었기 때문에 이곳에 오기를 자청했다고 하며, 그의 의도는 이곳의 각별한 비밀을 될 수 있는 한 오랫동안 유지하려는 것이래요. 이 수도원은 옥세르 교구에 속해 있는데, 주교께서 이곳 소문을 알고 있는지 모르는지, 그가 이곳에 나타나는 것을 본 사람은 아무도 없어요. 일반적으로 이곳을 찾는 발길은 극히 적으며, 8월 말의 축제 기간을 제외하고는, 연중 방문객이 단 10여 명에도 이르지 못해요. 그런데도 혹시 외부인이 이곳을 방문하는 경우, 수도원장은 그들을 환대하고, 근엄함과 깊은 신앙심으로 가장하여 그들을 압도한다고 해요. 그리하여 방문객들은 만족스러운 마음으로 돌아가고, 이 수도원을 찬양하며, 결국 이 악당들은 백성들의 착한 마음과 신심 깊은 사람들의 고지식함 위에서 편안히 살고 있는 것이에요. 게다가 우리들이 지켜야 할 생활 규칙은 비할 데 없이 엄하며, 그중 단 하나라도 위반했을 경우 그 위험은 상상조차 할 수 없어요. 그 문제에 관해서 몇 가지 그대에게 구체적으로 설명해 주는 것이 필요하겠어요. 왜냐하면, 〈모르고 그랬으니 제가 규칙을 어긴 것을 벌하지 말아 주세요〉라는 말이 여기에서는 절대 통하지 않아요. 동료들로부터 배우든가 아니면 모든 것을 짐작해서 알아야 해요. 아무것도 사전에 경고해 주지 않고, 티끌만큼만 규칙을 어겨도 불문곡직 처벌해요. 유일하게 인정된 처벌 방법은 채찍질이에요. 그러나 각 악당 특유의 쾌락 추구 양태 역시 그들이 좋아하는 처벌 방법이에요. 어제저녁 그대는 아무 잘못 없이 그 벌을 받았지만, 이제 얼마 아니 가서 규칙을 어겼다는 죄목으로 같은 처벌을 받을 거예요. 네 사람 모두 그 야만스러운 습성에 젖어 있으며, 네 사람이 차례로 돌아가며 형벌을 시행해요. 그들 중 한 사람이 차례로 〈일일 섭정공〉이 되는데, 그가 이 방의 최연장자로부터 보고를 받으며, 내실의 감시 감독을 책임지고, 우리들이 참석하는 저녁 식사 중 일어나는 모든 일들을 책임질 뿐만 아니라, 모든 위반 사항들을 조목조목 따져 몸소 처벌까지 도맡아 처리해요. 이제 그 생활 규칙들을 하나하나 이야기해 주겠어요. 우리들은 매일 아침 9시까지 일어나서 옷을 다 갖추어 입어야 해요. 10시에는 조반으로 빵과 물을 가져다줘요. 오후 2시에 점심을 주는데, 먹을 만한 수프와, 삶은 쇠고기 한 덩이, 그리고 채소 요리 한 접시가 나오고, 어떤 때는 과일도 있어요. 그리고 포도주 한 병을 네 사람이 나눠 마셔요. 여름이건 겨울이건 오후 5시에는 일일 섭정공이 하루도 빠짐없이 우리들을 방문해요. 이 방의 최연장자로부터 밀고를 받는 것은 바로 그 시각이에요. 그때 고하는 내용은, 여자들의 거동과 혹시 불만이나 반항을 내포한 언사가 오간 일은 없는

지, 정해진 시각에 일어났는지, 머리 냄새와 몸의 청결 상태는 완벽한지, 음식을 제대로 먹었는지, 탈출할 생각을 하지 않았는지 등에 대한 것이에요. 그 모든 것에 대하여 정확히 보고를 해야 해요. 만약 보고에 소홀함이 있으면 최연장자 자신이 처벌을 받아요. 그런 다음 섭정공은 화장실로 가서 잡다한 물건들을 일일이 검사해요. 그리고 그곳에서 일을 본 다음, 우리들 중 한 사람과 즐기고 가지 않는 경우는 극히 드물어요. 대부분의 경우 우리 네 사람 모두와 차례차례 즐기지요. 그가 다녀간 다음에는, 우리가 만찬에 참석하는 날이 아닐 경우, 책을 읽거나 잡담을 하거나, 혹은 우리들끼리 놀다가 원할 때 자든가, 모두 우리들 마음대로 해요. 수도사들과 함께 저녁 식사를 해야 하는 날에는 작은 종이 울리는데, 그것은 몸치장을 하고 준비하라는 신호예요. 그러면 당일의 섭정공이 직접 우리들을 데리러 오고, 우리들은 그대가 어제 우리들을 처음 본 그 방으로 내려가요. 그곳에 가서 제일 먼저 하는 일은, 그 직전의 만찬 이래 우리들이 저지른 잘못을 수록한 기록부를 읽는 것이에요. 먼저 지난번 만찬 때 행한 잘못들을 지적하는데, 그 내용은, 세심한 주의의 결여 및 무관심, 봉사하는 동안 수도사에게 보인 미지근한 태도, 자발성 부족, 복종이나 청결 상태의 미흡함 등이에요. 그다음에는 최연장자의 보고에 기초하여 작성한, 이틀 동안 방에서 저지른 과오 목록이 첨부되지요. 잘못을 저지른 사람이 차례대로 방 가운데에 가서 서면 당일의 섭정공이 기록된 죄상을 낭독한 다음 구형을 하게 되어요. 그러면 즉각 우리들 방의 최연장자나, 혹은 최연장자 자신이 잘못을 저질렀을 경우, 방의 부책임자가 죄인의 옷을 벗겨 알몸으로 만들어 놓고, 섭정공 자신이 벌을 주는데, 그것이 어찌나 세차고 가혹한지, 그 벌을 잊기는 매우 어려울 거예요. 그런데 그 악당들의 기술이 어찌나 교묘한지, 형벌이 자행되지 않는 날이 거의 없어요. 그 의식이 끝난 다음에는 음탕한 향연이 다시 시작되는데, 그 향연의 세세한 내용을 이루 다 열거하기는 불가능해요. 그토록 괴이한 변덕이 과연 절조를 회복할 수 있을까요? 우리가 해야 할 가장 중요한 일은, 그 무엇도 거절하지 않는 것…… 모든 것을 환영하는 것 등이지만, 이 방법 역시 최선책이라고는 하나, 우리들의 안전을 담보해 주지는 못해요. 음탕한 향연 도중에 저녁 식사를 하지요. 우리들도 그 식사에 참여하는데, 우리들끼리의 식사보다는 항상 더 감미롭고 풍성해요. 수도사님네들이 반쯤 취하면 바쿠스의 향연이 다시 시작돼요. 자정이 되면 각자 흩어지는데, 수도사들은 제각기 취향에 따라 우리들 중의 하나를 데리고 잘 수 있으며, 그 은총을 입은 여자는 자기를 선택해 준 수도사의 수도하는 방에서 그와 함께 자고 다음 날 우리들과 다시 합류해요. 나머지 여자들은 이 방으로 돌아오는데, 와보면 방이 말끔히 치워져 있고, 침대나 옷장 등이 모두 정돈되어 있어요. 어떤 때는, 막 잠자리에서 일어나 아직 조반도 들기 전인데, 수도사가 한 사람 와서 우리들 중 하나를 수도하는 방으로 데려가기도 해요. 우리들을 돌보고, 혹은 우리들을 데리러 와서 우리들을 원하는 수도사의 방으로 인도하는 사람은 조수사

(助修士)인데, 욕구를 충족시킨 다음에는 수도사 자신이 우리들을 이곳에 다시 데려다 주든가 아니면 그 조수사를 시키기도 해요. 우리의 방을 청소해 주고 가끔 우리를 데리러 오는 그 지옥의 충견은, 이제 곧 그대도 보게 되겠지만, 일흔 살이 된 조수사로서, 꼽추에다 절름발이며, 벙어리예요. 수도원 내의 모든 일을 그가 총괄하며, 다른 세 조수사의 도움을 받고 있는데, 하나는 식사를 담당하고, 다른 하나는 수도사들의 방 청소뿐만 아니라 수도원 전체의 쓰레질 외에 부엌일도 거들며, 또 다른 하나는 그대가 이곳에 들어올 때 본 그 문지기예요. 우리는 그 조수사들 중 우리를 돕는 늙은 조수사밖에 볼 수 없는데, 그에게 단 한마디라도 말을 건네면, 그것이 가장 중대한 범행으로 간주될 거예요. 수도원장이 가끔 우리들을 방문하곤 해요. 그때마다 습관적인 몇몇 의식을 거행하는데 곧 그대도 배우게 될 거예요. 그러나 그 의식을 등한히 하면 그것이 곧 죄가 되는데, 그들은 죄를 벌하는 쾌감을 맛보기 위하여 죄상을 찾는 데 혈안이 되어 있고, 그러한 목적으로 의식을 자주 거행해요. 아무 목적 없이 라파엘이 우리를 방문하는 경우는 극히 드문데, 그 목적이란 것이 항상 잔혹하고 난잡하기가, 이미 그대가 경험한 바 그대로예요. 뿐만 아니라 이 수도원에는 상당히 큰 정원이 있지만 철책이 되어 있지 않아, 우리들은 항상 탑 속에 갇혀 살며, 1년 내내 단 한 번도 바깥공기를 마실 수가 없어요. 우리들 중 누군가가 탈출할까 두려워서 취한 조치인데, 그들은 우리의 탈출을 교회나 정부의 사법만큼이나 두려워하고 있어요.

사법의 손이 이곳에 미친다면 이곳에서 벌어지는 모든 범죄를 척결하고 질서를 회복하련만……. 종교적 의식을 거행하는 일은 절대 없어요. 종교에 대해서는 생각하는 것도, 말하는 것도 금지되어 있어요. 종교에 관한 말은 가장 확실하게 처벌을 유발할 수 있는 범죄예요. 이상이 내가 그대에게 해줄 수 있는 이야기의 전부예요. 나머지는 체험이 가르쳐 줄 거예요. 할 수 있다면 용기를 가져요. 그러나 세상에 다시 나간다는 것은 아예 단념해요. 이 수도원에서 나간 여자가 세상을 다시 보았다는 예는 하나도 없어요.」

그 마지막 말이 저를 끔찍한 불안에 사로잡히게 하였기 때문에, 옹팔에게 다시 묻기를, 환속한 여자들의 운명에 대한 그녀의 진정한 견해는 무엇이냐고 했습니다.

「그대의 질문에 내가 어찌 답변을 할 수 있겠어요? 오직 희망만이 나의 처절한 견해를 부인해 줘요. 그녀들이 물러가는 곳이 무덤이라는 것을 모든 징후가 입증해 주건만, 희망의 소산에 불과한 수천 가지 생각들이 그 숙명적인 확신을 끊임없이 깨뜨려요.」 옹팔이 계속하여 말을 이었습니다. 「이미 계획된 우리의 환속을 당일 아침에나 통보해 줘요. 당일의 섭정공이 조반 전에 와서 아마 이렇게 말할 거예요. 〈옹팔, 짐을 싸요, 수도원은 당신을 환속시키기로 하였어요. 오늘 저녁 어두울 녘에 데리러 오겠어요.〉 그리고 나가 버릴 거예요. 환속이 결정된 여자는 동료들을 얼싸안으며, 그들을 돕겠노라고, 고발을 하겠노라고, 이곳에서 일어나는 일들을 사방에 알리겠노라고, 수천 번이나 거듭 약속을 하지요. 시각을 알리는 종이 울리면 수도사가 오고, 그 여자는 떠나가죠. 그다음 그녀의 소식은 영영 다시 들을 수 없어요. 그렇더라도 그날이 우리가 만찬에 참석해야 하는 날일 경우 만찬은 평상시와 마찬가지로 시행되어요. 단 한 가지, 그러한 날마다 우리가 관찰할 수 있는 것은 수도사들이 다른 날에 비해 훨씬 열을 덜 낸다는 점과, 술을 엄청나게 마신다는 점, 그리고 평소보다 우리들을 일찍 돌려보내고, 절대 우리들 중의 누구도 자기네 방에 데려가 동침하는 법이 없다는 점 등이에요.」

「오! 나의 친구여!」 저에게 상세하게 이야기를 해준 우리들 방의 책임자에게 감사하다고 하며, 그녀에게 제가 말하였습니다.「아마 지금껏 당신은 약속을 지킬 만한 힘이 없는 아이들의 경우만 보셨을지도 모르지요……. 나와 그러한 상호 간의 약속을 하지 않겠어요? 우선 나부터, 이 세상에서 내가 가장 성스럽게 생각하는 것을 걸고, 내가 이곳에서 죽지 않는다면 이곳의 추악한 죄악을 타파하겠노라 당신에게 맹세하지요. 마찬가지로 당신도 나에게 약속해 주겠어요?」

「물론이에요.」 옹팔이 말하였습니다.「그러나 그러한 약속들이 무의미함을 분명히 알아 둬요. 그대보다 나이가 더 많고, 아마 원한이 더욱 깊을지도 모르며, 자기 고향에서는 상당히 행세하는 집안 출신으로, 그대보다 더 많은 방도를 가지고 있었을 뿐만 아니라, 한마디로 나를 위해서는 피를 아끼지 않았을 그 여자들도 맹약을 지키지 못했어요. 그러니, 나의 그러한 혹독한 체험 때문에, 내가 우리들의 서약을 헛된 일이라 생각하며 별 기대를 걸지 않더라도 괘념치 말아 줘요.」

그러고 나서 저희들은 수도사들과 우리 동료들의 성격에 대해 잡담을 하였습니다.

「이 유럽 천지에서 라파엘과 앙또냉보다 더 위험스러운 사람은 없을 거예요.」옹팔이 제게 말하였습니다. 「거짓됨, 음험함, 사나움, 심술, 잔혹함, 무신앙 등이 그들의 천성이어서, 패륜적인 행위에 빠져 있을 때를 제외하고는 그들의 눈에서 절대 기쁨을 찾아볼 수 없어요. 가장 난폭해 보이기는 하지만 끌레망이 그들 중 제일 나은 편이에요. 그가 취했을 때만 조심하면 돼요. 그럴 때는 그의 비위를 건드리지 않도록 조심해야 돼요. 매우 위험해요. 제롬의 경우는 천성이 난폭하여, 따귀나 주먹질 혹은 발길질 세례를 받기가 일쑤예요. 그러나 일단 정염의 불길이 꺼지면 양처럼 온순해지는데, 그 점이, 변덕과 잔혹함으로 정염을 다시 불태우는 라파엘이나 앙또냉과의 근본적인 차이예요. 여자들에 대해서는 특별히 해줄 이야기가 없어요. 플로레뜨는 아직 기지가 없는 아이로서 시키는 대로 할 뿐이에요. 꼬르넬리는 마음이 섬세하고 인정이 많아 이 세상의 그 무엇으로도 그녀를 위로해 줄 수 없을 거예요.」

그 모든 이야기를 들은 다음 저는 저의 동료에게 묻기를, 우리들처럼 가련한 다른 여자들을 가둬 놓은 또 다른 탑이 있는지, 그 여부를 알 수 있는 방법이 전혀 없겠느냐고 하였습니다.

「물론, 다른 여자들이 이곳에 있다는 것을 거의 확신해요.」

옹팔이 말하였습니다. 「수도사들의 작은 실수나, 우리들을 돌보며 분명 그녀들도 함께 돌보는, 벙어리 조수사를 통해 그 사실을 알 수 있어요. 그러나 그러한 사실을 알게 된다는 것 자체가 매우 큰 위험이 될 수 있어요. 뿐만 아니라 우리들 스스로도 어찌할 방도가 없는데, 우리들 외에 다른 여자들이 있는지 없는지를 안다고 해서 무슨 소용이 있겠어요? 이제 그대가, 그러한 확신을 뒷받침할 만한 증거가 있느냐고 묻는다면, 그들이 무심결에 발설한 말 몇 마디가 그대를 확신시켜 주고도 남음이 있다고 말하겠어요. 그것뿐만이 아니에요. 어느 날 아침 라파엘의 방에서 자고 나오는데, 내가 막 그 방의 문지방을 넘어서고 라파엘 자신이 나를 이 탑으로 다시 데려오려고 내 뒤를 따라 나올 때, 벙어리 조수사가 열일고여덟 살쯤 되어 보이는 매우 아름다운 소녀 하나를 앙또냉의 방으로 데리고 들어가는 것을 보았어요. 물론 라파엘은 내가 그것을 목격했다는 것을 눈치채지 못하였고, 그 여자는 우리들과 함께 있던 여자가 아니었어요. 조수사는 나를 보자 서둘러 그 여자를 앙또냉의 방으로 밀쳐 넣었지만, 나는 그녀를 똑똑히 볼 수 있었어요. 조수사는 그 일에 대하여 입을 다물었고, 모든 것은 그대로 넘어갔어요. 만약 그 사실이 알려졌다면 제가 어떠한 일을 당했을지 모르겠어요. 따라서 우리들 외에 다른 여자들이 또 있다는 것은 의심할 바 없으며, 우리들이 이틀에 한 번씩 수도사들과 저녁 식사를 하는 것은, 나머지 하루를 그녀들이 메우기 때문이며, 분명 우리들과 같은 수의 여자들일 거예요.」

옹팔이 말을 마쳤을 때 마침 라파엘의 방에서 밤을 보낸 플로레뜨가 돌아왔습니다. 그러한 경우 밤새 있었던 일을 서로 이야기하는 것이 특별히 금지되어 있었기 때문에, 우리들이 벌써 깨어 있는 것을 본 그녀는 간단히 잘 잤느냐는 인사만을 하고, 탈진한 듯 침대에 몸을 던진 채, 모두 일어나야 하는 9시까지 꼼짝하지 않고 누워 있었습니다. 그때 마음씨 고운 꼬르넬리가 제 곁으로 다가와 저를 바라보며 눈물을 흘리더니…… 제게 말하였습니다.

「오! 아가씨, 우리들의 신세가 너무나 비참해요!」

이윽고 조반을 가져왔고, 동료들이 조금이라도 먹으라고 하도 권하기에, 그들의 마음을 생각하여 권하는 대로 하였습니다. 그날 하루는 조용히 지나갔습니다. 오후 5시가 되자, 옹팔이 말한 바대로, 당일의 섭정공이 들어왔습니다. 섭정공은 앙또냉이었는데, 그는 빙긋빙긋 웃으면서 제가 겪은 일의 맛이 어떠냐고 물었습니다. 제가 아무 대답 없이 눈을 내리깔고 눈물만 흘렸더니 그는 킥킥 웃으며 혼잣말처럼 중얼거렸습니다.

「익숙해지겠지, 곧 익숙해질 거야, 온 프랑스 내에서 이곳만큼 여자들을 잘 길러 내는 수도원은 없어.」

일상 관례대로 이곳저곳을 살펴본 다음 우리들의 선임자로부터 죄목을 적은 기록부를 건네받았는데, 그녀는 마음이 착하여 별로 기록한 것이 없었고, 대부분의 경우 기록할 것이 없다고도 하였습니다. 그런데 앙또냉이 우리들의 방을 떠나기 전에 저에게 다가오는 것이었습니다……. 그 순간 저는 몸을 오들오들 떨었습니다. 또다시 그 괴물의 희생물이 되는 줄 알았습니다. 하기야 언젠가는 당할 일인데, 그것이 그 순간이건 그다음 날이건 무슨 차이가 있었겠습니까? 그런데 어인 일인지, 저에게 몇 번 거친 애무를 해주더니 꼬르넬리에게 덤벼들었습니다. 그러면서 자기의 작업 도중, 자기의 정열 발산에 봉사하기 위한 준비를 갖추고 대기하라는 명령을 내렸습니다. 주체할 수 없는 관능에 사로잡힌 그 악당은 어떠한 형태의 관능도 사양치 않고, 전날 밤 저와 함께 했던 것처럼 그 가련한 소녀와 일을 치렀습니다. 즉, 가장 치밀하게 고안된 난폭성과 도착증을 가미한 장면들이었습니다. 그와 같은 종류의 집단 행위는 자주 있는 일이었습니다. 어느 수도사가 우리 자매들 중 한 사람과 즐길 때는, 그의 감각을 사방에서 가열시키고, 관능의 기운이 그의 모든 감각 기관을 통해 그의 내부로 침투되도록 하기 위하여, 나머지 세 사람이 그들을 둘러싸게 하는 것이 상례였습니다. 여기에서 그 불순한 장면들을 상세히 말씀드림은 그러한 것들에 대한 언급을 반복하지 않으려는 뜻에서이며, 그 추잡한 장면들을 더 이상 길게 서술하지 않으려는 의도에서입니다. 하나의 장면을 묘사함으로써 모든 장면을 다 드러낼 수 있음이니, 그 수도원에서 보낸 제 생활에 대한 긴 이야기 도중, 세세한 장면들을 가지고 더 이상 부인께 두려움을 드리지 않고, 골자가 되는 사건들만 말씀드리겠습니다. 그날은 저희들이 저녁 식사에 참가하는 날이 아니었기 때문에 비교적 조용히 보낼 수 있었습니다. 저의 동료들은 최선을 다해 저를 위로하였습니다만, 그 무엇도 저와 같은 성품을 가진 사람의 괴로움을 달래 줄 수는 없었습니다. 그녀들의 노력은 모두 헛수고가 되고 말았으니, 그녀들이 저의 불행에 대해 말을 하면 할수록 그만큼 그 불행이 저에게는 고통스러웠습니다.

다음 날 9시가 되기가 무섭게 수도원장이 자기의 담당일이 아닌데도 저희들을 보러 왔습니다. 옹팔에게 이제 제가 좀 적응을 하느냐고 묻더니, 그녀의 대답은 듣지도 않고, 화장실에 있는 궤짝 하나를 열어 그 속에서 여자 옷 몇 벌을 끄집어냈습니다. 그리고 제게 말하였습니다.

「당신은 전혀 가진 것이 없으니 당신의 의복 문제를 생각해야겠어요. 물론 당신보다는 우리들 자신의 문제에 좀 더 신경을 쓰는 것이니 감사할 필요는 없어요. 또한 나는, 여자들이 우리에게 봉사를 할 때는 짐승들처럼 알몸으로 하니 이 모든 옷들이 불필요하다는 입장이에요. 사실 불편한 점이 별로 없다고 생각해요. 그러나 다른 신부님들이 사치와 화려한 치장을 좋아하는 사교계 출신들이라 그들을 만족시켜야 해요.」

그러면서 침대 위에다 실내복 몇 벌, 슈미즈 여섯 장, 몇 개의 헝겊 모자, 양말, 신발 등을 던져 놓으며 그것들을 모두 제 몸에 맞나 입어 보라고 하였습니다. 제가 옷을 입는 동안 그가 직접 저를 거들었으며, 기회가 있을 때마다 음탕하게 제 몸을 만졌습니다. 그중에서 타프타로 지은 실내복 세 벌과 인도산 직물로 지은 실내복 하나가 제 몸에 맞았습니다. 그는 그것들을 모두 가지라고 하였으며, 나머지들도 제 임의로 사용하라고 하였습니다. 그러나 그 모든 것이 수도원 소유이니 그것들이 다 마모되기 전에 수도원을 떠날 경우, 그 사실을 상기해서 모두 수도원에 반납하는 것을 잊지 말라고 하였습니다. 그 자질구레한 일들이 그에게 열을 올리게끔 하는 환상을 불어넣었음인지, 그는 저에게 명령하기를, 그에게 적합한 자세를 제 스스로 취하라고 하였습니다······. 그에게 애걸을 해보고 싶었지만, 벌써부터 그의 눈에 감돌고 있는 광증과 노기를 보는 순간, 가장 단순한 것은 복종하는 길뿐이라 생각하여, 지체하지 않고 자세를 취하며 몸을 내맡겼습니다······. 나머지 세 여자에게 둘러싸인 그 탕아는 습관대로 관습과 종교 그리고 자연을 무시하는 방법으로 자신의 욕구를 충족시켰습니다. 제가 그에게 불길을 댕겼노라고 저녁 식사 시간에 극구 칭찬을 하며, 그날 밤은 그의 방에서 자라고 하였습니다. 제 동료들이 물러간 다음 그의 방으로 갔습니다. 제가 느낀 혐오감이나 괴로움 등에 대해서는 부인께 더 이상 말씀드리지 않겠습니다. 그 극단적인 정황을 부인께서 충분히 상상하시리라 믿기 때문이며, 한편 그것들이 아직 부인께 묘사해 드리지 못한 다른 정황들을 침해할 수도 있기 때문입니다. 라파엘의 수도하는 방은 관능적이고 고아한 취향으로 꾸며져 매우 매혹적이었습니다. 그 적막한 방은 쾌락의 장으로 사용되기에 무엇 하나 부족한 점이 없었습니다. 방에 들어가 문을 닫기가 무섭게, 라파엘 자신이 알몸이 되더니, 자기처럼 하라고 명령을 내렸습니다. 그는 오랫동안 자신을 애욕으로 흥분시키더니 이윽고 스스로를 그 속에 태우기 시작하였습니다. 저는 그날 밤, 가장 교태에 능란한 세속의 여자가, 자신의 불순한 직업 활동에서 보여 줄 수 있는 것에 못지않게 완벽한 음란 행위를 터득했노라고 말씀드릴 수 있습니다. 그 행위에 있어서 제가 선생이 되었나 싶으면 다시 학생이 되곤 하며, 역할이 자주 바뀌었으나, 제가 상대방을 다루는 것은 그가 저를 다루는 것에 비하면 어림도 없었으며, 상대방이 저에게 관용을 비는 경우가 전혀 없었던 반면, 저는 얼마 안 가 뜨거운 눈물을 흘리며 그의 관용을 애걸해야 할 처지에 놓이곤 했습니다. 그러나 저의 애걸을 비웃으며, 제 몸의 움직임에 상응하여 가장 야만스러운 조치를 취했을 뿐만 아니라, 저를 완전히 제압했음을 확인하자, 두 시간 동안을 쉬지 않고, 유례없이 혹독하게 제 몸을 농락하였습니다. 그는 또한 일반적으로 관능 행위에 사용되는 부위에 만족하지 않고, 온몸을 무차별 질주하면서, 가장 엉뚱한 곳, 가장 예민한 부위들을 마구 더듬어, 그 망나니의 질풍노도를 모면한 부분은 하나도 없으며, 그는 제 몸에 나타나는 고통스러운 징후를 정성스럽게 포착하여, 그 율동에 자신의 관능적 전율을 조화시켰습니다.

「이제 자리에 눕지.」 이윽고 그가 제게 말하였습니다. 「너에게는 아마 좀 과했을 거야. 그러나 나에게는 아직 흡족하지 못해. 그와 같은 성스러운 훈련에는 지치는 법이 없지. 오늘의 이것은 우리가 실제로 하고자 하는 것의 영상에 지나지 않아.」

우리들은 침대에 누웠습니다. 라파엘은 탕아임에 못지않

게 도착증 성욕자여서 저를 밤새도록 범죄적 쾌락의 노예로 만들었습니다. 그의 음란 행위가 한순간 조금 뜸해지는 틈을 타서, 제가 언젠가는 그 수도원을 떠날 수 있다는 희망을 가질 수 있겠느냐고 애원하듯 물었습니다.

「물론이지.」 라파엘이 제게 대답하였습니다. 「이곳에 들어온 것은 다시 나가기 위함이야. 우리 네 사람이 너의 환속에 동의하면 의심할 여지 없이 네 소원을 성취하게 되지.」

「그렇지만……」 저는 그에게서 무엇인가를 얻어 내려는 계산으로 또 물었습니다. 「아직 나이 어리고 조심성 없는 소녀들이 혹시 이곳에서 일어나는 일들을 폭로하지 않을까 두렵지 않으세요?」

「그것은 불가능한 일이야.」 수도원장이 말하였습니다.

「불가능하다고요?」

「오! 분명 불가능해.」

「무슨 뜻인지 모르겠어요…….」

「설명해 줄 수 없어, 그것은 우리들만의 비밀이야. 그러나 내가 너에게 이야기해 줄 수 있는 것은, 네가 조심성이 있건 없건, 밖에 나가더라도 이곳에서 일어나는 일을 폭로하기란 절대 불가능하다는 사실이야.」

그러한 말을 하고 나더니, 퉁명스럽게 명령하기를, 화제를 바꾸라고 하였으며, 그리하여 저는 감히 아무 대꾸도 못하였습니다. 다음 날 아침 7시가 되자 그는 조수사를 시켜 저를 되돌려 보냈습니다. 그가 한 말과 옹팔에게서 들은 이야기를 종합해 보니, 수도원을 떠난 소녀들에 대하여 극도로 난폭한 조치를 취하였으리라는 결론이 내려졌으며, 또한 그녀들 중 단 한 사람도 발설을 못 한 이유는, 그녀들을 관 속에 처넣음으로써 그 수단을 아예 근본부터 제거했기 때문이리라는 확신이 생겼습니다. 그 무서운 상념에 사로잡힌 저는 한동안 홀로 전율하다가, 다시 솟는 희망으로 그 상념을 지워 버리는 데 성공하였고, 제 동료들처럼 다시 기분을 전환하였습니다.

일주일이 지나는 동안 저는 모든 것을 골고루 한 차례씩 겪었고, 그동안 각 수도사들이 저에게 행한 각양각색의 탈선 및 추행에, 끔찍하게도 능숙하게 응대하였습니다. 그러나 라파엘에게서와 마찬가지로 다른 수도사들에게서도, 음란한 불길은 표독성의 극치에서만 타오르는 듯하였습니다. 또한, 타락한 심성의 소유자들에게 있는 그 악습이, 마치 그들에게는 다른 모든 생리 기관의 중추인 듯, 그 악습을 발동시켜야만 비로소 쾌감이 그들을 뒤덮는 듯하였습니다.

앙또냉은 저에게 가장 심한 고초를 준 사람이었습니다. 그의 음란증이 절정에 달했을 때, 그 악당의 잔혹성이 어느 정도에까지 이르는지는 상상조차 하시기 어려울 것입니다. 그는 항상 음산한 괴벽의 지배하에 있었으며, 그것들만이 그의 즐김을 가능토록 했고, 그가 쾌락을 음미하는 동안 불길을 유지시켜 주거나, 쾌락이 절정에 달했을 때 그것을 완벽하게 마무리 지어 주는 것은 오직 그 괴벽뿐이었습니다. 그러한 경황이었지만, 그의 음란 행위의 방법이 그토록 강력함에도 불구하고 희생자들 중 아무도 잉태한 여자가 없다는 사실에 놀란 저는, 우리들의 선임자에게, 그가 도대체 어떻게 임신을 예방하느냐고 물었습니다.

「그의 열렬함이 잉태시킨 결실을, 그 자신이 지체하지 않고 파괴시켜 버려요.」옹팔이 제게 말하였습니다.「우리들 몸에 어떤 변화가 있음을 간파하면, 그는 지체하지 않고 사흘 동안 연속해서 이상한 탕약을 마시게 하는데, 나흘째 되는 날이면, 그의 무절제가 남긴 유물이 흔적도 없이 사라져요. 꼬르넬리에게도 그런 일이 한 번 있었고, 나는 세 번이나 겪었는데, 우리들의 건강에는 아무 해독이 없을 뿐만 아니라, 오히려 더 건강해지는 것 같아요. 게다가, 이미 그대가 확인했듯이, 임신의 위험을 두려워할 사람은 그자 하나뿐이에요. 나머지 사람들의 욕망은 모두 비정상적이라 염려할 바 없어요.」

그러고 나서 옹팔은 제게 묻기를, 모든 사람들 중 끌레망이 비교적 제일 견디기 쉽다고 한 자기의 말이, 사실이 아니냐고 하였습니다.

「아아!」제가 대꾸하였습니다.「어떤 때는 구토증이 나고 어떤 때는 반항심을 유발하는 그 숱한 치욕과 더러움 속에 휩싸여서는, 그들 중 누가 나를 가장 덜 괴롭히는지 도저히 분별할 수가 없어요. 나는 그들 모두에게 기진맥진하도록 지쳤고, 따라서 나를 기다리고 있는 운명이 어떠하건 한시바삐 밖으로 나가고 싶어요.」

「물론 그대의 소원이 조만간 이루어질 수도 있어요.」옹팔이 말을 계속하였습니다.「그대가 이곳에 온 것은 우연이었고, 아무도 그대가 오는 것을 예상치 못했어요. 그대가 오기 일주일 전에 한 여자를 환속시켰는데, 대체할 사람을 확보하지 않고는 절대 환속을 단행하지 않아요. 언제나 그들이 직접 사람을 징발해 오는 것은 아니에요. 돈을 후하게 줘 부리는 요원들이 있는데, 그들은 열성을 다해 봉사하지요. 그들로부터 소식이 오는 대로 그대의 소망이 이루어지리라는 것은 거의 확실한 사실이에요. 뿐만 아니라 얼마 안 있으면 곧 축제 기간이에요. 그 기간 동안 그들에게 무엇인가가 굴러들어 오지 않는 경우는 드물어요. 혹은, 고해 성사를 빙자로 처녀들을 유인하기도 하고, 그리하여 그중 하나를 가둬 버리기도 하는데, 쉽게 깨물어 먹을 새끼 암탉이 그 기간 동안 하나도 생기지 않는다는 것은 매우 드문 일이에요.」

드디어 그 축제일이 왔습니다. 그 축제를 기해서 수도사들이 얼마나 흉측한 짓들을 자행하였는지, 부인, 상상하실 수 있겠습니까? 그들은 눈에 보이는 기적이 자신들의 명성을 배가시키리라고 생각하였던 모양입니다. 그리하여 저희들 중에 제일 체구가 작고 나이 어린 플로레뜨를 마리아처럼 분장시킨 다음, 보이지 않는 끈으로 허리 부분을 묶어 공중에 매달고, 사람들이 제물을 바칠 때 두 팔을 하늘로 향해 경건히 쳐들라고 명령하였습니다. 그 가련한 어린애는, 만약 그동안 단 한마디의 말이라도 입 밖에 내거나 자신의 역할을 등한히 하면 가혹한 처벌을 면치 못하리라는 협박을 받은지라, 최선을 다해 자신의 역할을 훌륭히 해냈고, 그리하여 그 사기 행각은 예상대로 성공을 거두었습니다. 사람들은 기적이 일어났다고 환성을 질렀으며, 그 마리아 앞에 값비싼 헌정물을 바쳤고, 강림한 성모의 자비가 반드시 그 효력을 나타내리라는 확신을 가지고 각자 집으로 돌아갔습니다.

우리의 악당들은 그 신성 모독 행위의 대미를 장식하기 위하여, 플로레뜨로 하여금, 그토록 많은 사람들의 찬미를 받았던 옷차림 그대로 만찬에 참석도록 하였습니다. 그리고 제각기 특유의 변태 성향에 따라, 그 복장을 입힌 채로, 그녀를 자신들의 추잡한 욕정의 불길에 희생시켰습니다. 그 첫 범죄 행위로 흥분이 고조된 그 괴물들은 그것으로 만족하지 못하였습니다. 다음에는, 그녀를 발가벗겨, 커다란 탁자 위에 배를 깔고 엎드리게 하더니, 주위에 촛불 여러 개를 밝히고 그녀의 머리맡에 구세주의 성상을 놓은 다음, 그 가련한 소녀의 몸에다가 우리 수도원의 의식 중에서도 가장 난잡한 의식을 서슴지 않고 자행하였습니다. 그 끔찍한 광경을 보고 저는 그 자리에서 까무러쳤습니다. 그 광경 앞에서 저 자신을 지탱할 수 없었던 것입니다. 저의 그러한 모습을 본 라파엘은, 제가 그러한 광경에 익숙해지도록 하기 위하여 저 역시 제단에 올라가야 한다고 주장하였습니다. 그 말을 마치기가 무섭게 저를 거머쥐고 플로레뜨가 놓였던 자리에 올려놓더니, 그 추악한 이탈리아 놈은, 더욱 혹독하고 불결한 가지각색의 작태를 연출하며, 방금 제 동료에게 가한 추행을 다시 저에게 행하였습니다. 그 일을 겪고 저는 그 자리에서 실신하였으며, 그리하여 사람들이 저를 방으로 옮겨 놓았고, 저의 뜻과는 상관없이 그 끔찍한 죄악의 도구가 되었다는 사실에, 사흘 동안을 쓰디쓴 눈물로 보냈습니다……. 그 사건의 기억이 아직도 제 가슴을 에며, 부인, 그 일을 생각할 때마다 눈물을 금할 수 없습니다. 저에게 있어서 종교란 제 감성의 소이연이기 때문에, 종교를 모독하거나 침해하는 모든 것은 제 가슴속에서 피를 토하게 합니다.

한편, 축제 기간에 많은 사람들이 다녀갔지만, 우리들이 예상하던 우리의 새로운 동료가 잡혀 들어온 것 같지는 않았습니다. 혹시 새로 들어온 여자가 다른 탑에 있는 궁실로 갔을지는 몰라도, 저희들의 탑에는 아무 변화가 없었습니다. 몇 주일 동안 같은 상태로 아무 변화가 없었습니다. 제가 그 추잡한 수도원에 들어간 지 6주가 되던 날 아침 9시경, 라파엘이 저희들의 탑으로 들어섰습니다. 그는 욕정에 몹시 들떠 있는 듯 보였고, 그의 시선은 초점을 잃은 듯하였습니다. 저희들을 하나하나 살펴보더니, 한 사람씩 차례대로 자기가 좋아하는 자세를 취하게 한 다음 욕정을 채우고 나서, 옹팔의 차례가 되었을 때는 특별히 오랫동안 그녀의 몸에 머물렀습니다. 문득 음란한 짓을 멈추더니 같은 자세로 몇 분 동안 그녀를 이윽히 내려다보다가, 다시 발광하듯 온몸을 뒤흔들면서 자기가 좋아하는 몇 가지 짓을 시도해 보았지만, 절정에 이르지는 못하였습니다……. 곧이어 그녀를 일으켜 앉히더니, 근엄한 눈으로 쏘아보는데, 표독스러운 기색이 얼굴에 나타나기 시작하였습니다. 아무 말 없이 한동안 쏘아보다가 이윽고 그녀에게 말하였습니다.

「우리들에게 충분히 봉사하였으니, 이제 당신을 환속시키기로 결정하였어요. 당신의 일이 끝났으니 이제 떠날 준비를 해요. 해 질 녘에 내가 직접 당신을 데리러 오겠어요.」

그 말을 하고 나서도 같은 표정으로 그녀를 이윽히 바라보더니, 불현듯 방을 나가 버렸습니다.

그가 밖으로 나가자 옹팔은 와락 제 품으로 달려들었습니다. 그리고 눈물을 흘리며 제게 말하였습니다.

「아아! 내가 열망하는 만큼 한편 두려워하던 그 순간이 드디어 닥쳐왔어요……. 하느님, 이제 저는 어떻게 되는 것입니까!」

저는 그녀를 진정시키려고 갖은 애를 썼으나 모두 헛일이었습니다. 그녀는 저희들을 해방시키기 위하여, 모든 수단을 아끼지 않겠노라고 저에게 비장한 맹세를 하였습니다. 또한 자신에게 아직도 기회가 남아 있다면 그 반역자들을 반드시 고발하겠노라 하였으며, 그녀가 제게 약속하는 진지한 모습으로 보아, 그 일이 아예 불가능해지는 경우가 아니라면, 반드시 해내고 말 거라는 점은 의심할 여지가 없었습니다. 그날도 여느 때와 같이 하루해가 흘러갔고, 6시경에 라파엘이 직접 다시 올라오더니 옹팔에게 불쑥 말하였습니다.

「서둘러요, 준비되었어요?」

「예, 신부님.」

「떠납시다, 서둘러 떠납시다.」

「제 동료들에게 작별 인사를 하도록 허락해 주십시오.」

「그래, 알아요, 그러나 쓸데없는 일이에요. 모두들 기다리니 나를 따라와요.」

수도사가 그녀의 팔을 잡아끌며 말하였습니다.

그러자 그녀는 자기의 누더기들을 가지고 가야 하느냐고 물었습니다.

「아무것도 가져가지 마요. 그런 것들은 모두 집에 있지 않아요? 이제 그따위 물건들은 모두 필요 없게 되었어요.」 라파엘의 대답이었습니다.

그러더니 하지 말았어야 할 말을 한 사람처럼 고쳐 말하였습니다.

「이 누더기들은 이제 별 쓸모가 없어요. 당신 몸에 맞는 옷을 해 입어야 할 테니까요.」

옹팔을 수도원 입구까지만이라도 배웅할 수 있도록 허락해 주겠느냐고 수도사에게 물었습니다. 그러나 대답 대신, 저를 쏘아보는 눈초리가 하도 사납고 난폭하여, 저는 다시 입조차 열지 못하고 두려움에 떨며 뒷걸음질을 쳤습니다. 저희들의 가엾은 동료는 눈물과 두려움으로 가득 찬 시선을 저에게 던지며 방을 나섰습니다. 그녀가 밖으로 나가자 나머지 세 사람은 모두 이별의 슬픔에 자신들을 내맡겨 버렸습니다. 30분쯤 뒤에 앙또냉이 저녁 식사에 가자고 저희들을 데리러 왔습니다. 라파엘은 저희들이 내려간 지 1시간 후에나 모습을 나타내었는데, 몹시 동요된 기색이었고, 자주 동료들에게 무슨 말을 나지막하게 속삭였습니다. 그러나 만찬은 평소대로 진행되었습니다. 한편 저는, 옹팔이 말해 준 것처럼, 여느 때보다 훨씬 일찍 저희들을 방으로 돌려보낸다는 것을 간파할 수 있었고, 수도사들은 평상시보다 엄청나게 많은 술을 마셨습니다. 또한 자신들의 욕정을 자극시키는 데 그칠 뿐 절대 그것을 충족시키지는 않았습니다. 그러한 징후들로부터 어떤 결론을 이끌어 내었느냐고요? 그러한 경우 모두들 경계를 소홀히 하지 않음은 상리인지라, 저 역시 애를 쓰긴 했으나 아마 저에게는 그 결론을 포착할 만한 기지가 없었던 듯합니다. 그러나 그와 같은 특수한 사건이 저의 내부에 야기한 놀라움을, 부인께서도 제 이야기를 들으시는 동안 느끼셨을 것입니다.

옹팔이 떠난 뒤 나흘이 지나는 동안 저희들은, 어떤 때는 그녀가 한 약속을 반드시 지키리라는 확신을 가져 보기도 하다가는 이내, 그녀가 저희들에게 아무 도움이 되지 못하도록 그들이 잔인한 조치를 취하였으리라는 절망적 결론을 내리기도 하였습니다. 결국 저희들은 모든 희망을 포기하였고, 그에 따라 불안감은 더욱 고조되어 가고 있었습니다. 옹팔이 떠난 지 나흘이 되던 날 저녁 저희들은, 일정에 따라 또다시 만찬에 불려 내려갔습니다. 그런데 저희들이 만찬 현장에 들어서던 바로 그 순간, 밖으로 통하는 문으로 새로운 동료 하나가 들어서는 것이었습니다. 저희들은 모두 소스라치게 놀랐습니다. 그때 라파엘이 저희들에게 말하였습니다.

「아가씨들, 맨 뒷자리를 채우기로 우리 수도원이 결정한 아가씨를 소개하지요. 자매처럼 친절히 대하며 잘들 지내도록 해요. 또한 그녀의 생활이 다소나마 편안해지는 것은 오직 여러분들에게 달려 있어요.」 그러고 나서 두목이 저에게 말하였습니다. 「쏘피, 여기에서는 당신이 최연장자예요. 따라서 당신을 이 아파트의 책임자로 추대해요. 책무가 무엇인지 잘 알고 있으니 추호의 유루(遺漏) 없이 모든 것을 이행해 주기 바라요.」

저는 그것을 거절하고 싶었지만, 항상 제가 원하는 바와 뜻을 그들의 욕구 앞에 희생하도록 강요당하던 터라 어쩔 수 없이 순순히 따랐고, 그가 만족할 만큼 최선을 다하겠다고 약속을 하였습니다.

그러고 나서 그녀의 반외투와, 얼굴을 가리고 있던 베일, 또 얇은 천으로 지은 상의를 벗기니, 열다섯쯤 되어 보이는 소녀의 얼굴이 나타나는데, 용모가 매우 인상적이고 섬세하였습니다. 그녀의 눈은 비록 눈물에 젖어 있었으나 찬연하였으며, 그 눈을 쳐들어 우리들 하나하나를 번갈아 부드럽게 바라보는데, 제 평생 그토록 감동적인 시선은 본 일이 없는 것 같습니다. 약간 회색이 섞인 탐스러운 머리채는 자연스럽게 굽이쳐 어깨 위에 물결처럼 드리워져 있었고, 입술은 싱싱하고 연지처럼 붉었으며, 얼굴의 자태에는 의연한 기상이 있었는데, 전체의 모습에 형언할 수 없는 매력을 간직하고 있어, 그녀를 보는 순간 무의식중에 그녀에게로 이끌려 감을 느끼지 않을 수 없었습니다. 저희들은 곧이어 그녀의 이름이 옥따비라는 것을 알았습니다. (이 기회에 그녀에 대하여 조금 더 상세히 말씀을 드리겠습니다.) 그녀는 리용에 사는 어느 거상의 딸로서 빠리에서 자랐는데, 보모 한 사람과 함께 부모님 곁으로 돌아가는 도중 옥세르와 베르망뚱 중간 지점에서 야간에 습격을 받았답니다. 누군가가 그녀를 납치하여

이 수도원으로 데리고 왔는데, 그녀를 태우고 가던 마차와 동행하던 보모는 어떻게 되었는지 알 길이 없다고 하였습니다. 그리고 1시간 전에 수도원에 도착하여 나지막한 방에 홀로 갇혀 절망감에 사로잡혀 있었는데, 그때 누군가가 그녀를 데리러 와 저희들과 합류하게 되었으며, 그동안 어떤 수도사도 그녀에게 말 한마디 건네지 않았다고 하였습니다.

네 탕아들은, 그녀의 눈부신 매력 앞에서 한동안 유열에 잠긴 듯, 오직 찬탄만을 연발하였습니다. 지극한 아름다움은 존경심을 유발하는 법이라, 아무리 썩은 악당이라 할지라도 어쩔 수 없이 그 아름다움에 일종의 숭배하는 마음을 품게 되고, 그러한 마음을 외면하고 난 다음에는 후회를 하게 마련입니다. 그러나 저희들이 상대해야 했던 그 괴물들은, 그러한 심리적 제동 아래 마음을 태우고만 있을 위인들이 아니었습니다.

「자, 어서, 아가씨, 당신의 다른 나머지 매력들도, 자연이 당신의 용모에 부여한 매력과 대등한지, 제발, 어서 보여 줘요.」 수도원장이 재촉하였습니다.

그러나, 그 말뜻을 알아듣지 못한 아름다운 소녀가, 당황하여 어찌할 바를 모르고 얼굴만을 붉히고 있으려니까, 난폭한 앙또냉이 그녀의 팔을 휘어잡고, 그녀에게 욕설과 꾸지람을 퍼부어 대는데, 그것이 어찌나 외설스러운지 차마 저의 입으로는 그것들을 다시 반복해 들려 드릴 수 없습니다.

「요 꼬마야, 교태는 그만 부려. 냉큼 발가벗으라고 하는 말뜻을, 그래, 못 알아들었다는 거야?」

그녀는 또다시 눈물을 흘렸고…… 다시 항거하였지만, 끌레망이 그녀를 거머쥐더니 그 가엾은 소녀의 부끄러움을 감추고 있던 모든 것을 순식간에 날려 보냈습니다. 의복이 감추고 있던 옥따비의 매력이, 관례가 노출을 허용한 부분의 매력과 이룬 조화는, 극치의 수준이었습니다. 그보다 더 흰 피부는 아무도 아직 보지 못하였을 것이며, 그보다 더 우아한 몸매 역시 없을 것입니다. 그런데, 그 비할 데 없는 싱싱함, 순결함, 섬세함이 이제 그 야만인들의 먹이가 되려는 순간이었습니다. 자연이 그녀에게 그토록 많은 특혜를 베푼 것은 오직 그 야만인들에 의해 유린당하라고 한 일 같았습니다. 그녀를 가운데 두고 죽 둘러서자, 그녀 역시 제가 하였던 것처럼, 사방으로 눈을 두리번거렸습니다. 성미가 불같은 앙또냉은 더 이상 견디지 못하겠다는 태도였으며, 이제 막 피어나는 그 아름다움에 잔혹한 침해가 가해지며, 예배가 시작되고, 신의 발아래 향로에서는 연기가 피어오를 순간이었습니다……. 라파엘은 이제 좀 더 진지한 일을 생각해야 할 때라고 하였습니다. 그 역시 더 이상 기다릴 수 없는 상태여서, 희생물을 덥석 잡더니, 자기 욕정의 취향에 맞게 그녀의 자세를 바로잡아 주었습니다. 뜻대로 되지 않자 끌레망에게 부탁하여 그녀를 꼼짝 못 하도록 잡고 있게 하였습니다. 옥따비가 울음을 터뜨렸으나 그들의 귀에 그 소리가 들릴 리 만무였습니다. 그 더러운 이탈리아 놈의 눈에서는 불길이 번쩍였습니다. 돌격을 감행하여 점령할 광장의 지배자로서, 그는 광장으로 통하는 모든 길을 저항의 요소로밖에 생각지 않는 듯하였습니다. 어떤 계략이나 준비도 없었습니다. 공격하는 측과 저항하는 측 간의 그 엄청난 세력 불균형에도 아랑곳하지 않고, 그자는 태연히 정벌을 자행하였습니다. 희생자의 처참한 비명 소리를 듣고 우리는 그녀의 패배를 알게 되었습니다. 그러나 아무것도 그 거만한 정복자의 마음을 돌이킬 수는 없었습니다. 그녀가 자비를 애원하면 할수록, 그는 더욱 사납게 그녀를 압박하였고, 결국 가엾은 소녀는 저의 경우와 같이, 처녀성을 잃지 않고 더럽게 유린당하였습니다.

「이렇게 힘든 월계관은 처음이야.」 라파엘이 몸을 추스르며 말하였습니다. 「내 생애에서 처음으로 그 월계관을 얻는 데 실패하는 줄 알았어.」

「이번에는 내가 공격을 해야지.」 그녀를 일어서지 못하게 하며 앙또냉이 말하였습니다. 「성벽에는 틈이 한둘이 아닌데 당신은 그 하나밖에 점령하지 못했어.」

그렇게 지껄이면서 의기양양하게 전투에 임하더니, 순식간에 광장의 지배자가 되었으며, 또다시 비명 소리가 들렸습니다…….

「하느님 덕분이야.」 그 끔찍한 괴물이 말하였습니다. 「피정복자의 하소연이 없었다면 내가 패한 줄로 알았을 거야. 나의 승리가 패배자의 눈물을 자아내지 못하면 승리로 인정할 수가 없어.」

「나 역시 이 달콤한 자세를 바꿀 생각은 없어.」 제롬이 손에 채찍을 들고 다가서며 말하였습니다. 「이 자세가 내 뜻에 잘 맞아.」

그가 이리저리 살펴보고, 만지고, 더듬는가 싶더니, 어느새 무서운 바람 소리가 허공을 가득 채웠습니다. 그 아름다운 살결의 빛깔이 바뀌며, 진한 담홍색 자국이 백합의 눈부심과 뒤섞였습니다. 그러나, 다소의 절제가 그 괴벽을 통제만 한다면 잠시나마 사랑에 다양성을 부여할 수도 있는 것이, 이내 사랑의 법칙에 반하는 범죄가 되어 버렸습니다. 그 무엇도 그 잔인한 수도사의 손길을 멈추게 하지 못하였고, 제자가 비명을 지르면 지를수록 담임 선생의 노기는 더욱 가열되었습니다……. 모든 것이 같은 방법으로 처리되었고, 그의 앞에서는 그 무엇도 자비를 얻지 못하였습니다. 이윽고 그녀의 몸에는, 그의 야만적 행위의 흔적이 남지 않은 부분이 하나도 없게 되었습니다. 드디어 그 잔인한 자는, 그의 끔찍한 쾌락이 남긴, 유혈 낭자한 폐허에서 자신의 불길을 가라앉혔습니다.

「다른 사람들보다 나는 부드러울 거야.」 아름다운 소녀를 품에 안고 산호 같은 입에 불결한 키스를 하며 끌레망이 말하였습니다……「여기가 바로 내가 제물을 바칠 신전이야…….」

베누스가 직접 만들었음 직한 그 아름다운 입에 몇 번 더 키스를 하더니 그는 타오르는 불길에 휩싸였습니다. 그는 그 가엾은 소녀에게 자기가 좋아하는 추행을 하라고 강요하였으며, 그리하여 쾌락의 신성한 기관이며 사랑의 가장 달콤한 그 안식처는 결국 끔찍한 짓으로 더럽혀졌습니다.

그날 저녁의 나머지 행사는 부인께서 알고 계신 바대로 진행되었으나, 그 소녀의 아름다움과 매혹적인 나이가 그들의 불길을 다시 타오르게 하였기 때문에, 그들의 모든 잔혹성이 재현되었고, 결국 자비심이 아닌 포만감이 그 가엾은 소녀를 저희들의 방으로 돌려보내, 다만 몇 시간 동안이라도 그녀가 가장 필요로 하고 있던 휴식을 취할 수 있도록 하였습니다. 적어도 그 첫날 밤만은 제가 그녀를 위로해 주고 싶었지만, 그날 밤을 앙또냉과 함께 보내야 했기 때문에 제가 오히려 다른 사람의 구원을 받아야 할 처지에 놓여 있었습니다. 불행하게도 저는 다른 어느 여자들보다 그 탕아의 마음에 들어 — 아니, 이 표현은 가당치 않습니다 — 그 탕아의 추잡한 욕망을 뜨겁게 달아오르게 하였기 때문에, 매우 오래전부터, 일주일이면 4~5일 밤을 그의 방에서 보내야 하는 형편이었습니다. 다음 날 탑으로 돌아오니 저희들의 새로 온 동료는 울고 있었습니다. 제가 처음 그곳에 갔을 때, 저를 위로하기 위해 저에게 들려주던 말을 저 역시 그녀에게 해주었으나, 지난날 그 말들이 저에게 아무 위로가 되지 못하였듯이, 저의 말 역시 아무 소용이 없었습니다. 그토록 급작스러운 운명의 전도 앞에서 스스로를 위안하기는 쉽지 않은 듯합니다. 게다가 그 소녀의 저변에는 경건함, 미덕, 명예 그리고 고운 마음씨가 깔려 있어, 그 상황이 더욱 혹독하게 느껴졌을 것입니다. 그녀가 몹시 마음에 들었던 라파엘은 계속하여 여러 날 밤을 그녀와 함께 보냈고, 그녀 역시 차츰 다른 여자들처럼 순응해 갔으며, 언젠가는 그 치욕이 끝날 날을 볼 수 있으리라는 희망으로 자신의 불행을 위로하였습니다. 저희들을 환속시키는 데 있어서는 그곳에 들어온 지 오래되었다는 사실이 전혀 기준이 되지 못하고, 오직 그들의 변덕이나 혹은 뒤늦게 생긴 호기심 여하에 따라 결정된다는 옹팔의 말이 맞았습니다. 일주일 후에 환속당하는 경우가 있는가 하면, 20년 후에나 환속당할 수도 있었습니다. 옥따비가 저희들과 함께 생활한 지 채 6주도 되지 않았는데, 라파엘이 느닷없이 나타나 그녀에게 떠나라고 하였습니다……. 그녀 역시 옹팔이 저희들에게 하였던 약속을 했고, 그녀처럼 사라졌으며, 그 후에 어떻게 되었는지 아무도 모릅니다.

비운 자리를 채울 여자가 도착하지 않은 채 한 달이 흘렀습니다. 그 수도원에 살고 있는 여자들이 저희들뿐만이 아니고, 다른 건물에 같은 수의 여자들이 기거하고 있다는 사실에 확신을 갖게 된 것은 그 무렵이었습니다. 옹팔의 경우 추측에 그쳤지만, 제가 겪은 일은 저의 추측을 확인시켜 주었습니다. 제가 겪은 사건은 다음과 같습니다. 제가 라파엘의 방에서 밤을 지내고, 아침 7시에, 관습대로 그 방을 막 나서는 참이었습니다. 그때, 저희들 방을 출입하는 조수사처럼 늙고 더러운, 그러나 그때까지 본 일이 없는 조수사 하나가, 열여덟에서 스물쯤 되어 보이는 키 큰 처녀 하나를 데리고 복도에 불쑥 나타났습니다. 그 처녀는 매우 아름다웠고 그림 속의 여인 같았습니다. 저를 다시 데려다 주기로 한 라파엘이 방 안에서 조금 지체하고 있었는데, 조수사가 쩔쩔매며 제 눈에 띄지 않게 감추려고 하던 처녀와 제가 정면으로 마주치는 순간, 라파엘이 저희들과 합류하게 되었습니다.

「이 여자를 어디로 데려가는 거요?」 수도원장이 노기 충천

하여 말하였습니다.

「원장님 방으로요, 신부님.」 구역질 나는 심부름꾼이 대꾸하였습니다. 「어제저녁 저에게 내리신 분부를 잊으신 모양입니다.」

「9시라고 했소.」

「7시입니다, 신부님. 미사를 드리기 전에 이 여자를 보시겠다고 하셨습니다.」

「좋아요. 상관없어요.」 라파엘은 저를 다시 방으로 데리고 들어가 그 처녀도 들어오라고 하면서 그렇게 대답하였습니다. 그리고 문을 닫으며 조수사에게는 밖에서 기다리라고 하더니 저에게 말하였습니다. 「잘 들어요, 쏘피. 이 처녀는 다른 탑에서 당신과 같은 책무를 맡고 있으며 그 탑의 선임자요. 우리의 두 선임자가 서로 알고 지낸다고 해서 나쁠 것은 없지. 쏘피, 당신이 이 여자를 더욱 온전히 알도록 하기 위해서 우리 마리안느의 벌거벗은 모습을 보여 주겠소.」

매우 뻔뻔스러워 보이는 그 마리안느는 순식간에 옷을 벗어 던졌고, 라파엘이 저로 하여금 자기의 욕정을 자극시켜 달라고 명령을 내리더니, 제가 보는 앞에서 그녀를 좋아하는 방식대로 제압하였습니다.

「자, 이것이 내가 이 여자에게서 원하던 바야.」 욕구가 충족되자 그 더러운 자가 말하였습니다. 「한 여자와 밤을 보내고 나면, 다음 날 아침에는 틀림없이 다른 여자에 대한 욕구가 생기거든. 우리들의 취향만큼 만족할 줄 모르는 것은 없을 거야. 취향에 순응하면 할수록 더욱 우리들을 달아오르게 하거든. 항상 거의 비슷한 짓이기는 하지만 끊임없이 새로운 미끼가 있으리라고 생각하지. 그리하여, 한 여자와의 만족이 욕망의 불길을 다시 지피도록 해주지. 당신들 두 사람은 우리들의 신뢰를 받고 있으니 절대 입을 열어서는 아니 되오. 돌아가요, 쏘피, 돌아가. 조수사가 당신을 데려다 줄 거요. 나는 아직 당신의 동료와 거행해야 할 새로운 의식이 몇 가지 더 있소.」

저는 그가 요구하는 대로 비밀을 지키겠노라 약속하고 그 방을 떠났습니다. 이제, 그 걷잡을 수 없는 탕아들의 기괴한 쾌락을 위해 봉사하는 여자들이 우리들뿐만이 아니라는 사실을 확인하게 된 것입니다.

그 후 얼마 되지 않아 옥따비의 후임자가 도착하였습니다. 열두 살 된 시골 소녀인데 싱싱하고 귀엽기는 하지만 옥따비에게는 훨씬 미치지 못하였습니다. 두 해가 못 되어 저는 그곳에서 가장 오래된 여자가 되었습니다. 플로레뜨와 꼬르넬리 역시 떠났고 옹팔처럼 소식을 전하겠노라 약속을 하였지만 역시 뜻을 이루지 못하였습니다. 두 소녀의 후임자가 즉시 도착하였는데, 플로레뜨를 대신하게 된 소녀는 열다섯 살 된 디종 출신으로 볼이 포동포동하며, 싱싱함과 나이 이외에는 다른 특징이 없었습니다. 꼬르넬리 후임으로 온 소녀는 오떵 출신으로, 상당히 명망 있는 집안의 딸이며 특이한 아름다움을 가지고 있었습니다. 다행히도 그 소녀가 저에게서 앙또냉의 마음을 앗아 갔습니다. 그때 또한 저는, 그 탕아의 총애를 잃는 경우 틀림없이 나머지 탕아들로부터도 신망을 잃게 된다는 사실을 깨닫게 되었습니다. 그 불행한 자들의 변덕은 저의 운명을 생각할 때마다 전율을 금치 못하게 하였으니, 그 변덕은 저의 환속을 뜻하며, 그 잔인한 환속은 곧 사형 언도라는 확신을 가지고 있었기 때문에, 한순간이나마 그것을 두려워하지 않을 수는 없었습니다. 하지만, 다시 말씀드리건대, 다만 한순간뿐이었습니다! 그토록 불운한 처지에 있던 제가 어찌 삶에 애착할 수 있었겠으며, 또한 저에게 닥칠 수 있는 가장 큰 행복은 삶에서 빠져나오는 것 아니었겠습니까? 그러한 사념이 저를 위로해 주었고, 체념 속에서 저의 운명을 조용히 기다릴 수 있도록 해주었으며, 따라서 저에 대한 그들의 신망을 되살리기 위한 어떠한 노력도 하지 않았습니다. 날이 갈수록 푸대접이 심해졌으며, 저에 대한 불평들을 털어놓지 않는 순간이 없었고, 벌을 받지 않는 날이 없었습니다. 저는 하늘에 간구하면서 저의 사형 언도를 기다렸습니다. 아마도 그 희원하던 사형 언도를 받기 직전에 이른 듯하였는데, 섭리의 손이, 항상 같은 방법으로 저를 괴롭히는 데 싫증을 느꼈음인지, 그 새로운 구렁텅이에서 빼내어 곧이어 또 다른 구렁텅이로 저를 처넣었습니다. 그동안에 일어났던 잡다한 사건들은 생략하고, 저희들을 드디어 그 유례없는 탕아들의 손아귀에서 해방시켜 준 사건부터 말씀드리겠습니다.

저의 생애에서 겪은 모든 사건에서의 경우와 마찬가지로, 후한 보상을 받는 악덕의 끔찍한 예가, 제가 당면하고 있던 상황에서도 어김없이 실증되었습니다. 저를 괴롭히고 모욕하며 속박하던 사람들이, 제 눈앞에서 예외 없이 악행에 대한 후한 보상을 받아야 한다는 것은 이미 정해진 이치인 듯하였으며, 마치 섭리는 미덕의 무용성을 증명해 보이려 노력하는 듯하였습니다. 그러나 그 음산한 교훈은 저의 버릇을 고치지 못하였으며, 이제 또다시 제 머리 위에 걸려 있는 칼날을 피하게 되는 경우에도, 제 마음속에 있는 신의 노예로 여전히 살아가는 것을 막지는 못할 것입니다.

어느 날 아침, 예기치 못하게 앙또냉이 나타나더니, 교황의 친척이시며 후의를 입고 계신 라파엘 신부께서, 성 프란체스코 교단의 교구장에 임명되셨다는 소식을 알리며 저희들에게 말하였습니다.

「그리고 아가씨들, 나는 리용의 수도원장으로 가요. 새로 오시는 두 신부께서 우리들의 뒤를 이으실 텐데, 아마 오늘 중에 도착할지도 몰라요. 우리들은 그들이 어떤 사람들인지 전혀 모르고 있어요. 따라서 그들이 여러분들을 각자 고향으로 돌려보낼 수도 있겠고, 계속 이곳에 머물게 할지도 몰라요. 그러나 여러분의 운명이 어떻게 되든, 여러분 자신과 이곳에 남게 되는 우리의 동료 두 사람의 명예를 위해, 우리들이 한 행동을 숨길 뿐만 아니라, 감출 수 없는 것만을 고백하라고 충고하겠어요.」

그 소식이 우리들에게는 아무리 반가웠다 할지라도 그 수도사가 원하는 바를 거절할 수 있는 처지는 아니었습니다. 그리하여 우리는 그가 원하는 모든 것을 약속하였는데, 그 탕아는 그 경황에도 우리 네 사람과 마지막 작별 인사를 차례로 하겠다는 욕구를 감추지 않았습니다. 어슴푸레 보이기 시작한 시련의 끝이 우리들로 하여금 그 마지막 충격을 불평 없이 감내토록 해주었습니다. 우리는 그에게 모든 짓을 다 허락했고, 그가 우리의 방문을 나섬으로써 우리들과 영영 이별하게 된 것입니다. 그날도 다른 날과 같은 시각에 저녁 식사를 가져다주었습니다. 그 후 2시간쯤 지나 끌레망이 수도사 두 사람과 함께 우리의 방으로 들어왔는데, 그들의 나이나 자태가 모두 존경스러워 보였습니다. 그들 중 한 사람이 끌레망에게 말하였습니다.

「시인하세요, 신부님. 이 음탕한 짓은 너무나 끔찍하며, 하늘이 이러한 짓을 그토록 오랫동안 참으셨다는 것이 참으로 이상하다는 것을 시인하세요.」

끌레망은 모든 것을 겸허하게 시인하였고, 자기나 자기의 동료들이 처음 부임했을 때의 상태를 그대로 유지하며 아무것도 개선하지 않았음을 사죄하였습니다. 또한 하던 짓들은 자주 바뀌었지만, 행위의 그러한 다양성을 정해진 하나의 관례로 생각하였으며, 따라서 선임자들이 가르쳐 준 관례를 답습했을 뿐이라고 하였습니다.

「그렇다 칩시다.」 새로 부임한 수도원장인 듯했고, 나중에 알고 보니 실제 그랬던 수도사가 다시 입을 열었습니다. 「그렇다 치고, 신부님, 이 음탕한 짓을 서둘러 그칩시다. 이러한 짓은 속세에서도 용납하지 못할 텐데, 성직자들은 어떠할지 생각해 보시오.」

그러고 나서 우리들이 원하는 바를 물었습니다. 모두 고향이나 가족에게로 돌아가겠다고 하였습니다. 그러자 그가 말하였습니다.

「그렇게 해주겠어요. 아가씨들, 뿐만 아니라 각자 노자도 주겠어요. 그러나 이틀 간격을 두고 한 사람씩 떠나되, 각자 홀로 걸어서 갈 것이며, 이곳에서 일어난 일을 절대 누설해서는 안 돼요.」

우리들은 분부대로 하겠노라 맹세를 하였습니다……. 그러나 새 수도원장은 그 서약에 만족하지 않고 우리들에게 교회당 안으로 들어가자고 하였습니다. 우리들은 아무도 거절하지 않았으며, 그곳에 도착하자 그는 우리로 하여금 제단 앞에서, 절대 그 수도원에서 있었던 일을 폭로하지 않겠다는 맹세를 하라고 요구하였습니다. 다른 여자들처럼 저 역시 맹세를 하였습니다. 그런데 이제 부인 앞에서 그 약속을 깨트림은, 그 선량하신 수도사께서 요구하신 맹세의 외형보다 그 정신을 간파하였기 때문입니다. 그가 바라던 것은 소송 사태가 생기지 않는 것이었으며, 또한 제가 부인께 그동안 겪은 일들을 말씀드려도 그 사제님들께 누가 될 일이 생기지 않으리라 확신하기 때문입니다. 저의 동료들이 저보다 먼저 떠났으며, 밖에 나가 함께 만나는 것이 금지되었을 뿐만 아니라, 새 수도원장이 도착하는 순간부터 각각 격리시켜 놓았기 때문에, 우리들은 그 후 영영 서로 볼 수 없게 되었습니다. 제가 그르노블로 가겠다고 하였더니 노자로 2루이를 주었습니다. 그 수도원에 들어올 때 가지고 온 옷을 다시 챙기는데 제가 지니고 있던 8루이가 그대로 남아 있었습니다. 그 무서운 악의 소굴을 영원히 떠난다는 기쁨과, 또 전혀 기대하지 못하던 중에 그토록 편안히 그곳을 빠져나오게 된 만족감에 들떠, 저는 숲 속을 향해 무작정 달렸고, 어느새 옥세르로 통하는 대로에 닿았습니다. 그곳은 저 스스로 그 늪에 뛰어들기 위해 떠났던 바로 그 지점이었으며, 그 바보짓을 저지른 지 꼭 3년이 지난 때였고, 그리하여 제 나이는 몇 주가 모자라는 스물다섯이었습니다. 그때 제가 제일 먼저 한 일은, 무릎을 꿇고 앉아 저의 뜻과 상관없이 저지른 잘못을 용서해 달라고 하느님께 기도하는 것이었습니다. 그토록 기쁜 마음으로 떠나온 추잡한 수도원의 더럽혀진 제단 앞에서보다 더욱 경건하게 기도를 드렸습니다. 그러자 회한의 눈물이 흘렀습니다. 〈아아! 전에 이 길을 떠날 때 나의 몸은 순결하였는데, 성스러운 원칙에 이끌려 갔음에도 이토록 처참히 속다니……. 이제 나의 이 처량한 몰골을 바라보아야 하다니!〉 그러한 슬픈 상념들이 이제 자유로워졌다는 생각 덕분에 조금 가라앉자, 저는 다시 길을 걷기 시작하였습니다. 부인의 인내심을 지치게 만들지도 모르는 자질구레한 사건들로 부인을 지루하게 해드릴까 저어되오니, 이제부터는, 부인께서 좋으시다면, 저에게 중요한 교훈을 주었거나 제 삶의 흐름을 바꾸어 놓은 사건들만을 상세히 말씀드리겠습니다.

며칠 동안을 리용에서 쉬고 있던 중 어느 날, 제가 유숙하고 있던 집 부인이 읽는 외국 소설이 연재되던 신문에 우연히 눈을 돌리게 되었습니다. 그런데, 또다시 죄악이 월계관을 쓰고, 제 불행의 장본인들 중 하나가 명예의 절정에 올라가 있는 것을 그 신문에서 읽고 저는 놀라움을 금하지 못하였습니다. 자기가 저지를 살인 사건 하나를 예방해 주었다고 해서 저를 그토록 잔인하게 벌한 그 추악한 로댕이, 분명 다른 죄를 범했는지 프랑스에서 쫓겨나, 스웨덴 국왕의 제1외과 의로 임명되었으며, 상당한 보수를 받게 되었다는 보도였습니다. 〈그래, 악당아, 잘되었다. 섭리가 그것을 바라니 잘되어라.〉 저는 속으로 탄식하였습니다. 〈그리고 너 가엾은 계집아, 홀로 수난을 당하여라. 불평도 하지 말고. 고생과 고통이 미덕의 혹독한 보상임은 정해진 이치 아니더냐!〉

그다음 사흘 후 저는 도피네 지방으로 가는 길을 따라 리용을 떠나며, 그 지방에 가면 다소의 행운이 저를 기다릴지도 모른다는 헛된 희망에 사로잡혀 있었습니다. 슈미즈 두어 장과 손수건 등을 주머니에 나누어 넣고, 항상 그러했듯이 걸어서 여행을 하려고 리용을 약 20리쯤 벗어났는데, 노파 하나가 몹시 괴로운 표정으로 다가오며 자선을 베풀라고 애원하는 것이었습니다. 제 천성이 동정심 많고 또 은혜 베풀기를 그 무엇보다도 좋아하던 터라, 저는 즉시 지갑을 꺼내 주화 몇 닢을 노파에게 주려고 하였습니다. 그러나 늙고 몹시 지친 듯하던 그 천박한 위인은, 오히려 저보다 민첩하여, 제 지갑을 탈취하더니, 저의 복부를 주먹으로 세차게 후려쳐 저를 땅바닥에 쓰러뜨렸습니다. 제가 다시 일어섰을 때 그녀는 이미 1백 보 이상 멀리 달아나 있었고, 불량배 넷이 그녀를 호위하며, 접근하지 말라는 위협적인 몸짓을 저에게 해 보였습니다. 저는 쓰디쓰게 탄식하였습니다. 「오! 하늘이시여, 저에게서는 어떠한 선행도 나와서는 아니 됩니까! 그것을 베푸는 순간 저는 이 세상에서 가장 혹독한 불행으로 그 보상을 받아야 합니까!」 그 끔찍한 순간, 모든 용기가 저를 떠나는 듯했습니다. 오늘에 이르러 하늘에 용서를 빌고 있지만, 당시의 순간에는 제 가슴 역시 반항하고 싶은 심정이었습니다. 그때 두 가지 끔찍한 방도가 뇌리를 스쳤습니다. 그 하나는 저를 그토록 무정하게 침해한 불량배들과 아예 합류하는 것이고, 다른 하나는 리용으로 다시 돌아가 사창가로 뛰어드는 일이었습니다……. 그러나 하느님은 제가 무너져 버리지 않도록 자비를 베푸셨고, 또 비록 그가 제 가슴속에 다시 타오르게 한 희망 역시 한층 더 무서운 역경의 시작이었다 하더라도, 저는 그가 저를 지탱해 주신 데 대하여 감사를 드립니다. 무고함에도 불구하고 오늘 저를 형장으로 이끌어 가는 숱한 불운의 사슬도, 기껏해야 저에게 죽음을 가져다줄 뿐입니다. 오늘의 이 처지가 아닌 다른 경우라 할지라도 저에게는 치욕과, 숱한 회한, 그리고 추악함만을 안겨줄 것인즉, 저에게는 차라리 그 무엇보다도 죽음이 오히려 견딜 만한 시련입니다.

저는 그르노블까지 가는 데 소요되는 노자를 준비하기 위하여, 비엔느로 가서 얼마 되지 않는 저의 소지품을 팔겠노라 마음을 정하고 계속 길을 걸었습니다. 서글픈 발길을 옮기고 있는데, 도시에서 불과 4분의 1리으[22]쯤 되는 지점의 길

---

22 *lieue*. 옛 프랑스의 거리 측정 단위로, 1리으는 약 4킬로미터에 달한다.

오른쪽 벌판에, 말 탄 두 사나이가 어떤 남자 하나를 말발굽으로 짓밟더니, 죽은 듯 꼼짝 못 하는 그 사내를 버려두고 급히 말을 몰아 달아나는 것이 눈에 띄었습니다. 그 처참한 광경에 저는 눈시울이 뜨거워짐을 느꼈습니다……. 「아아! 가엾은 사람!」 저는 홀로 탄식하였습니다. 「나보다 더 불운한 사람이 있구나. 나에게는 적어도 건강과 힘이 남아 있어 밥벌이를 할 수 있건만, 저 사람이 부자가 아니고 나와 같은 처지에 있다면, 이제 여생을 병신으로 살아가야 하겠지. 장차 어찌한단 말인가?」 그렇게 측은히 여기는 마음이 솟지 못하도록, 저 자신을 억제하는 것이 아무리 필요하다 해도, 또다시 그러한 자비심에 저 자신을 맡기고 싶은 충동을 누를 수 없었습니다. 저는 빈사 상태에 있는 그 사람에게로 다가갔습니다. 저에게 약용 주정(酒精)이 조금 있어서 그것을 호흡하도록 하였습니다. 그가 이윽고 감았던 눈을 뜨는데, 그의 첫 움직임은 감사하다는 표시였고, 그 움직임을 보자 저는 계속하여 그를 보살펴야 한다는 생각을 하였습니다. 그의 상처를 싸매어 주기 위하여 저의 슈미즈 하나를 찢었는데, 그것은 제 생명을 연장시켜 줄 나머지 물건들 중 하나였으나, 그 남자를 위하여 조각조각 찢었던 것입니다. 몇 군데 상처에서 여전히 흐르고 있던 피를 닦아 준 다음, 걷다가 지치면 원기를 회복하려고 작은 병에 넣어 가지고 다니던 포도주를 조금 마시게 하고, 나머지는 타박상 부위를 축여 주는 데 사용하였습니다. 이윽고 그 가련한 남자가 문득 힘과 용기를 회복하였습니다. 비록 도보로 여행을 하고 차림은 간소했지만 궁

색한 사람처럼 보이지는 않았습니다. 그는 값비싼 의복들과, 반지, 시계 그리고 다른 보석들도 몇 가지를 지니고 있었는데, 조금 전의 사건으로 심하게 훼손되어 있었습니다. 마침내 기운을 차려 말을 할 수 있게 되자 그가 저에게 묻기를, 자기에게 도움을 준 구원의 천사가 누구이며, 또 자신의 고마움을 표시하기 위하여 할 수 있는 것이 무엇이겠느냐고 하였습니다. 지난날의 쓰디쓴 체험에도 불구하고, 은혜의 정이라는 사슬에 묶인 영혼은 어쩔 수 없이 저에게 예속되어 있다는 믿음을 가지고 있었기 때문에, 저는 조금 전 제 품에서 눈물을 흘린 사람과 저의 눈물을 함께 나누는 달콤한 기쁨을 안심하고 누릴 수 있으리라 생각하였습니다. 그에게 제가 겪은 일들을 낱낱이 이야기하니 그는 관심 깊게 귀를 기울였으며, 저는 바로 직전에 당한 재난을 끝으로 저의 이야기를 마쳤고, 그 마지막 이야기가 그로 하여금 저의 혹독한 처지를 간파하게 하였습니다. 그러자 그가 소리치듯 말하였습니다.

「당신이 저에게 베푸신 은혜를 최소한이나마 갚을 수 있게 되어 매우 기쁩니다.」 그 남자가 말을 이었습니다. 「저는 달빌르라고 하는데, 여기에서 150리 되는 지점 산중에 매우 아름다운 저택을 가지고 있습니다. 그곳까지 저를 따라올 의향이 있으시다면 그곳에 편안한 안식처를 마련해 드리겠으며, 이러한 제안이 혹시 당신의 섬세하신 마음에 경악을 야기하지 않을까 저어되니, 당신이 어떤 이유로 저에게 필요한 분인지 설명해 드리겠습니다. 저는 결혼을 한 사람인데 제 아내가 곁에 믿을 수 있는 여자 한 사람을 두고 싶어 합니다.

다른 여자가 하나 있었는데 품행이 좋지 못하여 최근에 돌려보냈기에, 그 자리를 당신에게 제의하는 것입니다.」

저는 겸손하게 저의 후견인에게 감사하다고 하면서, 어떻게 그러한 분이 수행인도 없이 여행을 하시다, 조금 전과 같은 일을 당하여 불량배들에게 곤욕을 치르셨느냐고 물었습니다. 달빌르가 제게 대답하였습니다.

「저는 체격이 좋고, 젊으며, 또 강건하여, 오래전부터, 집에서 비엔느까지 그렇게 여행을 하는 것이 습관이 되었습니다. 저의 건강과 노자만 가지면 족하였습니다. 그렇다고 지출에 너무 조심을 해야 할 형편도 아닙니다. 왜냐하면, 천행으로 저는 상당히 부유하며, 당신이 저의 집까지 내방하는 호의를 베푸신다면 곧 확인하실 수 있을 것입니다. 조금 전 당신이 보신 바와 같이 저를 욕보인 그 두 사나이는 이 지방의 미미하고 몰락한 귀족 나부랭이들인데, 허울 좋은 빈털터리들로서, 하나는 이곳 경비대원이고 다른 하나는 헌병대원입니다. 한마디로 야바위꾼들이죠. 지난주 저는 어느 도박장에서 그들로부터 1백 루이를 땄습니다. 그 두 사람이 가지고 있던 것을 다 합쳐 봐야 금액의 30분의 1도 안 되기에, 저는 그들의 언약으로 만족했고, 오늘 그들을 만나 약속대로 지불하라고 하니…… 당신이 보신 바와 같은 식으로 제게 보상을 해주었습니다.」

저는 그 정직한 귀족이 당한 이중의 불행을 함께 개탄하였고, 그때 어서 길을 떠나자고 그가 제안하였습니다.

「당신의 간호 덕분에 이제 조금 나아진 듯합니다.」 달빌르가 말하였습니다. 「어두워지기 시작하니 여기에서 20리가량 되는 곳에 있는 여인숙까지 우선 닿읍시다. 그곳에서 내일 아침 말을 구해 떠난다면, 당일 저녁에는 저의 집에 도착할 수 있을 것입니다.」

하늘이 내려 주신 듯한 구원의 손길을 놓치지 않으리라는 결심을 한 저는, 달빌르가 다시 길을 떠날 수 있도록 도와주고, 그를 부축하며 걸었습니다. 그리고 큰길에서 벗어나, 알프스 산맥 방향으로 뚫린 직선의 오솔길로 접어들었습니다. 20리쯤 가자니 달빌르가 말하던 여인숙이 나타났고, 우리들은 그곳에서 함께 즐겁고 조용하게 저녁 식사를 하였으며, 식사 후 그는 저를 그 집 여주인에게 부탁하여 그녀의 곁에서 자도록 하였습니다. 다음 날 아침 노새 두 마리를 빌려 타고, 하인 한 사람을 고용하여 길을 안내하게 한 다음, 도피네 지방 접경으로 들어서서 계속 산악 지방을 향해 나아갔습니다. 심하게 구타를 당한 달빌르는 그 후유증으로 인해 장거리를 계속하여 갈 수 없었고 저 역시 그러한 여행에는 익숙하지 않아 몹시 불편하였지만, 저는 저의 괴로움은 아랑곳하지 않았습니다. 우리들은 비리으에서 멈춰 하룻밤을 쉬어 가게 되었는데, 그곳에서도 그 사람으로부터 전날과 같은 보살핌과 친절을 입었습니다. 그리고 이튿날 역시 같은 방향으로 여행을 계속하였습니다. 오후 4시쯤 되었을 때 우리들은 산 밑에 도달하였습니다. 그곳부터는 길이 몹시 험하여, 달빌르는 노새 몰이꾼에게 분부하기를, 사고가 날까 두려우니 한시도 제 곁을 떠나지 말라고 하였습니다. 그다음 우리들은 협

곡으로 접어들었습니다. 40여 리를 가는 동안 끊임없이 구불구불한 오르막길의 연속이고, 인가나 사람이 다닐 만한 길은 사방을 둘러보아야 흔적도 없어, 저는 이 세상 끝에 와 있다는 생각에 사로잡혔습니다. 저도 모르게 한 가닥 불안감이 저를 사로잡기 시작하였습니다. 사람의 발길을 허용치 않는 그 험한 암벽 틈을 헤매면서 문득 쌩뜨-마리-데-부와 수도원이 있는 숲 속의 오솔길을 생각했고, 인적 없는 곳에 대한 저의 공포증 때문에, 다시 한 번 몸을 떨었습니다. 드디어 아슬아슬한 절벽 위에 깃든 저택이 하나 시야에 들어왔는데, 그것은 깎아지른 듯한 암석 끝에 매달린 것처럼 보여, 이 세상 사람들의 거처라기보다는 유령들이 사는 곳이라고 할 만하였습니다. 저택은 보이는데 그곳으로 통하는 길은 없을 것 같았습니다. 우리들이 따라가는 오솔길은 조약돌이 가득하고, 산양들이나 다닐 만한 길이었지만, 끝없이 구불거리며 그 저택으로 통하고 있었습니다. 「여기가 내 집이에요.」 저택을 보는 순간 저의 눈에 나타난 놀라움을 간파한 달빌르가 말하였습니다. 그토록 적막한 곳에서 살고 있음에 놀랐다고 하니, 그는, 각자 처지에 따라 사는 곳을 정하는 법이라고 자못 퉁명스럽게 대답하였습니다. 저는 그의 어조에 놀라기도 하였지만 또한 두렵기도 하였습니다. 불행한 처지에 있을 때에는 아무리 작은 징후라 할지라도 놓치지 않는 법이라, 우리가 의존해 있는 사람의 억양에 따라 희망이 끊어지기도 하고 혹은 되살아나기도 합니다. 그러나 이제 물러서기에는 너무 늦었기 때문에 저는 태연한 척하였습니다. 그 고색창연한 저택을 향하여 모퉁이를 하나 더 돌아가니 문득 그 집이 우리들 정면에 나타났습니다. 그곳에서 달빌르가 내리더니 저에게도 내리라고 한 다음, 두 마리 노새를 안내인에게 돌려주고 그 삯을 지불하였습니다. 그러고는 즉각 돌아가라고 명령을 하였는데 그 태도가 제 마음에 몹시 거슬렸습니다. 저택으로 걸어가는 도중 그가 저에게 말하였습니다.

「뭐가 문제예요, 쏘피, 프랑스 밖으로 나온 것이 아니에요. 이 저택은 도피네 지방의 변경에 있기는 하지만 여전히 프랑스령에 속해요.」

「그렇다손 치더라도, 도대체 어떻게 이토록 험악한 곳에 거처를 정하실 생각을 하셨어요?」

「험악한 곳이라니요? 아니에요.」 우리들이 집 가까이로 점점 접근해 갈수록 달빌르가 저를 음흉하게 바라보며 말하였습니다. 「아가씨, 하지만 정직하다고 하는 사람들이 사는 집도 아니에요.」

「아아! 무서워요, 저를 어디로 데려가실 작정입니까?」 제가 대꾸하였습니다.

「이 촌년아, 내 너를 데려다가 주화 위조범들을 돕도록 하겠어.」 달빌르는 저의 팔을 잡아채면서 그렇게 말하였습니다. 그러더니 우리가 도착하자 즉각 내려진 도개교(跳開橋)로 저를 떠밀어 건너게 하였는데, 우리가 건너자 다리는 다시 올려졌습니다. 그리고 정원에 도착했을 때 그가 덧붙였습니다. 「자, 여기야, 이 우물이 보이지?」 그는 출입문 근처에 있는 깊은 우물을 가리키며 말을 계속하였는데, 벌거벗은 여자 두 사람이 커다란 바퀴를 돌리며 물을 퍼서 저장 탱크에 붓고 있었습니다.「저 여자들이 앞으로 네 동료들이 될 것이며, 저것이 네가 할 일이야. 하루에 열두 시간 이 바퀴를 돌리는 일을 할 것이며, 게으름을 피울 때마다 너의 동료들처럼 흠씬 매를 맞을 것이고, 하루에 흑빵 6온스(약 170그램)와 잠두콩 한 접시를 식량으로 받게 될 것이야. 언제쯤 자유로운 몸이 되느냐고? 그러한 기대는 아예 버려. 다시 밝은 하늘을 볼 날은 없을 거야. 네가 노동에 지쳐 죽으면 네 시신은 우물 옆에 있는 구덩이에 던져질 것이고, 또 다른 여자가 네 자리를 메우게 되겠지. 그 구덩이로 들어간 여자가 30~40명은 될 거야.」

「하느님 맙소사!」 저는 달빌르의 발아래에 엎드리며 소리쳤습니다.「제가 당신의 목숨을 건져 드렸음을 상기해 보십시오. 당신이 잠시나마 감사하는 마음으로 감동했을 때, 당신은 저에게 행복을 가져다주시는 듯하였는데, 제가 기대해야 했던 것이 고작 이것이라는 말씀입니까!」

「이것 봐, 내 마음을 사로잡고 있으리라 네가 상상하고 있는 그 감사의 마음이란 것이, 도대체 무엇이라고 생각해?」 달빌르가 말하였습니다.「좀 더 합리적으로 생각해 보자고, 이 나약한 계집아! 네가 나를 구해 주는 그 순간, 진정 네가 하고 있던 일의 정체가 무엇이었지? 너의 길을 계속 걸어가는 것과 쓰러져 있는 나에게로 오는 두 가지 가능성 중에서, 너의 가슴이 너에게 불러일으킨 충동에 따라 후자 쪽을 택하였을 뿐이야……. 따라서 너는 일종의 즐거움에 너 자신을 내맡긴 것이 아니겠어? 그런데 도대체 무슨 명분으로, 네가 만끽한 그 쾌락에 대해 내가 보상을 해야 한다고 주장하는 거야? 또한 황금과 풍요 속에서 헤엄을 치고, 백만장자이며, 언제든 원하면 베네치아로 빠져나가 맘껏 즐길 수 있는 내가, 너같이 보잘것없는 비천한 것 앞에 머리를 조아리며 고맙다는 인사를 차려야 한다는 그따위 생각이, 어떻게 감히 네 머릿속에 떠오를 수 있어? 비록 네가 나에게 죽은 생명을 되돌려 주었다손 치더라도, 그것이 오직 너 자신을 위해 한 일일진대, 나는 너에게 빚진 것이 없어. 어서 일을 해, 이 노예야, 어서 일을! 비록 문명이라는 것이 자연의 많은 기틀을 뒤흔들어 놓기는 했어도 아직 자연의 기본권들을 약탈해 가지는 못했음을 알아 두어. 자연이 태초에 강자와 약자를 만들 때, 그 의도는, 양이 사자에게 예속되고 곤충이 코끼리에게 예속되듯, 약자가 항상 강자에게 예속되라는 것이었어. 인간의 민첩함과 지능이 각 개체의 위치를 다양하게 만들었으며, 계급을 결정지은 것은 이제 육체적 힘이 아니라 재력을 동원하여 얻은 힘이었어. 가장 부유한 사람이 최강자가 되었고, 가장 가난한 사람이 최약자가 된 것이야. 약자를 얽어매고 있는 사슬이 부유한 자나 가장 강한 자에 의해 유지되고, 그 사슬이 가장 약한 자나 가난한 자를 짓밟아도 역시 자연의 법칙 앞에서는 평등할 뿐이며, 강자의 약자에 대한 우선권은 언제나 자연의 법칙 속에 있던 것이야. 그러나, 쏘피, 네가 나에게 요구하는 감사의 정 따위를 자연은 모르고 있어. 다른 사람에게 은혜를 끼치며 즐긴 쾌락이, 은혜를 입은 사람으로 하여금 자신의 권리를 상대방에게 할애할 동기가 된다는 것은 절대 자연의 법칙에는 존재하지 않았어. 죽을 때까지 우리들을 위해 일하는 짐승들에게서 지금 네가 그토록 뽐내어 내세우는 그러한 감정의 예를 볼 수 있어? 나의 부와 힘으로 내가 너를 지배할 수 있는 처지인데, 네가 네 자의로 내게 도움을 주었다든가 혹은 너의 기본 책략이 너로 하여금 나에게 봉사함으로써 너의 자유를 회복하라고 명령했다 해서, 내가 나의 권리를 너에게 양보하는 것이 자연스러운 일이야? 도움이라는 것이 아무리 평등한 관계에서 주고받아졌다 할지라도, 고상한 영혼의 자존심이라면 감사하는 마음으로 자신을 비하시키지는 않는 법이야. 무엇을 받는 입장에 처해 있는 사람은 언제나 모멸받는 처지에 있지 않겠어? 그리고, 그가 느끼는 그 모멸감이 이미 그가 받은 도움의 대가를 충분히 지불하는 것 아니겠어? 다른 인간보다 스스로를 높임이 자존심에게는 일종의 즐김 아니겠어? 그런데 은혜를 끼치는 사람에게 또 무슨 보상이 필요하다는 말이야? 게다가 그러한 은혜가 그것을 받는 사람에게는, 그의 자존심을 모독할 뿐만 아니라, 하나의 무거운 짐이 될진대, 무슨 권리로 그 짐을 계속 지고 있으라는 것이야? 나에게 도움을 준 사람의 시선이 나에게 와 부딪칠 때마다, 도대체 왜 나 자신이 번번이 그 모욕에 동의해야 한다는 말이야? 따라서 배은망덕이라는 것도 하나의 악덕이 아니라, 선행이 나약한 영혼의 미덕이듯, 기개 높은 영혼의 미덕이야. 노예는 자신의 필요에 이끌려 상전에게 자기의 미덕을 역설하지만, 자신의 정열과 자연의 법칙에 순응하는 상전은, 오직 자기에게 봉사하고 자신의 비위를 맞추는 것에만 허리를 굽혀야 돼. 그 짓이 즐거우면 마음껏 은혜를 베풀 것이로되, 자신이 즐긴 것에 대한 보상을 추호라도 요구해서는 안 돼.」

그러한 말을 하면서 달빌르는 저에게 대꾸할 틈을 주지 않았습니다. 하인 두 사람이 그의 명령에 따라 저에게 달려들더니 저의 옷을 벗기고 저의 두 동료들처럼 쇠사슬로 묶었습니다. 그날 저녁부터 저는 저의 동료들을 도와야 했는데, 먼 길을 오느라고 쌓인 여독을 풀 만한 휴식조차 허용치 않았습니다. 제가 그 숙명적인 바퀴에 묶인 지 15분이 채 못 되어, 하루의 일을 마친 주화 위조범들의 떼거리가 그들의 두목을 필두로 제 주위에 몰려와 제 몸을 들여다보았습니다. 그들은 저의 가련한 몸에 무고하게 찍힌 수치스러운 낙인을 보고 조롱과 상스러운 소리를 퍼부었습니다. 저에게 다가와서는 온몸을 거칠게 만지며, 어쩔 수 없이 노출된 저의 몸 각 부위에 대해서, 심한 농담을 섞어 가며 논평들을 하였습니다. 그 고통스러운 첫 장면이 끝나자 그들은 조금 뒤로 물러섰습니다. 그러자 달빌르가, 우리들 곁에 놓여 있는 채찍을 집어 들더니, 팔을 힘껏 펴서 그것으로 제 몸 이곳저곳을 대여섯 번 힘차게 후려쳤습니다.

「불행히도 너의 의무에 등한히 할 경우 네가 받을 보상이 이것이야.」 채찍질을 하면서 그가 말하였습니다. 「지금 네가 의무를 등한히 해서 채찍질을 하는 것이 아니라, 다만 자기의 의무를 저버리는 여자들이 어떠한 대우를 받는지 너에게 보여 주기 위함이야.」

후려칠 때마다 살점이 떨어져 나가고, 브레삭이나 야만스러운 수도사들의 손아귀에서도 일찍이 그토록 생생한 통증은 느껴 보지 못한 터라, 저는 쇠사슬에 묶인 채 몸부림을 치며 깁을 찢는 듯한 비명을 질렀습니다. 저의 몸부림과 비명은 저를 유심히 바라보고 있던 그 괴물들에게 웃음거리를 제공하였습니다. 그리하여 저는, 복수심이나 수치스러운 관능에 이끌려 다른 사람의 고통을 즐길 수 있는 사람이 있는가 하면, 오직 자존심의 만족이나 끔찍한 호기심 외에 다른 동기가 없어도 같은 즐거움을 누릴 수 있는 사람도 존재한다는 사실을 깨닫는 잔인한 만족감을 느낄 수 있었습니다. 따라서 인간은 선천적으로 악하며, 그것은 그들이 평온할 때나 정열의 광증에 사로잡혀 있을 때나 거의 마찬가지이고, 따라서 어느 경우이건, 다른 사람의 고통이 인간에게는 타기할 만한 즐거움이 됩니다.

그 우물의 둘레에는 어두컴컴하며, 각자 떨어져 있고, 감옥처럼 굳게 잠겨 있는 오두막 세 개가 있었습니다. 저를 쇠사슬에 묶던 하인들 중 하나가 그것들 중 저의 거처가 어느 것인지 일러 주었고, 그에게서 제 몫으로 배당된 물과, 잠두콩, 빵 등을 받아 가지고 오두막으로 돌아왔습니다. 저의 기막힌 처지를 마음껏 서러워할 수 있었던 곳은 그곳뿐이었습니다. 저는 홀로 생각하며 탄식하였습니다. 〈자신들 내부에 이는 감사의 정을 짓눌러 버릴 만큼 야만스러운 사람들이 존재한다는 사실, 이것이 가능한 일인가? 어느 정직한 영혼이 나로 하여금 그 감정을 느끼지 않을 수 없는 처지에 놓아 주기만 한다면, 나는 무한히 기꺼운 마음으로 나의 전부를 그 감정에 맡기련만! 결국 인간들은 그 감정을 전혀 모를 수도 있으며, 따라서 그 감정을 그토록 무정하게 짓눌러 버리는 사람 역시 괴물이 아닌 다른 무엇이란 말인가?〉 눈물로 뒤섞인 그러한 생각에 잠겨 있을 때, 별안간 제 감방의 문이 열렸습니다. 달빌르였습니다. 묵묵히, 말 한마디 없이, 오는 길을 밝히려 들고 온 촛불을 땅바닥에 놓더니, 사나운 짐승처럼 저를 덮치고, 간신히 허우적거리는 저항의 몸짓을 매질로 물리치며, 욕정으로 저를 제압하고 제 영혼의 소산에 불과한 저항의 몸짓을 경멸하듯, 사납게 욕정을 충족시키더니, 촛불을 다시 집어 들고 물러가며 문을 닫았습니다. 저는 탄식하였습니다. 〈이 이상의 모독이 과연 가능할까? 그렇지 않다면, 저러한 사람과 가장 길들여지지 않은 숲 속의 짐승 간에 무슨 차이가 있단 말인가?〉

단 한순간도 휴식을 취하지 못하였는데 해가 다시 떠오르고, 감옥 문이 열리더니, 우리들은 다시 바퀴에 묶여 우리의 서글픈 일을 다시 시작하였습니다. 저의 동료들은 스물다섯에서 서른 살쯤 된 여인들이었는데, 비참한 생활로 초췌해지고 과도한 육체노동으로 인해 모습이 변하긴 했어도, 아직 아름다움의 흔적을 간직하고 있었습니다. 특히 그녀들의 몸매는 아름다웠고 균형 잡혀 있었습니다. 그리고 그들 중 한 여인의 머리채는 아직도 기막히게 탐스러웠습니다. 서글픈 우리들의 대화 끝에 저는, 그 두 여인이 모두 지난날 달빌르의 정부로, 한 사람은 리용에, 다른 한 사람은 그르노블에 살

앗다는 것을 알게 되었습니다. 그런데 달빌르가 그녀들을 이 은신처로 데리고 와 그 후에도 몇 년간은 함께 기거하다가, 그녀들이 자기에게 제공한 쾌락의 대가로 그녀들을 그 모욕스러운 노동에 얽매어 놓았다는 것이었습니다. 저는 그녀들로부터 그에게 아직도 또 하나의 매력적인 정부가 있다는 사실을 알았습니다. 그 정부는 그녀들보다 운이 좋아서, 그를 따라 베네치아로 갈 것이 틀림없는데, 그는 최근 에스빠냐로 보낸 거액에 대한 환어음을 기다리며 베네치아로 떠날 채비를 마치고 있다는 것이었습니다. 금을 현물로 가지고 떠나기를 저어한 그는, 그것을 이탈리아에서 사용할 수 있는 환어음으로 바꿀 장소로 에스빠냐를 택하였다는 것입니다. 그가 자기의 위조 주화를 보내는 곳은, 앞으로 정착할 나라가 아닌 다른 나라라는 것이었습니다. 그러한 방법을 택함으로써, 자기가 정착하고자 하는 나라에서는 아무리 부자라 할지라도, 다른 왕국이 발행한 어음만을 소지하고 있기 때문에, 자기의 술책이 발각될 염려가 없고, 재산은 튼튼한 기반 위에 자리를 잡게 된다는 것이었습니다. 그러나 모든 것이 한순간에 무너져 버릴 수도 있으며, 그가 준비하고 있던 탈출은 특히 그의 재산 대부분이 걸려 있는 그 협상에 전적으로 달렸다는 것이었습니다. 까디스에서 그가 위조한 삐아스뜨라와 루이를 받아 주어, 그에게 베네치아에서 통용되는 어음을 보내 주기만 한다면, 그의 여생이 편안할 것이며, 만약 그 사기 행각이 발각될 경우, 그는 고발되어 교수형에 처해질 것이 뻔하다는 것이었습니다. 그 놀라운 사실을 알게 된 저는 속으로 생각하였습니다. 〈아아! 섭리가 이번 한 번만은 의롭겠지. 이와 같은 괴물의 성공을 섭리는 절대 허락지 않을 것이고, 우리들 세 사람의 원수는 갚아지게 되겠지.〉 정오가 되면 2시간의 휴식을 허용했고, 그 시간을 이용해 항상 각자의 오두막으로 흩어져 들어가 숨을 돌리고 점심 식사를 하였습니다. 오후 2시가 되면 다시 쇠사슬로 묶어 밤이 되도록 계속하여 바퀴를 돌리게 하였으며, 저희들이 저택 안으로 들어가는 것은 절대 허용되지 않았습니다. 연중 다섯 달 동안 저희들을 벗겨 놓는 이유는, 저희들의 고된 노동으로 인한 참기 어려운 더위 때문이기도 하지만, 동료들 말에 의하면, 저희들의 사나운 상전이 가끔 와서 후려치는 채찍이 몸에 잘 맞도록 하기 위함이라고 했습니다. 겨울이면 피부에 밀착되는 바지와 상의를 주는데, 그 의복은 온몸을 꼭 죄어, 벌거벗은 것과 마찬가지로 저희들의 가련한 몸을 망나니의 채찍 아래 노출시킨다는 것이었습니다. 첫날은 하루 온종일 달빌르의 모습이 보이지 않았으나, 자정이 가까운 시각에 나타나더니 전날 밤과 같은 짓을 하였습니다. 저는 그 순간을 틈타 그에게 애원하기를, 저의 시련을 조금 완화시켜 달라고 하였습니다. 그러자 그 야만인이 저에게 말하였습니다.

「도대체 무슨 권리로? 내가 기꺼이 환상의 한순간을 너와 함께 보내기를 원한다고 해서? 그러나 네가 그 보답을 요구할 만한 하등의 특혜를, 내가 언제 너의 발아래 엎드려 요청했던가? 나는 너에게 아무것도 요청하지 않아……. 내가 그냥 취할 뿐이야. 또한, 너에 대한 나의 권리를 행사하고 있는데, 다시 한 번 그 권리를 행사하지 못할 이유는 없다고 생각해. 나의 행위에 사랑이라는 것은 없어. 그것은 내 가슴이 단 한 번도 느껴 보지 못한 감정이야. 나는 여자를 욕구 충족을 위하여 사용해. 마치 요강을 좀 다른 욕구에 사용하듯. 그러나 나의 돈이나 권위가 나의 욕정 아래 굴복시킨 여자라는 존재에게, 절대 존경이나 애정 따위를 허용하지는 않아. 내가 취하는 것은 오직 나 자신의 힘에 의존할 뿐이고, 따라서 여자에게는 오직 굴종만을 요구하기 때문에, 그러한 이유로 여자에게 감사해야 할 하등의 이유가 있다고는 생각하지 않아. 그것은 마치, 강도가 숲 속에서 어떤 사람의 돈주머니를 강탈하는 것이 그가 더 강하기 때문인데도 불구하고, 강탈하고 나서 피해자에게 고마운 마음을 가져야 한다는 말과 다름이 없어. 한 여자를 능욕함도 마찬가지여서, 그것이 능욕한 여자를 재차 능욕할 명분은 될지언정 그 여자에게 어떤 보상을 해주어야 한다는 충분한 이유는 되지 않아.」

 욕구를 충족시킨 달빌르는 그러한 말을 하면서 불쑥 나가버렸고 저를 또다시 깊은 생각에 잠기게 하였지만, 부인께서 추측하시다시피 별다른 생각은 떠오르지 않았습니다. 저녁나절 그가 우리들이 일하는 것을 보러 왔는데, 평소와 같은 양의 물을 채우지 못한 것을 보더니, 그 비정한 채찍을 집어들고 우리들 세 사람을 모두 피투성이로 만들어 놓았습니다. 하지만 그 사실에도 개의치 않고(저 역시 다른 동료들처럼 성한 곳이 없었는데) 그날 밤 역시 전날과 다름없이 저에게로 와서 그 짓을 하였습니다. 저는 그가 저의 온몸에 남긴 상처를 보여 주며, 그의 상처를 싸매어 주기 위하여 제 옷을 찢던 때를 그에게 상기시켰습니다. 그러나 달빌르는 음행을 계속하면서, 욕설을 섞어 가며 10여 차례 따귀를 때릴 뿐, 저의 탄원에는 대꾸조차 하지 않았고, 욕구가 충족되자 여느 때와 마찬가지로 사라져 버렸습니다. 그러한 행각은 거의 한 달 가까이 계속되다가, 그 후부터는 그에게 능욕당하는 끔찍한 고통만은 면할 수 있는 자비를 얻었는데, 그 자비를 얻은 것만도 천행이었습니다. 그러나 저의 생활에는 아무 변동이 없어, 고통도 박대도 언제나 마찬가지였습니다.

그 혹독한 처지에서 한 해가 흘렀습니다. 그때 집 안에 소문이 퍼지기를, 달빌르의 교섭이 성공하여 그가 원하던 막대한 액수의 어음을 받게 되었을 뿐만 아니라, 저편에서는 아직도 수백만에 달하는 위조 주화를 더 요구하며, 그가 원한다면 그것을 베네치아에서 통용되는 어음으로 교환해 주겠다는 것이었습니다. 그 악당이 그 이상 화려하고 기대조차 할 수 없을 재산을 얻을 수는 없었을 것입니다. 그는 꿈조차 꾸지 못하던 백만금 이상을 가지고 떠나게 되었던 것입니다. 그 사건이, 섭리가 저를 위하여 준비한 또 하나의 예였고, 번영은 죄악의 편이며 불운은 미덕의 편이라는 사실을 저로 하여금 깨닫게 하려는 새로운 방법이었습니다.

달빌르는 서둘러 떠날 준비를 하였고, 떠나기 전날 밤 저를 보러 왔습니다. 상당히 오래간만의 일이었습니다. 다음 날 출발한다는 사실과 소유하게 된 재산의 규모를 저에게 알려 준 사람은 바로 그 자신이었습니다. 저는 그의 발아래에 엎드려 간절히 애원하기를, 저의 자유를 돌려주고, 그르노블까지 가는 데 필요한 노자를 얼마건 뜻대로 조금 달라고 하였습니다.

「그르노블에 가면 나를 고발하겠지.」

「아, 아니에요, 맹세코 시내에는 발을 들여놓지 않겠어요.」 저는 그의 무릎을 눈물로 적시며 말하였습니다. 「안심이 되지 않는다면 차라리 저를 베네치아로 데려가 주세요. 최소한 그곳에서는 조국에서처럼 그토록 비정한 사람들을 만나지는 않을지도 모르니까요. 저를 그곳까지 데려가 주신다면 절대 당신에게 누를 끼치지 않겠노라, 저의 가장 신성한 것을 걸고 맹세하겠어요.」

「나는 너에게 아무 도움도 주지 않겠어, 단 1에퀴도 못 주겠어.」 그 유례없는 불한당이 비정하게 대답하였습니다. 「적선이니 자비니 하는 것들이 내 성격에는 너무나도 구역질 나도록 거부감을 주기 때문에, 비록 현재보다 세 배 이상 황금을 뒤집어쓰고 있더라도 거지에게는 단 반 푼도 기꺼이 주지 않겠어. 그 문제에 관해서는 내 나름대로의 원칙이 있고, 그 원칙을 절대 범하지 않을 거야. 가난한 자도 자연의 질서 속에 나름대로의 자리를 차지하고 있어. 힘에 있어서 불평등하게 인간들을 창조함으로써 자연은, 우리의 문명이 그의 법칙에 변화를 가져오는 상황 속에서도, 그 최초의 불평등이 보존되기를 열망하는 스스로의 의지를 우리들에게 역설한 것이야. 내가 이미 말했듯이 가난한 자가 이제는 약자를 대신하게 되었는데, 그 가난한 자를 돕는다는 것은 확립된 질서를 무산시키는 일이고, 자연의 질서에 정면으로 도전하는 일이며, 자연의 경이로운 조절의 근간이 되는 균형을 뒤엎는 짓이야. 그것은 또한, 우리 사회에 위험스럽기 짝이 없는 평등을 획책하는 일이고, 무기력과 빈둥거림을 고취하는 일이며, 도움이란 것이 가난한 자로 하여금 일하지 않고 그것을 얻는 습관을 갖도록 하기 때문에, 부자가 혹시 도움을 거부할 경우, 결국 가난한 자는 부자에게서 도둑질을 하라고 가르치는 일밖에 되지 않아.」

「아아! 당신의 그 원칙들은 너무나 비정합니다! 당신이 항상 부자로 살아오지 않았다면 그러한 말을 하겠어요?」

「내가 항상 부자였다는 말은 어림도 없는 소리야. 다만 나는 나의 운명을 제어할 줄 알았고, 우리들을 교수대 아니면 양로원으로 결국 이끌어 가는 그 미덕이라는 유령을 짓밟아 버릴 줄 알았으며, 종교라든가, 선행, 인정, 따위 등이 재산을 축적하려는 사람에게는 발부리에 부딪히는 돌이라는 사실을 일찍이 깨달을 줄 알았을 뿐이야. 그리하여 나는 다른 사람들의 편견이 내동댕이친 그 잔해 위에 나의 재산을 튼튼히 쌓아 올렸지. 신성한 율법이건 인간의 법률이건 모두 비웃고, 만나는 약자들은 여지없이 희생시키며, 다른 사람들의 신뢰와 어수룩함을 악용할 뿐만 아니라, 가난한 자는 파산으로 몰아넣고 부자들로부터는 훔쳐 냄으로써, 드디어 내가 숭배하던 그 까마득히 드높은 신전에 이를 수 있었던 것이야. 너는 왜 나를 본받지 못했지? 행운이 이미 너의 수중에 들어와 있었는데. 그래, 그 행운 대신 네가 선택한 그 백일몽

같은 미덕이 너의 희생을 얼마나 위무해 주었지? 너무 늦었어, 가엾은 여자야, 너무 늦었어. 지난날의 네 오류를 맘껏 한탄해 봐. 그리고 계속 고통을 받으며, 네가 그토록 숭배하는 그 유령들 속에서, 너의 고지식함 때문에 잃은 것을 힘닿는 데까지 찾아봐.」

그 말을 지껄이면서 달빌르는 저에게 덮쳐 왔습니다⋯⋯. 그러나 저는 소름이 끼쳤고, 그의 잔혹한 이론들이 저에게 심한 증오심을 불러일으켰기 때문에, 저는 그를 힘껏 떼밀었습니다. 그는 완력으로 저를 제압하려 하였으나 여의치 않자, 가혹 행위로 그 보상을 찾으려 하였고, 그리하여 저는 무수히 구타를 당했지만 결국 그가 뜻을 이루지는 못하였습니다. 불길은 속절없이 꺼져 버렸으며, 그 미친 자의 헛된 눈물이 마침내 그의 모독에 대한 저의 원한을 풀어 준 셈입니다.

그다음 날, 출발하기에 앞서 그 가련한 자는 잔혹하고 야만스러운 장면을 또 한 번 저희들 앞에 연출하였는데, 안드로니코스나 네로, 벤체슬라스, 티베리우스 등의 치세 중 연대기에서도 그러한 예는 아마 찾아볼 수 없을 것입니다.[23] 모든 사람들은 그의 정부도 함께 떠나리라 믿고 있었으며, 또 그녀를 실제 그럴듯하게 치장토록 하였습니다. 그런데 말 위에 올라앉으며 그가 직접 그녀를 우리들이 있는 곳으로 데리고 왔습니다.

23 안드로니코스Andronikos는 12세기 비잔틴 제국의 안드로니코스 1세(1100?~1185)를 가리키는 듯하며, 벤체슬라스Wenceslas는 13~14세기에 보헤미아 지방을 통치하던 왕들 중 하나일 듯하다.

「여기가 네 자리야, 더러운 계집아.」그는 그녀에게 옷을 벗으라고 명령하면서 그렇게 말하였습니다. 「나는 내가 가장 아끼고 있는 줄로들 믿고 있는 여자를 내 동료들에게 담보로 남겨 둠으로써, 그들이 나를 항상 기억해 주기 바라요. 그런데 여기에는 여자가 셋밖에 필요 없고…… 가는 길이 매우 위험하여 무기가 필요하기 때문에, 여러분들 중 한 사람에게 내 권총을 시험해 보겠어요.」

그렇게 말하면서 권총 하나를 장전하더니, 바퀴를 돌리고 있는 세 여자의 가슴에 차례차례 총부리를 대어 보고, 마침내 자기의 옛 정부들 중 한 사람을 골라, 그녀의 머리에다 총을 쏘면서 말하였습니다.

「가서 저세상에 내 소식을 전해. 그곳 악마에게 가서, 이 지상에서 가장 부유한 악당인 달빌르라는 사람은 하늘과 그의 손길을 가장 오만하게 무시하는 자라고 전해.」

즉시 숨을 거두지 못한 그 가엾은 여자가 쇠사슬에 묶인 채 오랫동안 버둥거리자, 그 소름 끼치는 장면을, 그 추악한 자는 감미롭게 음미하듯 들여다보았습니다. 이윽고 그녀를 쇠사슬에서 끌어내더니, 그 자리에 자신의 정부를 묶어 놓고 서너 번 바퀴를 돌리게 한 다음, 열두어 번쯤 채찍질을 가하였습니다. 그러한 일련의 가혹 행위가 끝나자, 그 구역질 나는 사내는 말 위에 올라 두 사람의 하인을 뒤따르게 한 다음 우리들의 시야에서 영원히 사라졌습니다.

달빌르가 떠난 다음 날부터 모든 것이 바뀌었습니다. 마음씨 곱고 사리에 밝은 그의 후계자는 즉시 우리들을 풀어 주었습니다.

「이것은 약하고 가냘픈 여자들이 할 일이 아니에요. 이 기계를 돌리는 것은 짐승들이 할 일이에요.」그가 서글서글하게 말하였습니다. 「이유 없이 가혹한 짓을 하여 절대자의 진노를 사지 않더라도, 우리가 하는 일 자체만으로 우리는 죄를 짓고 있어요.」

그는 우리들을 저택 안에 기거하게 한 다음, 달빌르의 정부로 하여금 집 안의 모든 일을 관장토록 하였는데, 그 조치를 취함에 아무 사심도 없었으며, 저와 저의 동료는 작업실에서 주화 깎는 일을 맡도록 하였습니다. 말할 나위 없이 훨씬 수월한 일이었지만, 그 대가로 편안한 방과 훌륭한 음식을 제공받았습니다. 두 달이 흐른 어느 날, 달빌르의 후계자 롤랑은 달빌르가 무사히 베네치아에 도착했다는 소식을 우리들에게 전해 주었습니다. 자리를 잡았고, 재산을 정리하였으며, 원하던 대로 번영을 구가하게 되었다는 소식이었습니다.

그러나 후계자의 운명은 전혀 딴판이었습니다. 가엾은 롤랑은 정직한 사람이었는데, 그 정직함이 지나쳐 얼마 가지 않아 파멸에 이른 것입니다. 어느 날, 저택 안은 고요했고, 마음씨 착한 상전의 규칙에 따라, 비록 범죄적이기는 하지만 작업이 평온하고 즐겁게 진행되고 있을 때였습니다. 별안간 저택의 외곽 성벽이 포위된 듯하더니, 도개교가 올려져 있었기 때문에, 해자(垓字)로 기어오르는 사람들이 보이고, 우리 측 사람들이 미처 방어할 겨를도 없이, 1백여 명의 기마경찰들이 저택 안을 가득 메우는 것이었습니다. 하는 수 없이 모두 투항하였고, 그들은 저희들을 짐승처럼 묶더니 말에다 매어 그르노블로 끌고 갔습니다. 〈오! 하늘이시여!〉 저는 그 도시로 들어서며 탄식하였습니다. 저의 행복이 있으리라고 무턱대고 믿었던 그 도시에 드디어 도착했습니다. 주화 위조범들의 재판은 신속히 진행되어 모두에게 교수형 선고가 내려졌습니다. 재판관들은 제 몸에 찍힌 낙인을 보자 저를 아예 심문조차 하지 않으려 했고, 그리하여 저 역시 다른 사람들과 같은 선고를 받을 운명에 놓이게 되었습니다. 그때 저는 당시 유명했던 재판관의 마음을 움직여 보려고 노력하였는데, 그는 그곳 재판소의 명예이며, 청렴한 판사임과 동시에 사랑받는 시민이고, 혜안을 가진 철학자로서, 그의 선행과 인간애는, 명망 있고 존경스러운 그의 이름을 역사의 신전에 새겨 놓게 될 것입니다. 그는 제 이야기에 귀를 기울였습니다……. 그뿐만이 아니었습니다. 그는 제 이야기의 꾸밈없음과 제가 겪은 불행의 진실성을 확인했음인지, 송구스럽게도 눈물을 흘리며 저를 위로하였습니다. 오! 위대한 사람이여, 당신에게 바칠 찬미의 정을 아직도 간직하고 있다오! 이 가슴이 그것을 당신에게 바치도록 허락하여 주소서! 한낱 불운한 여자가 표하는 감사의 마음이 당신에게 무슨 이득을 가져다 드리리요만은, 당신의 가슴을 찬미하며 그녀가 당신에게 바치는 마음의 조공은, 언제나 그녀에게 가장 큰 가슴속의 기쁨이 되오리다! S 씨[24]가 자청하여 저의 변호를 맡게

---

24 쎄르방 씨 ― 원주.

되어 저의 하소연이 가납되었고, 저의 비탄에 반향을 일으키는 영혼을 만나게 되었으며, 그의 인자함이 깨우쳐 주어 비로소 열리게 된 청동 같은 가슴들 위에 저의 눈물이 흐르게 되었습니다. 한편 범인들의 최후 진술이 모두 저에게 유리하였기 때문에, 저를 도우려고 하던 그분의 열성에 도움이 되었습니다. 저에 대한 최후 판결은, 제가 유인당했을 뿐 결백하며, 따라서 모든 혐의를 벗었고, 이제부터 제가 원하는 바에 따라 거취를 정할 수 있는 일체의 자유를 허용한다는 것이었습니다. 저를 변호해 주신 그분은 그것에 그치지 않고 즉석에서 의연금까지 걷어 주셨는데, 그 금액이 1백 피스똘라[25]에 달했습니다. 드디어 행복이 저의 눈앞에 나타나는 듯했고, 예감이 실현되는 듯하였으며, 불운의 막바지에 다다른 것으로 믿었는데, 섭리는 그 불운의 끝이 아직 멀었노라는 확신을 저에게 심어 주었습니다.

감옥에서 나온 후 저는 이제르 다리 건너편에 있는 여인숙에 유숙하게 되었는데, 그 집에서 말하기를, 그곳이라면 안전하고 편안히 지낼 수 있으리라고 하였습니다. 저는 S 씨의 조언에 따라 잠정 기간 동안 그곳에 머물면서 일자리를 찾든가, 여의치 않으면 그분이 친절하게 써주신 추천서를 가지고 리용으로 돌아갈 생각이었습니다. 그 여인숙에 묵은 지 이틀째 되는 날, 투숙객 식탁에서 식사를 하고 있는데, 자칭 남작 부인이라고 하며 매우 화려한 옷차림을 한 뚱뚱한 여인 하

---

25 *pistola*. 에스빠냐와 이탈리아에서 주조되던 금화이다. 프랑스의 루이 *louis* 금화와 비슷한 가치를 지녔다고 한다.

나가 저를 유심히 바라봄을 감지하게 되었습니다. 저 역시 그 여인을 한동안 바라보니 몹시 낯이 익은 얼굴이라, 우리 두 사람은 무의식중에 서로에게 달려갔고, 비록 서로를 잘 알고 있으나 어디에서 만났는지를 기억해 내지 못하는 사람들처럼, 어색하게 부둥켜안았습니다. 이윽고 뚱뚱한 남작 부인이 저를 한구석으로 데리고 가며 말하였습니다.

「쏘피, 내 눈이 잘못 보지 않았다면, 10년 전 내가 감옥에서 구출해 낸 바로 그 사람 아니에요? 이 뒤부와를 몰라보겠어요?」

그 재회가 마음에 별로 기쁘지는 않았지만 그녀의 말에 정중하게 대답하였습니다. 제 앞에 있는 여자가 아마 프랑스에서는 가장 교묘하고 능숙한 여자이리라는 생각 때문에 회피할 엄두도 내지 못하였습니다. 뒤부와 여인은 저에게 모든 친절을 베풀었으며, 온 도시 사람들과 함께 저의 사건에 지대한 관심을 가지고 있었지만 당사자가 바로 저였음은 모르고 있었노라고 하였습니다. 항상 그렇듯이 제 성품이 단호하지 못하여, 저는 그녀의 방으로 안내되어, 그녀에게 제가 겪은 일들을 모두 털어놓았습니다. 그러자 저를 다시 한 번 부둥켜안으며 그녀가 말하였습니다.

「오! 나의 귀한 친구여, 내가 당신을 조용히 보고자 한 것은 내가 행운을 잡았다는 사실을 알려 주려 함이며, 내가 소유하고 있는 모든 것을 당신이 유용해도 좋다는 말을 해주기 위함이었어요. 자, 봐요, 이것이 내 노고의 결실이에요.」
그녀는 황금과 다이아몬드가 가득 들어 있는 작은 상자를 저에게 열어 보이면서 말하였습니다. 「내가 당신처럼 미덕만을 숭상하였다면, 지금쯤 교수대에서 사라졌거나 감옥에 처박혀 있을 거예요.」

「오! 부인.」 제가 그녀에게 말하였습니다. 「그 모든 것을 범죄에 힘입어 거두셨다면, 필경에는 의로운 섭리가 그것을 오랫동안 누리도록 방관하지 않을 거예요.」

「잘못된 생각이에요.」 뒤부와 여인이 저에게 말하였습니다. 「섭리가 항상 미덕을 보호한다고는 믿지 마요. 행운이 잠시 당신을 찾아왔다고 해서 그러한 오류에 빠지면 안 돼요. 한편에서는 미덕에 모든 것을 바치고 있는 동안 다른 사람이 악덕에 빠져 있다고 해도, 섭리의 법칙을 유지하는 데는 마찬가지예요. 섭리에게는 대등한 악의 총화와 미덕의 총화가 필요하기 때문에, 하나의 개인이 어느 편을 택하든 그에게는 지극히 무관심한 일이에요. 내 말을 잘 들어 봐요. 쏘피, 내 말을 주의 깊게 들어 봐요. 당신은 기지를 가지고 있으니 당신을 설득하고 싶어요. 인간이 악덕과 미덕 중 어느 것을 택하느냐에 따라 그 선택이 그에게 행복을 가져다주는 것은 아니에요. 왜냐하면, 미덕도 악덕과 마찬가지로 이 세상을 살아가는 하나의 방법에 불과하기 때문이에요. 따라서 양자 중 구태여 어느 것을 제쳐 두고 다른 것을 고집할 것이 아니라, 일반적인 길로 들어서는 것이 중요해요. 그 길을 벗어나는 사람이 잘못이에요. 모두 미덕을 지키는 세상이라면 나 역시 당신에게 미덕을 권장하겠어요. 그러나 온통 썩어 빠진 세상이라면 오직 악덕 이외의 다른 것은 권하지 않겠어요.

다른 사람들이 가는 길을 따르지 않는 사람은 필연적으로 파멸해요. 그가 만나는 모든 것과 충돌하게 되는데, 그가 가장 약하기 때문에 결국 파괴되는 것은 불가피한 일이에요. 숱한 법률이 질서를 회복하고 인간을 미덕으로 다시 인도해 오려고 하지만 그것은 헛수고예요. 그 일을 시도하려는 법률 자체가 우선 너무 사악할 뿐만 아니라, 그것을 성공적으로 수행하기에는 너무 약하여, 이미 닦인 길에서 인간을 잠시 떼어 놓을 수는 있으되 그 길을 영원히 버리도록 할 수는 없어요. 다수의 이익이 인간들을 부패로 이끌어 가고자 할 때, 어느 특정인이 자기만은 부패하지 않겠노라고 한다면, 다수의 인간들과 싸우게 되고, 결국 전체의 이익에 대항하여 투쟁하게 되는 것이에요. 그런데, 끊임없이 다수의 이권에 반대만을 일삼는 사람이 기대할 수 있는 행복은 무엇이지요? 물론 당신은, 인간의 이익을 방해하는 것이 바로 악덕이라고 하겠지요. 나 역시, 악덕과 미덕이 대등한 비율로 구성된 세상이라면 당신의 말에 찬동하겠어요. 그러한 경우, 한편의 이익이 다른 한편의 이익에 너무 드러나는 충격을 주기 때문이에요. 그러나 전체가 썩어 버린 사회 속에서는 그러한 관계가 더 이상 존재하지 않아요. 그 반대로, 나의 사악함이 침해하는 사람들은 모두 사악하기 때문에, 나의 악이 그들 속에서 다른 악을 태동시키고, 그것이 그들이 받은 해악을 보상해 주기 때문에 결국 우리들은 모두 함께 행복할 수 있어요. 악덕은 오직 미덕에게만 위험한데, 그 이유는 미덕이 나약하고 소심하여 결코 아무것도 감행치 못하는 속성 때문이에요. 미덕이 이 지상에서 완전히 추방되기를! 악덕의 침해를 받는 사람들이 모두 사악하기 때문에, 그 악덕이 이제 아무에게도 방해가 되지 않으며, 오히려 또 다른 악들을 꽃피우게 할지언정 그것들을 미덕으로 변질시키지는 않아요. 미덕의 긍정적인 효과를 예로 들어 나를 반박하겠어요? 또 다른 궤변이에요. 그 효과라는 것은 약자들에게나 유용한 것이지, 자신의 힘으로 자족하며, 운명의 변덕을 제어하는 데 오직 자신의 민첩함만을 의지하는 사람에게는 무용지물이에요. 아가씨, 모든 사람들이 가는 길을 끊임없이 역행하면서, 어떻게 당신의 일생을 망치지 않을 수 있겠어요. 만약 당신도 급류에 자신을 맡겼더라면 나처럼 항구에 닿았을 거예요. 강물을 거슬러 올라가려 하는 사람이 흐름을 따라 내려가는 사람만큼 목적지에 빨리 도착할 수 있겠어요? 한 사람이 역행하려 할 때, 다른 한 사람은 순응하여 자신을 맡겨 버려요. 당신은 항상 나에게 섭리를 역설하지만, 그 섭리가 질서를 좋아하며 나아가 미덕을 사랑한다고 누가 증명해 줘요? 그 섭리가, 끊임없이 자신의 불의와 부당함의 실례들만을 당신에게 제공하지 않았던가요? 인간에게 전쟁과 흑사병, 기근을 보내 주며, 어느 구석 예외 없이 사악한 우주를 만들었는데, 당신의 눈에는 그 섭리가 미덕에 대한 극도의 사랑을 나타내는 것처럼 보여요? 섭리의 행위 자체가 사악함뿐이고, 모든 것이 악과 부패뿐이며, 그의 의도나 이루어 놓은 일들이 온통 죄악과 무질서투성이인데, 도대체 무슨 이유로 사악한 사람들이 그의 마음에 거슬린다고 생각해요? 뿐만 아니라, 우리들을 악으로 이끌어 가는 힘을 누구로부터 받았지요? 그 힘을 우리에게 준 것은 바로 그의 손 아닌가요? 우리의 의지나 감각들 중 그에게서 나오지 않은 것이 단 하나라도 있어요? 그러니, 그에게 아무 소용 없는 것에 대한 애착을 그가 우리에게 남겨 주었다든가 혹은 부여했다는 말이 타당성 있을까요? 따라서, 사악함이 그에게 유용할진대, 무엇 때문에 사악함을 반대하려고 하며, 무슨 권리로 악을 파괴하려 애를 쓰고, 무슨 이유로 악의 목소리에 귀를 막으려 한다는 것이에요? 이 세상에 철학이 조금만 더 있어도 모든 것을 곧 제자리에 돌려놓을 것이며, 법률가들이나 법관들로 하여금, 그들이 그토록 가혹하게 비난하고 처벌하는 악들이 어떤 때는, 항상 아무 보상 없이 부르짖는 미덕보다 훨씬 더 유용하다는 것을 깨닫게 해줄 거예요.」

「그러나, 부인, 제가 나약하여 저 자신을 부인께서 주장하시는 그 끔찍한 원칙에 내맡길 경우, 끊임없이 제 가슴속에 생기는 회한을 부인께서는 도대체 무슨 수로 없애겠습니까?」 제가 반박하였습니다.

「회한이라는 것은, 쏘피, 그것은 일종의 환상이에요.」 뒤부와 여인이 대답하였습니다. 「회한이라는 것은, 너무나 나약하여 그것을 감히 지워 버리지 못하는 영혼의 천치 같은 독백에 불과해요.」

「그것을 지워 버리다니요. 그것이 가능할까요?」

「그보다 더 쉬운 것은 없어요. 사람들은 관습에서 벗어난 것만을 후회하니까요. 당신에게 회한을 가져다주는 일을 자주 거듭해 보아요. 회한은 이내 사라질 거예요. 회한에 정열의 횃불이나 이익의 강력한 율법을 대치시켜 보아요. 그것은 쉽사리 해소될 거예요. 회한이 죄악을 반증하는 것은 아니고, 쉽사리 예속될 수 있는 하나의 영혼을 드러낼 뿐이에요. 지금 당신에게, 이 방에서 나가지 말라는 어처구니없는 어떤 명령이 도달했다면, 당신이 이 방에서 나가는 행위가 하등의 해악이 되지 않음이 아무리 분명하다고 해도, 당신은 이 방을 떠남에 회한을 금치 못할 거예요. 따라서, 우리에게 회한을 안겨 주는 것이 범죄뿐이라는 생각은 진실이 아니에요. 범죄란 기실 존재하지 않거나 혹은 자연의 총체 속에서 필요한 것임을 확신하게 된다면, 범죄라는 것을 저지르면서 느끼는 회한을 정복하는 것 역시 쉬울 거예요. 그것은 마치, 이 방에 꼼짝 말고 머물러 있으라는 불법적인 명령을 무시하고 이 방을 떠날 경우, 당신의 마음에 생기는 회한을 쉽사리 씻을 수 있는 것이나 마찬가지예요. 우선 사람들이 범죄라고 칭하는 모든 것을 정확히 분석하는 일부터 시작해야 돼요. 또한 사람들이 범죄라고 규정하는 것들이 모두 그들이 만든 법률이나 국가적 인습을 위반하는 행위에 불과하며, 프랑스에서는 범죄라고 하는 것이 불과 몇 천 리 밖에서는 범죄가 되지 않고, 이 지상 어디에서나 진실로 범죄 취급을 받을 수 있는 행위는 단 하나도 존재하지 않기 때문에, 이성에 입각하여 근본적으로 범죄라 칭할 만한 것은 아무것도 없으며, 단지 모든 것이 견해와 지역의 문제라는 것을 깨닫는 일부터 시작해야 돼요. 그러한 깨달음에 입각해서 본다면, 다른 곳에서는 악일 수밖에 없는 소위 미덕이라는 것을 굴종적으로 실천하며, 다른 풍토하에서는 선행으로 간주되는 범죄를 회피하려 함이 매우 어처구니없는 일이에요. 어떤 사람이건 그러한 사실을 곰곰이 검토해 보았다면, 그가 자신의 쾌락이나 이익을 위하여, 중국이나 일본의 미덕을 프랑스에서 행하면서 회한을 느낄지, 당신에게 묻고 싶어요. 더구나 그 미덕이 그의 조국 프랑스에서는 그를 파멸로 몰아가는 실정인데요. 그가 그 비속한 분별 앞에서 머뭇거리겠어요? 또 그의 영혼이 약간의 철학이나마 가지고 있다면, 그 분별이 그에게 회한을 가져다줄 수 있겠어요? 따라서, 회한이라는 것이 금지라는 조치를 고려할 때에만 성립하는 개념이고, 억압을 파괴한다는 것 때문일 뿐, 결코 행위 자체 때문에 생기는 현상이 아니라고 한다면, 자기의 내부에 그것이 잔재하도록 내버려 두는 것이 과연 현명한 일이겠어요? 그것을 즉각 절멸하지 않는다면 이것 역시 어처구니없는 일 아니겠어요? 회한을 가져다주는 행위를 돈담무심하게 고찰하는 습관을 가지고, 지상에 존재하는 모든 나라의 윤리와 관습을 깊이 고려하여 그 행위 자체를 있는 그대로 평가하는 것이 필요해요. 그러한 사유에 입각하여 어떠한 행위이든 부단히 반복하면, 이성의 횃불이 즉시 회한을 불태워 버릴 것이고, 무지와 소심함, 그리고 교육의 소산에 불과한 그 음침한 마음의 움직임을 절멸할 거예요. 쏘피, 30년 전부터 악과 범죄의 끊임없는 연쇄 작용이 나를 한 발 한 발 융성을 향해 인도해 와, 이제 그곳에 닿게 되었어요. 두세 차례만 더 성공한다면, 태어날 때부터 나를 따라다니던 가난과 거지 생활을 청산하고, 5만 리브르 이상의 연금을 누릴 수 있는 신분으로 돌입하게 되어요. 그 찬연한 과정을 밟아 오는 동안, 단 한순간이나마 회한이라는 것의 따가운 가시를 내가 느껴 보았다고 생각해요? 어림도 없어요. 회한이라는 것을 느껴 본 일이 없어요. 끔찍한 운명의 전도로 인하여 지금 당장 절정에서 깊은 수렁으로 처박힌다 하더라도, 지금보다 더 회한이라는 것을 인정하지는 않을 거예요. 사람들이 나의 졸렬한 솜씨를 탓할지는 모르되, 나의 의식은 언제나 평화 속에 있을 거예요.」

「부인의 말씀처럼 그렇다 치고, 부인의 철학과 같은 원칙 위에서 잠시 함께 생각해 보도록 하지요. 저의 의식은 어린 시절부터 부인께서 말씀하신 그 편견들을 극복하는 데 익숙해지지 못하였는데, 도대체 무슨 권리로 부인께서는, 저의 의식이 당신의 의식처럼 단호하기를 강권하십니까? 무슨 자격으로 부인께서는, 그 짜임새가 당신의 생각과는 다른 저의 생각이, 당신과 똑같은 사유 체계를 수용하기를 요구하십니까? 자연 속에는 일정량의 악과 선의 총화가 각각 존재하며, 따라서 선을 행하는 일정량의 존재들과 악에 스스로를 내맡기는 부류가 있어야 한다는 것을, 부인께서도 인정하고 계셔요. 따라서 당신의 원칙에 입각한다 하더라도, 제가 취하고 있는 쪽 역시 자연 속에 있는 것이에요. 그러니 제가 택한 편에서 저에게 지시한 행동 규범을 버리라고 요구하지는 마세요. 또한, 부인의 말씀대로, 지금까지 밟아 온 과정에서 행복을 느끼시듯, 저 역시 제가 가고 있는 길을 벗어나서 행복을 만난다는 것은 불가능한 일이에요. 뿐만 아니라, 법의 민첩함이 법을 거스르는 사람들을 오랫동안 편안히 놓아두리라고는 생각지 마세요. 당신 눈으로 직접 그 예를 보시지 않았어요? 운수가 나빠 제가 함께 기거하게 되었던 열다섯 명의 악당들 중에서, 하나만이 도망을 하였고, 나머지 열넷은 치욕스럽게 죽어 갔어요.」

「아가씨가 불행이라고 하는 것이 고작 그거예요? 우선 그 치욕이라는 것이, 이제 더 이상 아무 원칙도 없는 사람에게 무슨 의미가 있겠어요? 모든 굴레를 벗어던져, 명예라는 것도 하나의 편견에 불과하고, 명성 역시 하나의 백일몽이며, 미래라는 것 역시 하나의 환상이라고 생각하는데, 치욕 속에서 죽거나 잠자리에 편안히 누워서 죽거나 매일반 아니겠어요? 이 세상에는 두 종류의 악당들이 있는데, 그 하나는 재산과 엄청난 세력 덕분에 그 비극적인 종말을 피하는 부류이고, 다른 하나는 일단 잡혔을 경우 그것을 면치 못하는 부류들이에요. 후자의 경우, 태어날 때부터 재산이 없기 때문에, 그에게 조금이나마 생각이 있다면, 그는 오직 두 가지 관점만을 보아야 해요. 즉, 행운 아니면 거열형(車裂刑)이에요. 그가 성공하여 행운을 잡는다면 원하던 것을 얻게 되는 것이고, 설혹 형벌만을 거두게 된다 하더라도 아예 잃을 것이 없는데 무엇을 애석해하겠어요? 따라서 법이라는 것이 모든 악당들 앞에서는 무용지물이에요. 왜냐하면, 세력이 강한 자에게는 법의 손이 미치지 못하고, 운이 좋은 자는 법망을 빠져나가기 때문이며, 칼 이외에 다른 그 어떤 재산도 소유하지 못한 가련한 자에게는 법이 두려움의 대상이 되지 못하기 때문이에요.」

「그렇다면, 이 세상에서 범죄를 자행하면서도 두려워할 줄 모르는 그 사람에게는, 더 좋은 세상에서 하늘의 정의가 기다리지 않는다고 믿으시나요?」

「나 역시, 어떤 신이 존재한다면 이 세상의 악도 훨씬 적을 것이라 믿어요. 그러나, 이 지상에 악이 존재한다는 것은, 그 모든 무질서가 그 신의 필요에 의해 생겼거나, 아니면 악을 막는 것이 그의 힘으로는 불가능하기 때문이라고 생각해요. 따라서 무력하거나, 그게 아니라면 심술 사나운 그러한 신을 나는 전혀 경외하지 않으며, 아무 두려움 없이 그를 무시하고, 그가 내리친다는 벼락도 비웃어요.」

「부인, 당신의 말씀이 저에게 전율을 느끼게 해요. 당신의 그 저주스러운 궤변과 가증스러운 신성 모독을 더 이상 듣고 있을 수 없음을 용서하세요.」 저는 자리에서 일어서며 그렇게 말하였습니다.

「잠깐 멈춰요, 쏘피. 내가 당신의 이성을 굴복시킬 수 없으니, 최소한 당신의 가슴이나마 유혹해야겠어요. 내게 당신이 필요한데, 당신의 도움을 거절하지 마요. 여기 1백 루이가 있어요. 당신이 보는 앞에서 따로 떼어 놓겠으니, 일이 성공하면 이것을 당신이 차지해요.」

그 순간, 누구에게나 도움을 주려는 저의 선천적 성품에 이끌려, 저는 즉석에서 무슨 일이냐고 뒤부와 여인에게 물었으며, 그리하여 그녀가 저지르려 준비하고 있는 범죄를 저의 온 힘을 기울여 예방해 보려는 생각을 하였습니다.

「바로 그 사람, 사흘 전부터 우리와 함께 식사를 하는, 리용에서 온 젊은 상인을 눈여겨보았어요?」

「누구 말씀이에요, 뒤브레이으 말씀이세요?」

「바로 맞혔어요.」

「그런데요?」

「그가 아가씨에게 폭 빠져 있어요. 그가 나에게 그 사실을 고백하였어요. 그는 그의 방 침대 옆에 있는 작은 금고에 황금 및 어음을 합해, 60만 프랑에 달하는 돈을 가지고 있어요. 그 남자로 하여금, 당신 역시 그의 마음에 응할 뜻이 있는 것처럼 믿도록 하겠어요. 그것이 사실이든 아니든 당신에게는 별 상관이 없지 않아요? 당신에게 도시 외곽으로 산보를 나가자고 제안하도록 그에게 권고한 다음, 산보를 하는 동안 당신과의 일을 진전시킬 수 있으리라고 그를 설득하겠어요. 당신은 그의 홍을 돋우며, 될 수 있는 대로 오랫동안 그를 밖에 잡아 두기만 하면 돼요. 그 틈을 타서 그의 돈을 훔치겠지만, 나는 도망치지 않고 그르노블에 머물면서 그의 물건만 또 리노로 보내겠어요. 모든 수단을 다 동원하여 그가 우리들을 의심치 않도록 하고, 그의 물건을 찾는 일을 돕는 척하는 거예요. 그러다가 내가 떠난다 해도 그는 놀라지 않을 것이며, 그다음 당신도 나를 따라 이곳을 떠나, 우리 두 사람이 삐에몬떼에서 합류한 다음 당신에게 1백 루이를 건네주겠어요.」

「좋아요, 부인.」 뒤브레이으에게 우리가 짜고 있는 사특한 계략을 밀고하기로 결심한바, 그 요악한 여자를 감쪽같이 속이기 위하여 저는 선선히 응하며 덧붙였습니다.「그러나 잘 생각해 보세요, 부인. 뒤브레이으가 저에게 빠져 있다면, 저로서는, 그를 배반함으로써 당신으로부터 받는 금액보다 큰 금액을, 그에게 제 몸을 팔든가 혹은 우리의 계략을 밀고 하더라도 받을 수 있어요.」

「그것은 사실이에요.」뒤부와 여인이 제게 말하였습니다.「정말로 하늘이 나보다는 당신에게 더 뛰어난 범죄 기술을 주었다고 믿기 시작했어요. 좋아요.」쪽지에다 무엇인가를 쓰면서 그녀가 말을 계속하였습니다.「여기 1천 루이의 어음이 있어요. 이래도 거절하겠다면 그만이에요.」

「천만에요. 절대 거절하지 않겠어요.」저는 그 어음을 받으면서 말하였습니다.「그러나 당신의 소원을 충족시켜 드리는 저의 잘못과 나약함이 오직 저의 불행한 처지 때문이라는 것을 잊지 말아 주세요.」

「나는 당신의 영혼에 찬사를 보내고 싶었어요. 내가 당신의 불행을 비난하는 것만큼 당신은 그것을 좋아해요. 여하튼 그것은 당신 생각이에요. 그러나 당신의 생각에 관계없이 나를 도와줘요. 그러면 만족할 만한 결과를 얻을 거예요.」

모든 계략이 그렇게 하여 수립되었습니다. 그날 저녁부터 저는 뒤브레이으에게 약간의 교태를 부렸고, 그가 정말 저에 대하여 관심을 가지고 있음을 알아차릴 수 있었습니다.

그리하여 저의 처지가 몹시 난처하게 되었습니다. 약속받은 돈의 세 배를 번다고 해도 그 범행을 도울 생각은 물론 추호도 없었습니다. 그러나 저의 자유를 찾아 준 그 여인을 교수대에서 사라지게 한다는 것도 저에게는 몹시 거슬리는 일이었습니다. 저는 밀고하지 않고 그 범행을 예방하고자 하였는데, 당사자가 뒤부와 여인과 같은 능란한 악녀가 아니었다면, 틀림없이 저의 뜻을 이루었을 것입니다. 그 타기할 만한 계집의 음흉한 수법이 저의 떳떳한 계획을 완전히 뒤엎을 뿐만 아니라, 그 계획을 세웠다는 죄로 그녀가 저를 벌하게 될 것은 추호도 생각지 않고, 저는 다음과 같이 마음을 굳혔습니다.

우리가 계획한 산보를 떠나기로 한 날, 뒤부와 여인은 우리들 두 사람을 초대하여 자기의 방에서 점심을 같이 들자고 하였습니다. 우리들은 그 초대를 받아들여 함께 식사를 하였습니다. 뒤브레이으와 저는 마차 준비를 서두르도록 하기 위해 밖으로 나왔습니다. 뒤부와 여인이 우리들을 따라 나오지 않았기 때문에, 저는 마차에 오르기 전 잠시 동안 뒤브레이으와 단둘이서만 있을 수 있게 되었습니다.

「저, 제 말씀을 주의 깊게 들으십시오. 절대 내색하지 마시고, 특히 제가 일러 드리는 대로 착오 없이 하셔야 돼요. 이 여인숙에 믿을 만한 친구가 계신가요?」

「예, 저와 동업을 하는 젊은이가 있는데, 그 사람이라면 저 자신과 다름없이 믿을 수 있지요.」

「좋아요. 그러면 급히 그에게 가서서, 우리들이 산보 나가 있는 동안 한순간도 당신의 방을 떠나지 말라고 하세요.」

「하지만 그 방 열쇠는 내 주머니에 있는데요. 그 이상의 조치를 취하라는 것은 무슨 뜻이죠?」

「당신이 생각할 수 없을 만큼 절대 필요한 조치이니 제발 손을 쓰세요. 그러지 않으시면 저는 산보를 가지 않겠어요. 조금 전 우리들이 방문했던 그 여인은 매우 간악한 여자예요. 그녀가 우리들의 산보를 주선한 것은 우리들이 밖에 있는 동안 쉽사리 당신의 재물을 훔치기 위함이었어요. 서두르세요. 그녀가 우리들을 바라보고 있어요. 매우 위험한 여자예요. 저는 당신에게 아무것도 말하지 않는 척해야 돼요. 방 열쇠를 당신 친구에게 신속히 맡기시고, 가능하면 다른 몇 사람과 함께 당신의 방에 들어가 있으되, 우리가 돌아올 때까지 절대로 방을 떠나지 말라고 하세요. 나머지는 마차에서 상세히 설명해 드리겠어요.」

저의 말뜻을 알아들은 뒤브레이으는 고마움의 표시로 제 손을 꼭 쥐더니, 나는 듯이 달려가 제가 말한 대로 지시를 해 두었습니다. 그가 돌아오자 우리는 즉시 떠났고, 가는 도중에 저는 자초지종을 모두 털어놓았습니다. 그 젊은이는 자기를 도와준 데 대한 모든 감사의 표시를 아끼지 않았습니다. 그리고, 저의 처지를 숨김없이 말해 달라고 간청하기에 그 청에 응하였더니, 저의 이야기를 다 듣고 나서, 저에게서 들은 그 어떤 이야기도, 저에게 결혼을 요청하고 자신의 재산을 저에게 바치고 싶은 뜻을 꺾을 만큼 마음에 거슬리지는 않는다고 하였습니다.

「우리들의 신분도 피차 비슷해요.」 뒤브레이으가 저에게 말하였습니다. 「나 역시 당신처럼 상인의 아들이에요. 내 사업의 운이 좋았던 반면, 당신네 사업은 불운했을 뿐이에요.

운명의 신이 당신에게 저지른 잘못을 내가 바로잡을 수 있다면 너무나 기쁘겠어요. 잘 생각해 보세요. 쏘피, 내가 모든 일을 주관하며, 그 누구에게도 의존되어 있지 않아요. 이제 제네바로 가서, 당신의 탁월한 제언이 구해 낸 그 돈을 투자할 생각이에요. 그곳까지 나와 함께 가시면 도착하는 즉시 나는 당신의 남편이 되고, 당신이 리용에 다시 나타날 때에는 같은 자격으로 오는 거예요.」

그처럼 예기치 않았던 행운을 감히 거절하기에는 그것이 너무나 기쁜 것이었으나, 한편, 훗날 그에게 후회를 가져다 줄 만한 일들을 그에게 다시 한 번 더 상기시키지 않고 그 제안을 받아들인다는 것도 염치가 없었습니다. 그는 저의 그러한 예의를 매우 고마워했고, 더욱 강렬하게 저의 승낙을 촉구했습니다……. 그러나 박복하기 그지없는 계집인지라, 행운이 제 앞에 나타난 것은, 그것을 절대 잡을 수 없다는 괴로움을 더욱 생생하게 느끼도록 하기 위함일 뿐, 저의 영혼 속에 하나의 미덕이 피어나면, 그것이 즉시 저를 불행의 구렁텅이로 처박으라는 뜻이, 이미 섭리의 명령 속에 새겨져 있었던 듯합니다! 이야기를 주고받는 동안 저희들은 시 외곽 20리 지점에 와 있었고, 산책을 하려는 계획을 세웠던 이제르 강변의 오솔길에서 시원함을 즐기기 위해 마차 밖으로 내릴 채비를 하고 있었는데, 문득 뒤브레이으가 제게 말하기를 배가 몹시 아프다고 하였습니다……. 그가 마차에서 내리더니 끔찍한 모습으로 토하기 시작하였습니다. 저는 서둘러 그를 마차에 다시 태우고 나는 듯이 그르노블로 달렸습니다. 뒤브레이으의 복통이 너무나 심하여 그의 방까지 사람들이 안아서 옮겨야 했습니다. 그의 지시대로 방을 지키고 있던 친구들은 몹시 당황하였습니다. 저는 그의 곁을 떠나지 않았습니다……. 의사가 도착하였습니다. 하늘도 무심하시지, 그 가엾은 젊은이의 병은 더 이상 손을 쓸 수도 없는 상태라는 것입니다. 중독되었다는 것입니다……. 끔찍한 사실을 알게 된 저는 지체하지 않고 뒤부와 여인의 방으로 나는 듯이 달려갔습니다……. 그 요악스러운 여자…… 그녀는 이미 떠나 버렸습니다……. 저의 방으로 가보니 옷장 문은 부서져 있고, 얼마 안 되는 돈과 누더기 옷들도 모두 없어졌는데, 사람들이 말하기를, 뒤부와 여인은 3시간 전에 또리노 방향으로 가는 역마차를 탔다는 것입니다……. 그녀가 모든 범행의 장본인임에는 의심의 여지가 없었습니다. 뒤브레이으의 방에 가보니 사람들이 있어 뜻을 이루지 못하자 그 앙갚음을 저에게 한 것이고, 점심 식사 도중 뒤브레이으에게 독약을 먹인 것은, 절도에 성공했을 경우, 그 가엾은 젊은이가 돌아오더라도, 범인을 추적하기보다는 자기의 생명을 구하는 데 몰두하도록 해놓고 안전하게 도주하기 위함이었으며, 사람이 죽은 사건이 제 품에서 발생토록 하여 그녀보다는 제가 의심을 받도록 한 것임이 틀림없었습니다. 저는 다시 뒤브레이으의 방으로 달려갔습니다만, 사람들이 저의 접근을 막았습니다. 그는 친구들에게 둘러싸여 숨을 거두었는데, 저에 대한 혐의를 벗겨 주었고, 친구들에게 확언하기를 저는 절대 연루되지 않았으며, 따라서 저를 소추하는 일이 없도록 하라고 당부하였습니다. 그가 숨을 거두자 그의 동업자가 즉시 저에게 그 소식을 전하면서 조금도 동요하지 말라고 저를 안심시켰습니다……. 그러나 어찌 제가 평정을 유지할 수 있었겠으며, 역경에 빠진 이래 저를 그곳에서 끌어내 주겠노라고 나섰던 유일한 사람을 잃고 나서 어찌 쓰디쓴 눈물을 흘리지 않을 수 있었겠습니까?…… 다시는 빠져나오지 못할 가난의 숙명적 심연으로 저를 다시 곤두박질치게 만든 그 절도 행위를 어찌 개탄하지 않을 수 있었겠습니까? 저는 뒤브레이으의 동업자에게, 그의 친구를 겨냥하여 꾸몄던 음모와 저 자신의 이야기를 모두 털어놓았습니다. 그는 저를 위로하며 동업자의 죽음을 몹시 애석해하였고, 뒤부와의 계획을 알게 된 즉시 고발하지 못한 저의 지나친 배려를 나무랐습니다. 우리는 함께 머리를 맞대며 대책을 의논하였지만, 그 가증할 여인이 4시간이면 안전한 나라에 닿을 것이기 때문에 그녀를 추격하도록 경찰에 부탁한다 해도 이미 늦었고, 그 일로 엄청난 경비만을 지출하게 될 것이며, 제가 고발을 할 경우, 상당한 책임을 면할 수 없는 여인숙 주인이 자기방어를 위해 소란을 피우면서, 결국은 형사 소송에서 겨우 빠져나와 자선금으로 연명하며 그르노블에서 숨을 돌리고 있는 사람을 희생시키게 될지도 모른다는 결론에 도달하였습니다……. 그러한 이유들을 저 역시 수긍할 수 있었고, 심지어 문득 두려움마저 느끼게 되어, 저의 보호인이었던 S 씨에게조차 고하지 않고 그곳을 떠날 결심을 하게 되었습니다. 뒤브레이으의 친구 역시 저의 결심에 찬동하면서, 이 사건이 문제되기 시작하면 자기가 증언을 해야 되고, 그러할 경우 아무리 조심을 한다 해도, 저와 뒤부와 여인과의 관계나 그의 친구와 제가 마지막으로 함께 산보를 나갔었다는 사실 때문에, 저 역시 사건에 연루될 수밖에 없다는 점을 저에게 감추지 않았습니다. 그리고 그 모든 이유를 들어 저에게 다시 강권하기를, 아무도 만나지 말고 즉시 그르노블을 떠나라고 하였으며, 자기로서는 어떠한 경우이든 저에게 해가 되지 않도록 행동하겠노라고 다짐하였습니다. 그리고 나서 저 혼자 사건의 전말을 곰곰이 생각해 보니, 제가 결백한 만큼 또한 혐의를 살 수도 있다는 점을 깨닫게 되었고, 따라서 그 젊은이가 권고하는 것이 최선책으로 여겨졌습니다. 뿐만 아니라 저를 변호해 줄 수 있는 유일한 사실 — 제가 뒤브레이으에게 계략을 미리 알려 주었다는 사실, 그러나 그의 죽음에 관해서는 아마 본인 역시 납득하지 못하였을 — 그 사실마저 제가 기대하는 만큼 유리한 증거가 되지 못한다는 생각이 들자, 저는 지체하지 않고 마음을 정하였습니다. 그리고 뒤브레이으의 동업자에게 저의 결심을 알렸습니다.

「저의 친구가 당신을 위하여 어떤 조치를 취해 드리라고 저에게 부탁이라도 하였더라면, 저는 그의 뜻을 기꺼이 이행하겠습니다. 그가 외출하는 동안 방을 잘 지키라고 한 말 역시, 당신 덕분이었다는 사실만이라도 저에게 알려 주었다면 오죽이나 좋겠습니까? 그러나, 그러한 것에 대해서는 일체 언급이 없이, 당신은 아무 죄가 없으니 절대 기소하지 말라는 부탁만을 되풀이하였습니다. 결국 저는 그가 부탁한 일들만을 처리할 수밖에 없게 되었습니다. 아가씨, 당신이 그를 위하여 겪으신 불행한 일들을 생각할 때, 저 자신이라도 능력이 있다면 당신을 위하여 서슴지 않고 무엇이든 해드리고 싶습니다마는, 저는 이제 막 장사를 시작했고, 나이 어리며, 가지고 있는 재산도 지극히 보잘것없는 형편입니다. 뒤 브레이으가 가지고 있던 금전 중 제 것은 단 한 푼도 없으며, 그것을 이제 즉시 그의 가족에게 돌려주어야 합니다. 그러한 실정이니, 쏘피, 지극히 작은 도움을 드리는 데 그치는 것을 허락해 주십시오. 여기 5루이가 있으니 받으십시오, 그리고 제 고향인 샬롱-쉬르-쏜느에서 오신 여자 한 분이 계신데, 장사를 하시는 분이며 정직하신 분입니다. (그는 저 역시 여인숙에서 언뜻 본 일이 있는 어느 여자 한 사람을 자기의 방으로 부르면서 말하였습니다.) 일이 있어 리용에 스물네 시간 머무신 다음 그곳으로 돌아가실 것입니다.」

「베르트랑 부인, 여기 계신 이 젊은 여자분을 좀 부탁드리겠습니다.」 젊은이가 저를 그 여자에게 소개하며 말하였습니다. 「이분은 시골에서 일자리를 찾으셨으면 하십니다. 간절히 요청하건대, 저를 위하여 일한다고 여기시고, 이분의 출신이나 받으신 교육에 합당한 자리를 찾아 드리기 위해 모든 수고를 아끼지 말아 주시기 바랍니다. 일자리를 찾으실 때까지 이분에게 아무 경비도 부담시키지 마십시오. 제가 다음에 뵙는 즉시 모든 것을 계산해 드리겠습니다……. 안녕히 가세요, 쏘피……. 베르트랑 부인은 오늘 저녁 출발하시니 그분을 따라가십시오. 그리고 혹시 제가 곧 다시 만나 뵙고 평생 동안 당신이 뒤브레이으에게 베푼 일을 감사드릴 수 있는 기쁨을 누리게 될지도 모를 그 도시까지 가시는 데, 작은 행복이나마 당신과 함께하기를 기원합니다.」

엄밀히 말해 저에게 아무 신세도 지지 않은 그 젊은이의 친절 앞에, 저는 저도 모르는 사이에 눈물을 흘렸습니다. 그리고, 언젠가는 꼭 갚겠다고 맹세하면서 그가 주는 것을 받았습니다. 그의 방을 나오며 저는 홀로 탄식하였습니다. 〈아아! 또 하나의 미덕을 실행하려다 이 불운에 처박혔지만, 그래도 내 생애 처음으로, 미덕이 항상 나를 곤두박질만 시키던 이 고통의 끔찍한 심연 속에서, 위안의 희미한 빛이 나타나는구나!〉 저에게 호의를 베푼 그 젊은 은인을 다시 만나지 못한 채, 뒤브레이으의 불행이 있던 날 밤, 베르트랑 부인과 약속한 대로 그곳을 떠났습니다.

베르트랑이라는 여인은 덮개가 있는 작은 마차 하나를 가지고 있었는데, 그것을 말 한 마리가 끌었고, 저희들은 마차 안에 앉아서 교대로 말을 몰았습니다. 마차 안에는 그녀의 짐과, 상당한 액수의 현금, 그리고 생후 18개월 된 젖먹이 여자아이가 있었는데, 불운하게도 저는 그 아이를 낳은 어머니 못지않게 몹시 좋아하게 되었습니다.

베르트랑 부인은 배운 것도, 기지도 없는, 일종의 잔소리꾼으로, 의심이 많고 수다스러우며 평범하고 권태감을 줄 뿐만 아니라, 모든 평범한 평민층 여자들처럼 부질없이 고집만 센 여자였습니다. 저녁이 되면 마차에 있는 짐을 전부 여인숙 방에 옮겨 놓고 같은 방에서 잠을 잤습니다. 저희들은 아무 일 없이 리용에 무사히 도착하였는데, 그녀가 일을 보는 이틀 동안, 저는 그 도시에서 뜻하지 않았던 사람을 만나게 되었습니다. 저는 여인숙에서 일을 하는 어느 소녀 하나를 대동하고 론느 강변을 산책하고 있었는데, 문득 앙또냉 사제가 저를 향해 성큼성큼 걸어오는 것이 보였습니다. 이제는 리용에 있는 성 프란체스코회 수도원의 원장이며, 부인께서도 기억하시겠지만, 저의 불운한 별자리에 이끌려 쌩뜨-마리-데-부와 수도원으로 갔을 때 그곳에서 만나게 되었고, 저의 처녀성을 유린한 바로 그 망나니였습니다. 그는 의젓하게 제 곁으로 다가오더니, 여인숙 하녀가 있음에도 불구하고 저에게 요청하기를, 자기의 새 거처에 가서 지난날의 쾌락을 다시 즐기지 않겠느냐고 하였습니다.

「여기 착하신 엄마도 계신데 함께 오면 환영을 받을 거예요. 수도원에는 예쁜 소녀 둘쯤은 감당해 낼 만한 튼튼한 사람들이 많아요.」

여인숙 하녀를 두고 하는 말이었습니다. 저는 그 말에 얼굴이 새빨개져서, 처음 한동안은 그가 사람을 잘못 본 것이라고 하였습니다. 여의치 않음을 깨달은 저는, 그에게 눈짓을 하여, 최소한 저를 대동한 소녀 앞이니 말을 삼가 달라고 하였으나, 그 무도한 자를 진정시킬 방법이 없었으며, 오히려 그의 보챔은 더욱 심해지기만 하였습니다. 따라가기를 거듭 거절하니 결국 그는 저희들의 주소를 물었습니다. 그 순간 그를 따돌리기 위해서는 거짓 주소라도 주어야 한다는 생각이 저의 뇌리를 스쳤습니다. 그는 자기의 수첩에 그 거짓

주소를 적더니 곧 다시 만나게 될 거라고 하면서 물러갔습니다. 저희들은 여인숙으로 돌아왔고, 길을 걷는 동안 저는 대동했던 하녀에게 그 불행한 지면(知面)의 내력을 설명해 주었습니다. 그러나 저의 이야기에 납득을 못했음인지 혹은 그러한 부류의 여자들에게서 흔히 볼 수 있는 수다스러움 때문이었는지, 베르트랑 부인과의 불행한 사건이 생겼을 때, 저는 그녀의 말을 듣는 순간, 그녀가 저와 추잡한 수도사 간의 면식 사연을 알고 있음을 간파할 수 있었습니다. 물론 사건이 일어나기 전에는 그녀가 아무 내색도 하지 않았고 저희들은 무사히 리용을 떠났습니다. 리용에서 조금 늦게 출발하였기 때문에, 그 첫날은 빌르프랑슈까지밖에 가지 못하였으며, 그곳에서, 부인, 오늘 제가 부인 앞에 죄인의 모습으로 나타나게 만든 끔찍한 사건이 생겼습니다. 물론, 부인께서 들으신 바와 같이, 지금까지 운명의 부당한 심판이 저를 학대하였던 그 어떤 사건에서와 마찬가지로, 이 사건에 있어서도 저는 결백하였으며, 오직 저의 가슴속에 이는 선의의 정열을 끌 수 없었다는 것 외에, 다른 행위가 저를 이 불행의 구렁텅이로 몰아간 것은 아닙니다.

그날은 2월 어느 날, 저녁 6시경 빌르프랑슈에 도착한 저희들은, 다음 날 가야 할 길이 멀었기 때문에 서둘러 저녁 식사를 하고 잠자리에 들었습니다. 잠자리에 든 지 두어 시간쯤 되었을 때, 짙은 연기가 저희들의 방으로 꾸역꾸역 새어 들어오는 바람에, 저희들 두 사람은 깜짝 놀라 잠에서 깨어났습니다. 저희들은 근처에서 불이 났으려니 생각하였는데……

맙소사! 화염은 무서운 기세로 덮쳐 오고 있었습니다. 옷을 입을 겨를도 없이 거의 벌거숭이로 출입구를 반쯤 여니, 벽이 무너져 내리는 소리, 목재가 부러지는 끔찍한 소음, 그리고 불 속에 쓰러져 가는 가엾은 사람들의 비명 소리만 들려올 뿐이었습니다. 삼킬 듯한 기세로 덮쳐 오는 화염을 피할 겨를도 없는 상황이었으나, 무작정 밖을 향해 내달렸고, 밖에 나와 보니, 저희들처럼 벌거숭이 상태거나 개중에는 화상을 입고 구조를 요청하는 사람들의 무리에 섞이게 되었습니다……. 그 순간, 베르트랑이라는 여자가 자기만 피신하느라고, 딸의 목숨을 미처 생각지 못했다는 사실을 깨닫게 되었습니다. 그녀에게 그 사실을 깨우쳐 줄 겨를도 없이, 저는 저의 앞을 가리고 제 몸 여러 곳에 화상을 입히는 그 화염을 뚫고, 다시 저희들의 방으로 달려 들어가, 가엾은 어린 생명을 부둥켜안고 다시 밖을 향해 달렸습니다. 반쯤 탄 중방(中枋)에 기대며 걸어 나오는데 그만 발을 헛디뎌 넘어지게 되었고, 무의식중에 두 손을 앞으로 짚게 되었습니다. 자연적인 그 본능 때문에 저는 안고 있던 귀한 짐을 놓치게 되었고, 가엾은 소녀는 엄마의 눈앞에서 불 속으로 떨어지고 말았습니다. 그 무서운 여인은, 자기의 아이를 구출하려고 했던 제 행위의 목적이나, 자기가 보는 앞에서 제가 넘어졌던 그 상황은 전혀 생각지 않고, 고통에 못 이겨 이성을 잃었음인지, 자기 딸의 죽음이 제 탓이라고 하면서 노도같이 달려들어 저를 마구 때렸습니다. 그러는 동안 불길이 잡혔고, 많은 사람들의 도움에 힘입어 여인숙의 반은 건질 수 있었습니다. 베르트랑의 첫 관심사는, 비교적 피해가 적었던 방들 중 하나인 저희들의 방으로 달려가는 것이었습니다. 그러고는 자기의 딸을 방에 내버려 두었더라면 무사했을 것이라면서 또다시 저를 나무라기 시작하였습니다. 그러나 그녀의 짐을 누군가가 다 훔쳐 갔다는 사실을 알았을 때, 그녀가 어떻게 되었겠습니까! 절망과 광기의 노예가 된 그녀는, 제가 화재를 일으켰으며, 더욱 안전하게 자기의 물건을 훔치기 위하여 한 짓이라고 서슴지 않고 저를 나무랐으며, 저를 고발하겠다고 저에게 소리쳤습니다. 그리고 그 협박을 즉각 행동으로 옮겨, 그 지방 판사와의 면담을 요청하게 되었습니다. 저의 결백함을 아무리 주장하였으나 모두 헛일이었으니, 그녀는 아예 제 말을 들으려고조차 하지 않았습니다. 그녀가 면담을 요청한 법관은 마침 구조 작업을 지휘하기 위하여 그곳에 왔었기 때문에 그리 멀지 않은 곳에 있었으며, 그 심술 사나운 여인의 청원에 따라 이내 나타났습니다……. 그녀가 저를 상대로 법관에게 호소하는데, 자기의 호소를 뒷받침하고 정당화할 만한 것은 무엇이든 머리에 떠오르는 대로 주워섬겼으며, 저를 묘사하기를, 그르노블에서 겨우 교수형을 모면하고 빠져나온, 행실이 나쁜 여자처럼 이야기할 뿐만 아니라, 틀림없이 저의 정부인 듯한 어느 젊은이가 자기에게 저를 강제로 맡겼다는 것이며, 리용에서 만난 성 프란체스코 수도회 사제의 이야기도 빼놓지 않았습니다. 한마디로, 절망과 막연한 보복심에 의해 더욱 표독스러워진 비방을 뒷받침할 만한 일은 하나도 빼놓지 않았습니다. 판사가 그녀의 탄원을 받아들였고, 화재가 난 현장을 조사하게 되었습니다. 불은 건초가 가득 쌓여 있던 헛간에서 났는데, 그날 저녁 제가 그곳에 들어가는 것을 보았다고 증언한 사람들이 여럿 있었으며, 그들의 말은 사실이었습니다. 여인숙 하녀들이 저에게 잘못 일러 준 변소를 찾으러 그 헛간에 들어갔던 것이며, 또 혐의를 받을 만큼 상당히 오랫동안 그곳에 머물러 있었습니다. 제반 소송 절차가 규정대로 개시되어 거침없이 진행되었고, 증인들의 말은 서로 어긋남이 없었으며, 저의 변호를 위해 제가 제시한 증거는 전혀 채택되지 않았습니다. 따라서 제가 방화범으로 입증되었고, 제가 방화하는 동안 다른 한편에서는 도둑질을 한 공모자들이 있으리라는 사실이 의심할 바 없게 되었으며, 그리하여 더 이상 조사도 받지 않고 다음 날 먼동이 트기 무섭게 리용의 감옥으로 끌려가 방화, 유아 살해 및 절도범으로 죄수 명부에 오른 다음 수감되었습니다.

이미 오래전부터 중상과 부당함 그리고 불행에 익숙해졌고, 어린 시절부터 어떠한 형태의 감정이건 미덕에 입각하여 그것을 표현하면 어김없이 가시밭길을 만나게 되었던지라, 저의 고통은 생생하기보다 오히려 무감각한 듯했으며, 항의를 할 엄두조차 내지 못하고 무작정 울기만 하였습니다. 그러나 고통을 받는 사람으로서는, 액운으로 인해 처박히게 된 구렁텅이로부터 빠져나오기 위해, 모든 가능한 수단을 찾는 것이 필연인지라, 그 순간 문득 앙또냉 사제가 뇌리에 떠올랐습니다. 기대할 수 있는 도움이 아무리 보잘것없다 하더라도, 그를 만나고 싶은 욕구를 거부하지 않았으며, 저는 그와의 면담을 요청하였습니다. 자기와의 면담을 요청한 사람이 누구인지 아직 모르고 나타난 그는, 저를 알아보지 못하겠다는 표정을 지었습니다. 그리하여 제가 간수에게 말하기를, 아주 어린 시절에 제 영혼을 돌봐 주시던 분이라, 아마 저를 기억하지 못하실지도 모르겠다고 하였습니다. 그리고 그러한 인연을 참작하여 단독 면담을 허락해 달라고 요청하였습니다. 간수와 사제 양측이 저의 요청을 받아들였습니다. 그 수도사와 단둘이 마주 앉자마자 저는 그의 발아래 엎드려, 제가 처해 있는 혹독한 처지에서 저를 구해 달라고 간청하였습니다. 그에게 저의 결백함을 설명한 다음, 그가 이틀 전 저에게 한 좋지 않은 언사가, 저를 돌봐 주기로 했다가 이제는 저와 적대 관계가 된 사람으로 하여금, 저에 대하여 악감정을 품도록 하였다는 사실을 숨기지 않았습니다. 수도사는 제 말을 관심 깊게 듣더니, 제가 말을 마치자마자 저에게 말하였습니다.

「잘 들어요, 쏘피, 누가 그대의 그 저주스러운 편견을 어겼다고 해서 발끈 화를 내지는 마요. 그대가 주장하는 그 원칙들이 그대를 어디로 몰아갔는지 이제는 깨달았을 것이고, 그것들이 끊임없이 그대를 구렁텅이로 처박은 것 외에 아무 쓸모가 없었다는 사실을 이제는 수긍할 테니, 그대의 목숨을 구하고 싶거든 평생 단 한 번만이라도 그 원칙에 순종하기를 멈춰 봐요. 그대의 생명을 건지는 길은 단 하나밖에 없어요. 우리와 같이 있는 사제 한 사람이 이곳 지사와 행정 감독관의 가까운 친척인데, 내가 그에게 요청을 해보겠어요. 그대가 그 사제의 질녀라고 자처하면 그가 그 명분을 내세워 그대를 맡겠노라고 하며 나설 것이고, 그대를 평생 수녀원에 머물러 있도록 하겠다는 서약을 하면 틀림없이 재판은 중단될 거예요. 그다음 실제로 그대는 이곳에서 종적을 감추게 될 것이고, 그 사제가 그대를 나에게 인계하면, 새로운 상황이 도래하여 그대에게 자유를 돌려줄 때까지 내가 책임지고 그대를 숨겨 주겠어요. 그러나 그 억류 기간 동안 그대는 나에게 예속되어야 해요. 숨김없이 말하건대, 내 욕구에 봉사해야 하는 노예로서, 그대는 그 욕구들을 무조건 모두 충족시켜 주어야 해요. 무슨 뜻인지 잘 알 터이고, 내가 어떤 사람인지 알고 있으니, 내 제안을 택하든가 아니면 교수대를 택해야 하는데, 여하튼 응답을 늦추지 마요.」

「돌아가세요, 신부님.」 저는 역겨움을 견디지 못하여 그에게 대답하였습니다. 「어서 돌아가세요. 당신은 제가 놓인 처지를 악용하여 저에게 죽음과 추악한 짓 중 하나를 택하도록 강요하는 괴물이에요. 어서 나가세요. 저는 결백하지만 능히 죽을 수 있고, 그러면 적어도 회한만은 없이 죽을 거예요.」

제가 보인 그러한 저항이 그 악당의 불길을 더욱 돋우었음인지, 그는 자기의 정염(情炎)이 어느 정도 자극되어 있는지를 서슴지 않고 저에게 보여 주었습니다. 그 추악한 자는 공포와, 질곡 그리고 날카로운 칼이 제 목을 치려고 기다리고 있는 와중에서조차, 감히 관능적 애무를 시도하는 것이었습니다. 제가 몸을 피하자 그가 저를 따라왔으며, 결국 저의 잠자리로 사용하는 그 처량한 건초 무더기 위에 저를 자빠뜨렸습니다. 물론 그가 범행을 끝내지는 못하였지만, 저에게 남긴 음산한 흔적들을 볼 때, 그의 추악한 의도를 의심할 여지가 없었습니다.

「잘 들어요.」 그가 몸 매무새를 고치며 저에게 말하였습니다. 「내가 당신에게 도움이 되는 것을 원치 않는군요. 행운을 빌며, 당신 마음대로 하도록 내버려 두겠고, 도움도 해도 끼치지 않겠어요. 그러나 만약 나를 비방하는 말을 단 한마디라도 발설하는 경우, 당신에게 엄청난 중죄를 씌워, 그 순간부터 당신에게서 모든 변론의 길이 사라지도록 하겠어요. 입을 열기 전에 먼저 심사숙고해요. 그리고 이제 내가 간수에게 하는 말의 뜻을 잘 깨닫도록 해요. 그러지 않으면 지체하지 않고 당신을 끝장내 버리겠어요.」

그가 문을 두드리니 간수가 나타났고, 악당이 그에게 말하였습니다.

「이 처녀가 사람을 잘못 보았어요. 보르도에 있는 앙또냉이라는 신부와 나를 혼동한 모양인데, 나는 이 처녀를 알지 못하며 만난 일도 없어요. 내게 고해 성사를 하겠다기에 고백을 들었지만, 우리의 율법을 아시다시피, 당신에게는 아무것도 말씀드릴 수 없어요. 두 분 모두 안녕히들 계세요, 그리고 나를 꼭 필요로 하실 경우 언제든지 올 준비가 되어 있어요.」

그 말을 하면서 앙또냉은 나가 버렸고, 저는 그의 오만불손함과 음탕함에 당황하였을 뿐만 아니라, 그의 흉물스러움에 어이가 없었습니다.

하급 재판소에서처럼 모든 일이 신속히 처리되는 곳은 없을 것입니다. 항상 그렇듯이, 백치들과 바보같이 엄격하기만 한 자들, 광신적으로 사나운 자들로 구성된 재판정은, 밝은 눈을 가진 사람이라면 즉시 시정할 수 있는 그들의 천치 짓을 확신하는데, 그 천치 짓을 일단 시작하면 이 세상 그 무엇도 그들을 막을 수 없습니다. 그리하여 저는 여덟 명인지 열 명인지의 가게 점원들로 구성된, 파산자들이 모여 사는 그 도시의 존경스러운 배심원들에 의해, 만장일치로 사형 선고를 받았으며, 그 판결에 대한 추인을 받기 위해 빠리로 끌려가게 된 것입니다. 그러자 비할 데 없이 고통스럽고 쓰디쓴 상념들이 저의 가슴을 갈가리 찢는 듯하였으며, 저는 홀로 탄식하였습니다.

〈도대체 어느 숙명적인 별자리 아래 내가 태어났기에, 단 하나 미덕의 감정을 품기만 하면 어김없이 불운이 홍수처럼 밀어닥치며, 그 정의를 내가 그토록 숭배하는 명철한 섭리가, 나의 모든 선행을 무참히 처벌하면서 악행으로 나를 짓밟는 사람들이 영광의 극치에 이르는 것을 나에게 보여 줌은 어이 된 일인가? 어린 시절, 어느 고리대금업자가 나에게 도둑질을 시키기에 그것을 거절하였더니, 그는 여전히 부자가 되고 나는 교수대에서 사라질 운명에 처하지 않았던가? 어느 숲 속에서 악당들과 한패거리가 되기를 거절하였을 때, 그들은 나를 겁탈하려 하였고, 그들이 여전히 융성하는 반면, 나는 음탕한 어느 후작의 손아귀에 걸려들어 그의 어머니를 독살하기를 거절하였다 해서 채찍 1백 대를 맞지 않았던가? 다시 어느 외과 의사에게로 가서, 그의 끔찍한 범행을 미연에 방지하였다 해서, 그는 그 보상으로, 내 몸의 일부를 잘라 내고 낙인을 찍어 내쫓은 다음, 분명 의도했던 범행을 거듭 자행했을 것이고 행운을 잡은 반면, 나는 빵을 구걸하는 신세가 되지 않았던가? 신성한 몸에 좀 더 가까이 가서 고해를 하며, 나에게 그토록 많은 불행을 베푸신 절대자에게 탄원하고자 하였을 때, 우리의 가장 성스러운 의식을 통해 나를 정결히 하고자 했던 그 지엄한 제단이, 나의 오욕과 수치의 끔찍한 무대로 변하지 않았던가? 나의 처지를 악용하여 나의 순결을 짓밟은 그 흉측한 괴물이 지금 영광의 극에 달해 있는 반면, 나는 비참의 심연 밑바닥으로 다시 떨어져 있지 않은가? 가난한 사람을 도와주려 하였을 때 그가 내 물건을 탈취하지 않았던가? 기절해 있는 사나이를 구해 주니, 그 악당이 나를 마치 짐바리 짐승처럼 바퀴를 돌리는 일에 부려 먹고, 내가 기진했을 때에는 나에게 채찍 세례를 퍼부었는데도, 그는 운명의 모든 특혜를 누리고 있는 반면, 나는 그의 집에서 강제 노역을 당했다는 죄로 생명마저 잃을 뻔하지 않았던가? 천박한 여인이 새로운 범죄로 나를 유혹했을 때, 그 범죄의 희생자를 구하고 그녀의 불행을 막아 주려 하다가, 내게 남은 얼마 되지 않는 전 재산을 또다시 잃었고, 그 가엾은 희생자가 직접 은공을 갚고자 하였을 때 그 사람마저 내 품에서 세상을 하직하지 않았던가? 내 것도 아닌 아이를 구하고자 화염 속으로 뛰어들었다는 죄로 이제 다시 세 번째 테미스 여신의 칼 아래 놓이게 되지 않았는가? 나의 순결을 짓밟은 가련한 자에게 보호를 애걸하며, 극도의 불행 앞에서 무심치 않기를 감히 기대하였더니, 그 야만인은 또다시 나의 오욕을 담보로 하여 도움을 주겠다고 하지 않았던가……. 오! 섭리여, 이제 당신의 의로움에 대해 의심을 품어도 좋으리까? 그리고, 나를 박해한 자들처럼 나 역시 악덕만을 숭상해 왔다면 이보다 더한 어떤 벌을 내리셨겠나이까?〉 이상이, 부인, 제 운명의 혹독함 중에 저도 모르게 외람되이 저의 입에서 흘러나온 저주였고…… 그때 부인께서 송구스럽게도 이 몸에 자비와 동정의 눈길을 던지신 것입니다……. 용서하십시오, 부인, 당신의 인내심에 지나치게 의지한 것을……. 저로서는 저의 상처를 새롭게 하였고 부인께서는 휴식을 취하지 못하신 것뿐, 그것이 저의 혹독한 사연에서 우리가 각자 거둔 결실입니다. 이제 다시 태양이 떠오르고, 호송원들이 곧 저를 부르러 올 것이니, 죽음의 길을 달려가도록 이 몸을 놓아주십시오. 이제는 죽음도 두렵지 않으니, 그것이 저의 고통을 감해 주고 이내 모두 멈추도록 해줄 것이기 때문입니다. 죽음이란, 나날의 삶이 맑고 평온한 운 좋은 사람에게는 두려운 것이겠지만, 오직 욕스러움만을 삼키며 피투성이가 된 발로 가시밭길을 달려오면서, 인간들을 증오할 수밖에 없게 되었고, 태양의 횃불을 회피할 수밖에 없게 된 이 불운한 계집, 운명의 혹독한 전도가 양친과 재산, 모든 도움의 손길, 후견인, 모든 친구를 앗아 가버려, 이 세상에 가지고 있는 것이라고는 목마름을 축여 줄 눈물과, 양식으로 삼을 번민밖에 없는 이 계집은…… 확언하건대, 죽음이 다가옴을 태연히 바라보며, 그것을 안전한 항구인 양 갈망할 뿐만 아니라, 이 지상에서 더럽혀지고 박해받은 순결이 그 눈물의 보상을 받지 못함을 절대 허용치 않으시는 의로운 신의 품에 안겨, 새로 태어나는 평온을 맛보게 되리라 믿습니다.

 마음씨 착한 꼬르빌르 씨는 사연을 들으며 격한 감동을 억제하지 못하였고, 로르상주 부인은, (이미 언급했듯이) 비록 젊은 날에 흉측한 과오를 범했지만 그 감수성이 완전히 사라지지 않은지라 거의 기절할 상태에까지 이르렀다.
「아가씨.」 그녀가 쏘피에게 말을 건넸다. 「당신의 이야기를 들으니 당신에게 강렬한 관심을 갖지 않을 수 없군요……. 그러나 설명할 수 없는, 또 그 관심보다 더욱 생생한 어떤 감정이, 저항할 수 없는 힘으로 나를 당신에게로 이끌어 가며, 당신의 고통을 나의 고통으로 만들고 있음을 고백할 수밖에 없군요. 쏘피, 당신은 당신의 이름과 출신을 우리들에게 밝히지 않았어요. 간청하건대 그 비밀을 열어 줘요. 나의 이런 말이 헛된 호기심에서 나온 것이라고는 생각지 마요. 내가 추측하고 있던 것이 사실이라면……. 오! 쥐스띤느, 당신이 나의 동생이라면!」
「쥐스띤느!…… 부인, 그 이름은!」
「그 아이도 당신 또래예요.」
「오! 쥘리에뜨, 내 귀에 들려오는 목소리가 바로 언니야?」 가련한 여죄수가 로르상주 부인의 품으로 뛰어들며 소리쳤다……. 「언니, 하느님 맙소사…… 섭리를 의심하다니, 이 끔찍한 신성 모독……. 아아! 이제 다시 언니를 품에 안아 보았으니, 죽어도 한이 없어요!」

그러고 나서 두 자매가 서로 부둥켜안으니, 흐느낌이 말을 대신하고, 눈물이 서로의 뜻을 전할 뿐이었다······. 꼬르빌르 씨 역시 눈물을 억제치 못하였으며, 이 사건을 추호도 소홀히 할 수 없음을 깨달은 그는, 즉시 방에서 나와 옆에 있는 작은 사무실로 들어가 법무상(法務相)에게 보낼 서한을 초하였다. 불운한 쥐스띤느가 겪은 운명의 끔찍한 전도를 생생히 묘파한 다음, 스스로 그녀의 결백함을 보증하겠노라고 하면서, 진상이 명백히 밝혀질 때까지 그녀를 감옥 대신 자기의 저택에 머물도록 하겠으며, 사법의 최고 책임자가 그녀를 요구할 경우에는 지체하지 않고 내어 주겠노라고 하였다. 서한이 완성되자 그는 두 기마경찰에게 자신을 소개한 다음, 그 서한을 가지고 급히 떠나라고 하면서, 만약 사법의 총수께서 죄수를 요구하면 자기 집으로 와서 데려가라고 하였다. 상대가 누구인지를 알게 된 두 경찰관은, 그의 명령에 따른다고 해도 근심할 바가 조금도 없다는 것을 깨달았고, 그러는 동안 마차 한 대가 도착하였다······.

「자, 어서 이리로 와요, 불운한 미인이여.」 꼬르빌르 씨는 그제야 아직도 언니 품에 안겨 있는 쥐스띤느에게 말을 건넸다. 「자, 어서, 15분 후면 모든 것이 바뀔 거예요. 당신의 미덕이 이 지상에서 아무 보상을 받지 못했다고는 할 수 없을 거예요······. 나를 따라와요, 당신은 이제 나의 죄수예요. 당신에 대해 책임을 질 사람은 나뿐이에요.」

그리고 꼬르빌르 씨는 자기가 취한 조치를 간단히 몇 마디로 설명해 주었다……. 그러자 로르상주 부인이 자기 연인의 무릎 위로 몸을 던지며 말하였다.

「사랑스러움에 못지않게 존경스러운 분이시여, 당신의 일생에 가장 아름다운 모습을 남기셨습니다. 인간의 가슴과 법의 정신을 진실로 아는 사람만이 무고하게 박해받은 자의 원을 풀어 주며, 운명의 시련에 짓눌린 자를 도울 수 있습니다……. 그래요, 여기 있어요……. 당신의 죄수를 데려가요……. 가, 어서, 쥐스띤느, 어서 가……. 달려가서 지체하지 말고, 다른 사람들과는 달리 절대 너를 저버리지 않을, 공평하신 네 보호인의 발에 입을 맞춰……. 오! 임이시여, 당신과의 그 귀한 사랑의 인연이, 애정에 넘치는 존경으로 더욱 단단해진 천륜의 매듭으로 인해 더욱 아름다워졌으니, 그 사랑의 인연이 저에게는 비할 데 없이 귀한 것이 되었습니다!」

그리고 두 여인은, 마치 경쟁이라도 하듯, 그토록 관대하고 진실한 벗의 무릎을 부둥켜안고 그것을 자신들의 눈물로 적셨다. 그다음 모두 함께 길을 떠났다. 꼬르빌르 씨와 로르상주 부인은 쥐스띤느를 불행의 극에서 안락과 풍요의 포만으로 옮겨 놓는 일을 몹시 재미있어하였다. 그녀에게 가장 감미로운 음식을 선별하여 먹이며, 가장 안락한 침대에 재우고, 집안사람들을 그녀가 직접 부리도록 하는 등, 다감한 두 영혼이 발휘할 수 있는 모든 섬세함을 아낌없이 발휘하였다……. 며칠 동안 그녀를 푹 쉬게 하여 건강을 회복도록 한 다음, 목욕을 시키고, 치장을 시켜 그녀의 아름다움을 돋보이게 하였다. 그야말로 두 연인의 우상이 되었고, 두 사람은 마치 경쟁이라도 하듯 지난날의 불행을 말끔히 씻어 주려 하였다. 또한 뛰어난 의사를 불러다가, 로댕의 악착스러운 소행의 유산이었던 그 치욕적인 낙인을 지워 버리도록 하였다. 모든 것이 로르상주 부인과 그녀의 섬세한 연인의 소원대로 이루어져, 얼마 되지 않아 벌써 귀여운 쥐스띤느의 매력적인 이마에서는 역경의 흔적이 사라지고 있었으며······ 우아한 기품이 자리를 잡기 시작하였다. 석회처럼 창백했던 볼에는 봄날의 연분홍빛이 스며들고, 그토록 오랫동안 사라졌던 입술의 미소가 기쁨의 날개에 실려 드디어 다시 나타났다. 빠리에서는 더할 나위 없이 좋은 소식이 도착하였는데, 꼬르빌르 씨가 프랑스 전국을 뒤흔들어 놓았을 뿐만 아니라, S 씨의 열성을 자극하여, 쥐스띤느가 겪은 고초를 상세히 밝혀 그녀가 당연히 누려야 할 평온을 돌려주는 일에 협조토록 하였다······. 드디어 국왕의 칙서가 도착하였는데, 그 내용은, 어린 시절부터 쥐스띤느에게 부당하게 가해졌던 기소 조치들을 백지화하고, 그녀에게 당당한 시민권을 회복시켜 줌으로써, 그 가엾은 여자를 상대로 음모를 꾸며 오던 왕국 내의 모든 재판소들을 잠잠하게 만들었으며, 한편, 도피네 지방의 주화 위조범들로부터 압수한 기금으로 1천2백 리브르의 연금을 지불하겠다는 것 등이었다. 그토록 기분 좋은 소식을 접하자 쥐스띤느는 기쁨을 억제하지 못하고 거의 기절할 지경이 되었다. 그녀는 며칠을 두고 자기의 보호인들 품에서 달콤한 기쁨의 눈물을 흘렸는데, 그러던 중 별안간 그녀의 기분에 변화가 생겼고, 아무도 그 원인을 짐작

할 수가 없었다. 침울하고 불안하며 몽상에 잠긴 듯하다가는, 어떤 때는 친지들이 모여 있는 경우에도 눈물을 여러 차례 흘렸지만 그녀 자신도 그 곡절을 설명할 수가 없었다. 다만 로르상주 부인에게 가끔 다음과 같은 말을 할 뿐이었다.

「내 운수에는 이러한 행복의 절정이 있을 수 없어요, 오! 언니, 이 행복이 절대 오래 지속될 수는 없어요.」

그녀를 뒤쫓던 모든 사건들이 깨끗이 해결되었으니 아무것도 근심할 것이 없노라고 열심히 설명해 주었지만 헛일이었다. 또한 그녀와 관련을 맺었고, 그 세력이 무시 못할 만한 지위에 있는 사람들을 회상시키는 말을 피하려고 온갖 조심을 다하였지만, 그녀를 잠시 안정시켰을 뿐, 별 효과가 없었다. 오직 불행만을 숙명적으로 안고 태어난 자신의 머리 위에 항상 걸려 있는 불운의 손길을 느끼고 있던 그 가엾은 처녀는, 그녀를 영원히 파괴해 버릴 마지막 운명의 저격을 벌써 예감하고 있는 듯하였다.

로르상주 부인 일행은 아직도 시골 저택에 머물러 있었다. 늦여름이었는데, 그날 산책을 나가기로 되어 있었다. 문득 시커먼 뭉게구름이 일며 폭우가 쏟아질 듯한 기세여서 산보는 어려울 것 같았다. 날씨가 몹시 더워 거실의 모든 창문을 열어 놓고 있었다. 번개가 번쩍이고, 우박이 떨어지며, 질풍이 불어닥치더니 온 세상이 무너지는 듯 끔찍한 천둥소리가 들린다. 로르상주 부인은 두려움에 사로잡힌다……. 천둥소리를 몹시 무서워하는 로르상주 부인이 동생에게 간청하여 모든 문을 신속히 닫도록 한다. 그때 꼬르빌르 씨가 막 거실로 들어선다. 언니를 진정시키고 있던 쥐스띤느가 창가로 나는 듯이 달려가 창문을 밀고 들어오는 질풍과 잠시 승강이를 벌인다. 그 순간, 한 줄기 벼락이 그녀를 가격하여 거실 한가운데 쓰러뜨리는데, 마룻바닥에 쓰러진 그녀의 몸은 벌써 시신으로 변했다.

구슬프게 비명을 지르던 로르상주 부인은 그대로 기절해 버린다……. 꼬르빌르 씨가 급히 사람들을 불러 두 여인을 돌보게 한다. 로르상주 부인은 다시 깨어났지만, 가엾은 쥐스띤느는 아무 희망조차 걸어 볼 수 없을 만큼 심한 타격을 입었다. 벼락은 그녀의 오른편 젖가슴으로 들어가며 젖가슴을 태웠고, 다시 입으로 빠져나가며 그녀의 얼굴을 짓이겨 놓았기 때문에 그 모습은 바라보기조차 끔찍하였다. 꼬르빌르 씨는 서둘러 시신을 치우려고 하였다. 그때 로르상주 부인이 자리에서 일어서며 지극히 조용한 기색으로 반대의 뜻을 나타낸다.

「아니에요, 안돼요, 잠깐 제가 바라보도록 놓아두세요. 제가 지금 취한 결심을 공고히 하기 위해서 그녀를 잠시 응시할 필요가 있어요. 제 말씀을 잘 들으세요, 그리고 특히 제가 하려는 일에 반대하지 마세요. 지금으로서는 이 세상의 그 무엇도 제 뜻을 돌려놓지 못할 거예요. 항상 미덕을 지켰음에도 불구하고 이 아이가 겪어 온 전대미문의 엄청난 불행은, 그것이 너무나 범상치 않은 일이라, 저 자신에 대하여 눈을 뜨지 않을 수 없어요. 이 아이를 괴롭히던 악당들이 이 아이가 숱한 시련을 겪는 동안 누리던 행복의 거짓된 빛에 저의 눈이 멀었다고는 생각지 마세요. 운명의 그러한 변덕이 우리가 풀 수 없는 수수께끼이기는 하지만 절대 그것이 우리들을 유혹해서는 아니 되겠어요. 악한 자의 음성은 섭리가 우리에게 부과하시는 시험에 불과하며, 그것은 마치 잠시 동안 대기를 아름답게 수놓다가 그 빛에 황홀해하던 자를 죽음의 심연으로 곤두박질치게 만드는 번개의 속임수 많은 불빛과 같아요……. 그 좋은 예가 여기 우리들 앞에 있어요. 이 아이에게 꼬리를 물고 밀어닥친 재난들과 무시무시하고 끊임없는 불행들은, 저의 잘못을 회개하고, 제 가슴속에서 울려오는 회한의 소리에 귀를 기울이며, 자기의 품에 저 자신을 맡기라는, 하느님의 경고예요. 저 같은 몸이 그가 어떠한 대접을 하신들 두려워하겠어요!…… 당신이 아시면 전율을 금치 못하실 죄를 지은 이 몸……. 음란과 배교 행위……, 모든 원칙의 무시로 생을 점철해 온 이 몸……. 평생 동안 단 하나의 잘못도 자의로 저지른 일이 없는 사람을 이렇게 대접하는데, 제가 감히 무엇을 기대할 수 있겠어요……. 이제, 임이시여, 우리도 헤어집시다. 지금이 헤어질 때예요……. 우리를 얽어맬 아무 제약도 없어요. 저를 잊어 주세요. 그리고 절대자의 발아래에 엎드려 영원히 회개하며, 제가 저지른 추악한 죄의 용서를 간구하려는 제 뜻을 기꺼이 보아 주세요. 이 끔찍한 타격이, 제가 이 지상에 있는 동안 죄를 씻고 저세상에서의 행복을 감히 기대할 수 있도록 하는 데 필요했던 일이었습니다. 안녕히 계세요, 임이여, 다시는 저를 보지 못하실 것입니다. 제가 당신에게서 기대하는 사랑의 마지막 표시는,

제가 어떻게 되었는지 절대 어떤 형태의 수소문도 삼가 주시는 것입니다. 더 좋은 세상에서 당신을 기다리겠어요. 당신의 아름다운 덕이 당신을 반드시 그곳으로 인도해 주실 거예요. 제 지난날의 죄악을 씻기 위하여 저에게 남은 불행한 세월을 고행으로 보내고자 하오니, 그 고행으로 말미암아 훗날 그곳에서 당신을 다시 뵙는 것이 허락되기를 간구하겠어요.」

로르상주 부인은 지체하지 않고 마차 한 대를 준비시킨 다음, 약간의 현금을 지니고, 나머지는 모두 꼬르빌르 씨에게 남겨 주면서 자신의 유산 처리를 일러 주고는 저택을 떠났다. 서둘러 빠리로 달려간 다음 까르멜 수녀원으로 들어갔는데, 그곳에서 불과 몇 년이 지나지 않아, 그 기지의 밝음과 품행의 엄격함으로 모든 사람의 전범이 되었다.

꼬르빌르 씨는 국가의 중대사들을 두루 맡아, 백성의 행복이며 국왕의 영광이고 친구들의 행운이 되었다.

오! 이 이야기를 읽으시는 독자 제위께서도, 허영에 빠졌다가 스스로를 추스른 이 여인처럼 우리의 이야기에서 얻은 바가 있기를 바라노라. 그녀와 마찬가지로 여러분 역시, 진정한 행복은 미덕 속에 있으며, 또 미덕이 지상에서 박해당함을 하느님께서 용인하심은, 하늘에서 그에게 더 기쁜 보상을 준비하기 위함이라는 것을 확신하시기 바라노라.

                1787년 7월 8일, 보름 만에 마치노라.

역자 해설
보라, 그대의 이 대견스러운 작품의 꼴을!

『미덕의 불운*Les infortunes de la vertu*』은, 싸드Marquis de Sade가 바스띠유 감옥에 유폐되어 있던 시절, 「플로르빌과 꾸르발Florville et Courval」, 「으제니 드 프랑발Eugénie de Franval」, 「속아 넘어간 재판장Le président mystifié」, 「오귀스띤느 드 빌르블랑슈Augustine de Villeblanche」, 「에밀리 드 뚜르빌Émilie de Tourville」 등, 프랑스 문예사 속에서 그 유례를 찾아보기 어려울 만큼 독특한 단편들과, 「탈리오Le talion」, 「사제 남편Le mari prêtre」, 「밤나무 꽃La fleur de châtaignier」 등 우스개 이야기들을 집필하면서, 그것들과 함께 〈18세기 이야기들과 우화들〉이라는 단편집에 수록하려 했던 작품이다. 따라서 작중 일화들이나 장면들의 묘사가 상당히 절제되어 있다. 그러나 작가의 절제 의지에도 불구하고, 일화들의 성격이나 전반적인 구성상 단편이라는 범주로 분류할 수 없었던지, 작품을 탈고한 직후(1787년) 싸드 자신이 그것을 장편소설로 간주하게 되었다. 그리고 대혁명(1789년) 이후, 작품의 주인공 쥐스띤느가 겪는 시련들을 더 확대하여 구체적이고 상세하게 묘사하며 사유(思惟)를 세밀하고 강렬하게 펼쳐, 『쥐스띤느 혹은 미덕의 불운*Justine ou les malheurs de la vertu*』이라는 제목으로 1791년에 익명으로 출간하였는데, 소설의 분량이 배로 늘었고, 다시 1797년에 『새로운 쥐스띤느 혹은 미덕의 불운*La nouvelle Justine, ou les malheurs de la vertu*』이라는 제목으로 출간하면서 분량이 최초 작품보다 6~7배로 늘었다. 또한 동시에 『쥘리에뜨의 이야기 혹은 악덕의 융성*Histoire de Juliette, ou les prospérités du vice*』 역시 속편으로 출간하였다.

바스띠유 감옥에서 집필한 50여 편의 단편들(그것들 가운데 열두 편은 사라졌다)을 비롯하여, 「어느 사제와 임종을 앞둔 이의 대화Dialogue entre un prêtre et un moribond」, 『소돔의 120일*Les 120 journées de Sodome, ou l'école du libertinage*』, 『알린느와 발꾸르*Aline et Valcour*』, 『밀실의 철학*La philosophie dans le boudoir*』, 『강쥬 후작 부인*La Marquise de Gange*』 등, 싸드의 방대한 문학 세계 속에서, 쥐스띤느와 그녀의 언니 쥘리에뜨의 이야기는 일종의 원형(原型) 혹은 원기(原器)와 같은 위치를 점하고 있다. 즉, 미덕을 고수하려는 사람은 끔찍한 불운을 면치 못하고, 악덕에 흔쾌히 자신을 내맡기는 자들이 행운을 누린다는 역설적 주장이 그의 문학 세계를 지배하고 있는 중추적 몽상이다. 그리고 그의 여타 작품들은 그 두 자매 이야기의 변조(變調)에 불과할지도 모르겠다. 따라서 『미덕의 불운』이, 훗날 유장하되 처절한 몽상의 격랑으로 폭발할 거대하고 잔혹한 『쥘리에뜨의 이야기』라는 작품의 원류로 간수될 수도 있을 것이다. 또한 서술이 비록 간략하고, 단순한 일화들로 구성된 거의 단편소설에 가까운 작품이긴 하지만, 쥐스띤느와 쥘리에뜨 두 자매에 관한 긴 이야기의 실마리가 되는 이 작품에서, 싸드 고유의 내밀한 본능과 기질 및 힘찬 억양을 발견하기는 그리 어렵지 않을 것이다.

싸드의 내밀한 본능 혹은 충동은, 〈깡그리 썩은 세상〉이라는 참담한 인식에서 필연적으로 분출될 수 있는 일종의 반작용이나 생리적 혹은 물리적 반응과 유사하다. 그가 일체의 윤리적 혹은 관습적 금기를 무시하고 거침없이 묘사하는 온갖 음행 및 잔혹 행위는, 종교라는 탈을 쓴 미신의 파렴치한 궤변과, 종교 집단의 〈경비견〉으로 전락한 세속적 권력(왕권), 그리고 그 전염병에 감염되어 멍청한 위선자들로 변해 버린 대중에게 던진 추상같은 경고이며 싸늘한 야유이다.

〈보라, 그대의 이 대견스러운 작품의 꼴을!〉 이것은 『미덕의 불운』에서 은은한 여운처럼 들려오는, 그리고 조물주를 향한 노기 어린 나무람이다. 또한 홀바하Baron d'Holbach(『자연의 체계*Le système de la nature*』, 『휴대용 신학*Théologie portative*』, 『너울 벗은 예수교*Le christianisme dévoilé*』), 몽떼스끼유Charles Montesquieu(『뻬르시아인의 편지*Lettres persanes*』), 볼떼르Voltaire(「미크로메가스Micromégas」, 「스카르멘타도의 유랑기Les voyages de Scarmentado」, 『깡디드Candide』, 『철학 사전*Dictionnaire philosophique*』) 및 백과사전파 철학자들(디드로Denis Diderot, 알랑베르Jean Le

Rond d'Alembert 등)의 기질이나 언사가 해학적이고 냉소적인 반면, 싸드의 작품에서 들려오는 음성은 처절한 살육이 자행되는 전장 혹은 처형장을 연상시킨다. 그의 작품 속에 이미 그 무시무시한 단두구(기요면느)나 로베스삐에르, 쌩-쥐스뜨, 마라 등과 같은 인물들의 모습이 어른거리지 않는가? 빅또르 위고Victor Hugo, 메리메Prosper Mérimée, 부르제Paul Bourget 등의 작품들에 등장하는 쟈베르(『레 미제라블Les misérables』), 씨무르댕(『93년Quatrevingt-treize』), 꼴롬바, 마떼오 활꼬네, 론디노, 앙드레(『도제Le disciple』) 등과 같은 인물들 또한 싸드의 먼 반향처럼 보이지 않는가?

물론 싸드의 작품들 속에도 해학은 있다. 하지만 그의 해학은 은은하고 음산한 농담들로 이루어져 있으며, 일종의 애도가 혹은 절규 같은 것이 주위를 감돌고 있다. 또한 몽떼스끼유나 볼떼르 등의 해학이 대개 변죽을 울리는 암시의 형태를 띠어 날렵하고 우아한 반면, 싸드의 농담에서는 단두구의 시퍼런 작두날이 느껴진다. 그 처절하고 잔혹한 언사 또한, 다른 동시대 문인들의 언사처럼, 그의 시대가 배태시킨 필연적 산물이다. 페르시아의 침공과 펠로폰네소스 전쟁 및 스파르타의 괴뢰 정권을 겪은 아테네의 저질 민주 체제 시절, 질투심 가득득한 선동꾼들의 종교 재판에서 소크라테스가 죽임을 당한 이후, 플라톤과는 다른 안티스테네스, 디오게네스, 크라테스 등 스스로 개를 자처하던 철인들이 출현하였듯이, 종교 집단과 왕권이 추하게 결탁하던 시절에 몽떼스끼유나 볼떼르 등과는 기질적으로 다른 싸드와 같은 몽상꾼이 나타난 것 역시 필연적 현상이며 역사의 반복이다. 그 고분고분하지 못한 시대의 〈사생아〉가 따라서 사후에도 상당 기간 동안 정중한 대접을 받지 못하였고, 그의 많은 작품들이 압수되어 소각된 것 역시, 고대 그리스 학자들의 숱한 저작물들이 어느 순간 이 지상에서 자취를 감춘 것과 같은 현상이다. 싸드 역시 아낙사고라스나 데모크리토스, 에피쿠로스 등의 운명을 자초한 것이다. 그의 작품 속에서 배태적(胚胎的) 기능을 수행하고 있는 『미덕의 불운』이 처음 출간된 것이 그의 사후 한 세기 이상 지난 다음이고(1930년), 그의 작품들이 프랑스에서 고전의 반열에 공식적으로 받아들여지기 시작한 것이 1990년에 이르러서이니(그해에 갈리마르 출판사 〈쁠레이아드 총서〉에 포함되었다), 관습과 편견과 위선의 횡포가 얼마나 끈질긴지를 보여 주는 단적인 예이다.

물론 그러한 횡포가 지속적으로 위력을 발휘하였다는 사실은, 우리들 자신이 시류의 부유물처럼 허약하고 비겁하다는 점을 반증하고 있을지도 모른다. 혹은 그런 것이 아니라, 우리의 천성이 하도 고아하여 싸드와 같은 이의 노골성과 격렬함(포악성이라 해도 좋다)만은 차마 수용하기 어려웠을 것이라 할 수도 있을 것이다. 여하튼 『미덕의 불운』이라는 작품이 단초가 되어 펼쳐지는 싸드의 몽상 세계에서 발견되는 노골성은, 중세의 패설들을 점철하고 있는 노골성 및 디오게네스나 크라테스 등의 그리스적 노골성을 압도하고, 그 격렬함은 『여우 이야기 *Roman de renard*』의 몇몇 일화나 라블레 François Rabelais(『가르강뛰아 *Gargantua*』, 『빵따그뤼엘

Pantagruel』), 메리메(「마떼오 활꼬네Mateo Falcone」, 『까르멘*Carmen*』, 『꼴롬바*Colomba*』), 쎌린느Louis-Ferdinand Céline(『외상 죽음*Mort à crédit*』) 등의 작품 세계에서 발견되는 것보다도 더 처절하다. 프랑스 천년 문예사의 주류를 이루고 있는 것이 풍자 내지 항변이지만, 그 유구하고 거센 흐름에서도 특히 싸드의 작품들이 외롭게 우뚝 솟아 기괴한 형상을 드러내고 있음을 부인할 사람은 없을 것이다. 그의 작품들은 뻬리에Bonaventure de Periers나 라블레, 샤를르 쏘렐Charles Sorel, 몰리에르Molière, 르싸주Alain-René Le Sage, 몽떼스끼유, 볼떼르 등의 웃음소리 사이에서 느닷없이 터져 나오는 벼락 소리와도 유사하다. 뿐만 아니라, 과문에서 비롯된 말일지는 모르겠으나, 아이소포스, 에위리피데스, 소포클레스, 아이스퀼로스, 아리스토파네스, 플라우투스, 페트로니우스 등, 종교적 혹은 사회적으로 몹시 어지러운 시대에서 몸부림치던 고대 그리스나 로마 시대 문인들의 작품 세계에서도 싸드의 기이함에 비할 만한 몽상을 발견할 수 있을 것 같지는 않다.

요컨대, 싸드의 작품 세계는 유례를 찾기 어려운, 따라서 극도로 외로운 이의 몽상에서 분출된 용암 혹은 분비물일지 모르겠다. 디오게네스가 어떤 사람이냐고 누가 묻자, 플라톤은 그가 〈미쳐 버린 소크라테스〉라고 대꾸하였다고 한다. 자신을 끊임없이 야유하며 심지어 소피스트(돈벌이 선생)라고까지 부르던 디오게네스를 그렇게 평한 플라톤의 말 속에는, 디오게네스에 대한 그의 깊은 이해와 애정과 존경이 서려 있다. 마찬가지로 우리 역시 싸드를 그러한 시각으로 바라볼 수 있을 듯도 하다. 품은 뜻은 고결하되, 검도 무리도 시운(時運)도 얻지 못한 기사나 외로운 군주, 그리하여 몽상이 오히려 잔혹하고 변덕스러우며 섬세하고 역설적일 수밖에 없게 된, 네로나 칼리굴라처럼 중병에 걸린, 다시 말해 미쳐 버린 근본주의적 혹은 급진적 치자(治者)의 모습을 발견할 수도 있을 듯하다. 또한 싸드의 작품을 읽으면서 『여우 이야기』를 쓴 중세 어느 문인의 다음 말을 뇌리에 떠올리는 것도, 우리의 경직된 시선을 완화시키는 방편이 될 수 있을 것이다.

〈내가 학교에서 얻어들은 바에 의하면, 지혜로운 말은 미친 자의 입에서 나온다 하더이다.〉

이형식

싸드 연보

1740년 출생 빠리의 꽁데 저택에서 태어남. 4년 연상인 꽁데 대공 Louis Joseph de Bourbon, prince de Condé(1736~1818)과 유년 시절을 함께 보냄.

1750년 10세 예수회파 학교인 루이-르-그랑Louis-le-Grand 중학교에 입학.

1754년 14세 경기병 학교L'École des Chevau-Légers에 입학.

1755년 15세 근위 연대 소위로 임관.

1757년 17세 7년 전쟁 참전.

1759년 19세 부르고뉴 기병 연대 대위.

1763년 23세 5월 7일, 르네-라지 드 몽트레이유Renée-Pélagie de Montreuil와 결혼.

1764년 24세 부친의 뒤를 이어 브레쓰, 뷔제, 발로메, 젝스 지방의 국왕 대리관으로 취임.

1767년 27세 부친 사망 후 라꼬스뜨Lacoste 지방 영주로 공인. 첫아들 루이-마리Louis-Marie 출생.

1769년 29세 둘째 아들 도나씨앵 끌로드 아르망Donatien Claude

Armand 출생. 「홀랜드 여행」 집필.

1776년 36세　각종 추문으로 구금되었다가 탈옥하여 이탈리아를 떠돌다 돌아와 「이탈리아 여행Voyage d'Italie」 집필.

1778년 38세　뱅쎈느 감옥에 투옥됨.

1781년 41세　희극 「절개 없는 사람L'infidèle」 집필.

1782년 42세　「철학적 선물Cadeau philosophique」, 「어느 사제와 임종을 맞은 자의 대화Dialogue entre un prêtre et un moribond」 집필. 『소돔의 120일 Les 120 journées de Sodome, ou l'école du libertinage』 집필 시작.

1783년 43세　비극 「쟌느 레네Jeanne Laisné」 집필.

1784년 44세　바스띠유 감옥으로 이감됨.

1787년 47세　6월~7월 『미덕의 불운 Les infortunes de la vertu』 집필.

1788년 48세　3월 「으제니 드 프랑발Eugénie de Franval」 집필.

1789년 49세　『알린느와 발꾸르 Aline et Valcour』 초고를 아내에게 읽도록 함.

1790년 50세　4월 2일 석방됨. 그의 아내가 이혼 요청, 같은 해 6월 9일 법원이 그 요청을 수락. 여배우 마리-꽁스땅스 께네Marie-Constance Quesnet와 관계 시작. 두 사람의 관계는 평생 지속됨.

1791년 51세　『쥐스띤느 혹은 미덕의 불운 Justine ou les malheurs de la vertu』을 익명으로 출간. 「옥스띠에른 백작 혹은 난봉질의 결과Le Comte Oxtiern ou les effets du libertinage」를 몰리에르 극장에서 공연.

1793년 53세　『알린느와 발꾸르』 출간 직전에 출판업자가 체포되고, 싸드 역시 온건파로 몰려 구금됨.

1794년 54세　7월 27일 사형 언도가 내려졌으나 이튿날 로베스삐에르가 실각하여 10월 15일 석방됨.

1795년 55세 『알린느와 발꾸르』, 『밀실의 철학*La philosophie dans le boudoir*』 등을 익명으로 출간.

1797년 57세 『새로운 쥐스띤느 혹은 미덕의 불운*La nouvelle Justine, ou les malheurs de la vertu*』 및 속편 『쥘리에뜨의 이야기 혹은 악덕의 융성*Histoire de Juliette, ou les prospérités du vice*』을 익명으로 출간.

1800년 60세 총 11편이 수록된 단편선집 『사랑의 죄악*Les crimes de l'amour*』 출간.

1801년 61세 체포되어 쌩뜨-라지 감옥에 구금됨.

1803년 63세 비쎄트르 감옥으로 이감되었다가 샤랑똥 정신 병원에 유폐됨.

1804년 64세 『플로르벨의 나날들 혹은 너울 벗은 자연*Les journées de Florbelle, ou la nature devoilée*』 집필. 그 원고는 1807년 경찰에 압수되었고, 훗날 소각됨.

1812년 72세 『작센 대공녀 브라운슈바이크의 아델라이다*Adélaïde de Brunswick, Princesse de Saxe*』 집필.

1813년 73세 16세 소녀와 마지막 사랑에 빠짐. 『이자벨 드 바이에른의 비화(秘話)*Histoire secrète d'Isabelle de Bavière*』 집필. 『강쥬 후작 부인*La Marquise de Gange*』 출간.

1814년 74세 12월 2일 사망.

열린책들 세계문학 159 미덕의 불운

옮긴이 이형식 서울대학교 불어교육과를 졸업하고 파리 8대학에서 마르셀 프루스트에 대한 연구로 박사 학위를 받았다. 현재 서울대학교 대학원 불어교육과 교수로 재직 중이다. 지은 책으로 『마르셀 프루스트』, 『프루스트의 예술론』, 『프랑스 문학, 그 천년의 몽상』, 『현대 문학 비평 방법론』(공저), 『프루스트, 토마스 만, 조이스』(공저), 『프랑스 현대 소설 연구』, 『그 먼 여름』이 있고, 옮긴 책으로는 루이 페르디낭 쎌린느의 『외상 죽음』, 싸드의 『사랑의 죄악』, 카바니의 『철부지 시절』, 로베르 사바띠에의 『미소 띤 부조리』, 죠제프 베디에의 『트리스탄과 이즈』와 작자 미상의 『여우 이야기』, 『중세의 연가』, 『중세 시인들의 객담』, 『농담』, 『롤랑전』, 빅또르 위고의 『93년』, 『웃는 남자』, 『레 미제라블』 등이 있다.

지은이 싸드 **옮긴이** 이형식 **발행인** 홍예빈·홍유진
발행처 주식회사 열린책들 **주소** 경기도 파주시 문발로 253 파주출판도시
전화 031-955-4000 **팩스** 031-955-4004 **홈페이지** www.openbooks.co.kr
Copyright (C) 주식회사 열린책들, 2011, *Printed in Korea*.
ISBN 978-89-329-1159-5 04860 **ISBN** 978-89-329-1499-2 (세트)
발행일 2011년 1월 20일 세계문학판 1쇄 2024년 4월 10일 세계문학판 7쇄

이 도서의 국립중앙도서관 출판예정도서목록(CIP)은 서지정보유통지원시스템 홈페이지(http://seoji.nl.go.kr)와 국가자료공동목록시스템(http://www.nl.go.kr/kolisnet)에서 이용하실 수 있습니다.(CIP제어번호:CIP2011000148)

열린책들 세계문학
Open Books World Literature

001 **죄와 벌** 표도르 도스또예프스키 장편소설 | 홍대화 옮김 | 전2권 | 각 408, 512면
003 **최초의 인간** 알베르 카뮈 장편소설 | 김화영 옮김 | 392면
004 **소설** 제임스 미치너 장편소설 | 윤희기 옮김 | 전2권 | 각 280, 368면
006 **개를 데리고 다니는 부인** 안똔 체호프 소설선집 | 오종우 옮김 | 368면
007 **우주 만화** 이탈로 칼비노 단편집 | 김운찬 옮김 | 424면
008 **댈러웨이 부인** 버지니아 울프 장편소설 | 최애리 옮김 | 296면
009 **어머니** 막심 고리끼 장편소설 | 최윤락 옮김 | 544면
010 **변신** 프란츠 카프카 중단편집 | 홍성광 옮김 | 464면
011 **전도서에 바치는 장미** 로저 젤라즈니 중단편집 | 김상훈 옮김 | 432면
012 **대위의 딸** 알렉산드르 뿌쉬낀 장편소설 | 석영중 옮김 | 240면
013 **바다의 침묵** 베르코르 소설선집 | 이상해 옮김 | 256면
014 **원수들, 사랑 이야기** 아이작 싱어 장편소설 | 김진준 옮김 | 320면
015 **백치** 표도르 도스또예프스키 장편소설 | 김근식 옮김 | 전2권 | 각 504, 528면
017 **1984년** 조지 오웰 장편소설 | 박경서 옮김 | 392면
019 **이상한 나라의 앨리스** 루이스 캐럴 환상동화 | 머빈 피크 그림 | 최용준 옮김 | 336면
020 **베네치아에서의 죽음** 토마스 만 중단편집 | 홍성광 옮김 | 432면
021 **그리스인 조르바** 니코스 카잔차키스 장편소설 | 이윤기 옮김 | 488면
022 **벚꽃 동산** 안똔 체호프 희곡선집 | 오종우 옮김 | 336면
023 **연애 소설 읽는 노인** 루이스 세풀베다 장편소설 | 정창 옮김 | 192면
024 **젊은 사자들** 어윈 쇼 장편소설 | 정영문 옮김 | 전2권 | 각 416, 408면
026 **젊은 베르테르의 슬픔** 요한 볼프강 폰 괴테 장편소설 | 김인순 옮김 | 240면
027 **시라노** 에드몽 로스탕 희곡 | 이상해 옮김 | 256면
028 **전망 좋은 방** E. M. 포스터 장편소설 | 고정아 옮김 | 352면
029 **까라마조프 씨네 형제들** 표도르 도스또예프스키 장편소설 | 이대우 옮김 | 전3권 | 각 496, 496, 460면
032 **프랑스 중위의 여자** 존 파울즈 장편소설 | 김석희 옮김 | 전2권 | 각 344면
034 **소립자** 미셸 우엘벡 장편소설 | 이세욱 옮김 | 448면
035 **영혼의 자서전** 니코스 카잔차키스 자서전 | 안정효 옮김 | 전2권 | 각 352, 408면
037 **우리들** 예브게니 자먀찐 장편소설 | 석영중 옮김 | 320면

038 **뉴욕 3부작** 폴 오스터 장편소설 | 황보석 옮김 | 480면

039 **닥터 지바고** 보리스 파스테르나크 장편소설 | 홍대화 옮김 | 전2권 | 각 480, 592면

041 **고리오 영감** 오노레 드 발자크 장편소설 | 임희근 옮김 | 456면

042 **뿌리** 알렉스 헤일리 장편소설 | 안정효 옮김 | 전2권 | 각 400, 448면

044 **백년보다 긴 하루** 친기즈 아이뜨마또프 장편소설 | 황보석 옮김 | 560면

045 **최후의 세계** 크리스토프 란스마이어 장편소설 | 장희권 옮김 | 264면

046 **추운 나라에서 돌아온 스파이** 존 르카레 장편소설 | 김석희 옮김 | 368면

047 **산도칸 - 몸프라쳄의 호랑이** 에밀리오 살가리 장편소설 | 유향란 옮김 | 428면

048 **기적의 시대** 보리슬라프 페키치 장편소설 | 이윤기 옮김 | 560면

049 **그리고 죽음** 짐 크레이스 장편소설 | 김석희 옮김 | 224면

050 **세설** 다니자키 준이치로 장편소설 | 송태욱 옮김 | 전2권 | 각 480면

052 **세상이 끝날 때까지 아직 10억 년** 스뜨루가츠끼 형제 장편소설 | 석영중 옮김 | 224면

053 **동물 농장** 조지 오웰 장편소설 | 박경서 옮김 | 208면

054 **캉디드 혹은 낙관주의** 볼테르 장편소설 | 이봉지 옮김 | 232면

055 **도적 떼** 프리드리히 폰 실러 희곡 | 김인순 옮김 | 264면

056 **플로베르의 앵무새** 줄리언 반스 장편소설 | 신재실 옮김 | 320면

057 **악령** 표도르 도스토옙스키 장편소설 | 박혜경 옮김 | 전3권 | 각 328, 408, 528면

060 **의심스러운 싸움** 존 스타인벡 장편소설 | 윤희기 옮김 | 340면

061 **몽유병자들** 헤르만 브로흐 장편소설 | 김경연 옮김 | 전2권 | 각 568, 544면

063 **몰타의 매** 대실 해밋 장편소설 | 고정아 옮김 | 304면

064 **마야꼬프스끼 선집** 블라지미르 마야꼬프스끼 선집 | 석영중 옮김 | 384면

065 **드라큘라** 브램 스토커 장편소설 | 이세욱 옮김 | 전2권 | 각 340, 344면

067 **서부 전선 이상 없다** 에리히 마리아 레마르크 장편소설 | 홍성광 옮김 | 336면

068 **적과 흑** 스탕달 장편소설 | 임미경 옮김 | 전2권 | 각 432, 368면

070 **지상에서 영원으로** 제임스 존스 장편소설 | 이종인 옮김 | 전3권 | 각 396, 380, 496면

073 **파우스트** 요한 볼프강 폰 괴테 희곡 | 김인순 옮김 | 568면

074 **쾌걸 조로** 존스턴 매컬리 장편소설 | 김훈 옮김 | 316면

075 **거장과 마르가리따** 미하일 불가꼬프 장편소설 | 홍대화 옮김 | 전2권 | 각 364, 328면

077 **순수의 시대** 이디스 워튼 장편소설 | 고정아 옮김 | 448면

078 **검의 대가** 아르투로 페레스 레베르테 장편소설 | 김수진 옮김 | 384면

079 **예브게니 오네긴** 알렉산드르 뿌쉬낀 운문소설 | 석영중 옮김 | 328면

080 **장미의 이름** 움베르토 에코 장편소설 | 이윤기 옮김 | 전2권 | 각 440, 448면

082 **향수** 파트리크 쥐스킨트 장편소설 | 강명순 옮김 | 384면

083 **여자를 안다는 것** 아모스 오즈 장편소설 | 최창모 옮김 | 280면

084 **나는 고양이로소이다** 나쓰메 소세키 장편소설 | 김난주 옮김 | 544면

085 **웃는 남자** 빅토르 위고 장편소설 | 이형식 옮김 | 전2권 | 각 472, 496면

087 **아웃 오브 아프리카** 카렌 블릭센 장편소설 | 민승남 옮김 | 480면

088 **무엇을 할 것인가** 니꼴라이 체르니셰프스끼 장편소설 | 서정록 옮김 | 전2권 | 각 360, 404면

090 **도나 플로르와 그녀의 두 남편** 조르지 아마두 장편소설 | 오숙은 옮김 | 전2권 | 각 408, 308면

092 **미사고의 숲** 로버트 홀드스톡 장편소설 | 김상훈 옮김 | 424면

093 **신곡** 단테 알리기에리 장편서사시 | 김운찬 옮김 | 전3권 | 각 292, 296, 328면

096 **교수** 샬럿 브론테 장편소설 | 배미영 옮김 | 368면

097 **노름꾼** 표도르 도스토옙스키 장편소설 | 이재필 옮김 | 320면

098 **하워즈 엔드** E. M. 포스터 장편소설 | 고정아 옮김 | 512면

099 **최후의 유혹** 니코스 카잔차키스 장편소설 | 안정효 옮김 | 전2권 | 각 408면

101 **키리냐가** 마이크 레스닉 장편소설 | 최용준 옮김 | 464면

102 **바스커빌가의 개** 아서 코넌 도일 장편소설 | 조영학 옮김 | 264면

103 **버마 시절** 조지 오웰 장편소설 | 박경서 옮김 | 408면

104 **10 1/2장으로 쓴 세계 역사** 줄리언 반스 장편소설 | 신재실 옮김 | 464면

105 **죽음의 집의 기록** 표도르 도스토옙스키 장편소설 | 이덕형 옮김 | 528면

106 **소유** 앤토니어 수전 바이어트 장편소설 | 윤희기 옮김 | 전2권 | 각 440, 488면

108 **미성년** 표도르 도스토옙스키 장편소설 | 이상룡 옮김 | 전2권 | 각 512, 544면

110 **성 앙투안느의 유혹** 귀스타브 플로베르 희곡소설 | 김용은 옮김 | 584면

111 **밤으로의 긴 여로** 유진 오닐 희곡 | 강유나 옮김 | 240면

112 **마법사** 존 파울즈 장편소설 | 정영문 옮김 | 전2권 | 각 512, 552면

114 **스쩨빤치꼬보 마을 사람들** 표도르 도스토옙스키 장편소설 | 변현태 옮김 | 416면

115 **플랑드르 거장의 그림** 아르투로 페레스 레베르테 장편소설 | 정창 옮김 | 512면

116 **분신** 표도르 도스토옙스키 장편소설 | 석영중 옮김 | 288면

117 **가난한 사람들** 표도르 도스토옙스키 장편소설 | 석영중 옮김 | 256면

118 **인형의 집** 헨리크 입센 희곡 | 김창화 옮김 | 272면

119 **영원한 남편** 표도르 도스토옙스키 장편소설 | 정명자 외 옮김 | 448면

120 **알코올** 기욤 아폴리네르 시집 | 황현산 옮김 | 352면

121 **지하로부터의 수기** 표도르 도스토옙스키 장편소설 | 계동준 옮김 | 256면

122 **어느 작가의 오후** 페터 한트케 중편소설 | 홍성광 옮김 | 160면

123 **아저씨의 꿈** 표도르 도스토옙스키 장편소설 | 박종소 옮김 | 312면

124 **네또츠까 네즈바노바** 표도르 도스토옙스키 장편소설 | 박재만 옮김 | 316면

125 **곤두박질** 마이클 프레인 장편소설 | 최용준 옮김 | 528면

126 **백야 외** 표도르 도스토옙스키 소설선집 | 석영중 외 옮김 | 408면

127 **살라미나의 병사들** 하비에르 세르카스 장편소설 | 김창민 옮김 | 304면

128 **뻬쩨르부르그 연대기 외** 표도르 도스토옙스키 소설선집 | 이항재 옮김 | 296면

129 **상처받은 사람들** 표도르 도스토옙스키 장편소설 | 윤우섭 옮김 | 전2권 | 각 296, 392면

131 **악어 외** 표도르 도스토옙스키 소설선집 | 박혜경 외 옮김 | 312면

132 **허클베리 핀의 모험** 마크 트웨인 장편소설 | 윤교찬 옮김 | 416면

133 **부활** 레프 똘스또이 장편소설 | 이대우 옮김 | 전2권 | 각 308, 416면

135 **보물섬** 로버트 루이스 스티븐슨 장편소설 | 머빈 피크 그림 | 최용준 옮김 | 360면

136 **천일야화** 앙투안 갈랑 엮음 | 임호경 옮김 | 전6권 | 각 336, 328, 372, 392, 344, 320면

142 **아버지와 아들** 이반 뚜르게네프 장편소설 | 이상원 옮김 | 328면

143 **오만과 편견** 제인 오스틴 장편소설 | 원유경 옮김 | 480면

144 **천로 역정** 존 버니언 우화소설 | 이동일 옮김 | 432면

145 **대주교에게 죽음이 오다** 윌라 캐더 장편소설 | 윤명옥 옮김 | 352면

146 **권력과 영광** 그레이엄 그린 장편소설 | 김연수 옮김 | 384면

147 **80일간의 세계 일주** 쥘 베른 장편소설 | 고정아 옮김 | 352면

148 **바람과 함께 사라지다** 마거릿 미첼 장편소설 | 안정효 옮김 | 전3권 | 각 616, 640, 640면

151 **기탄잘리** 라빈드라나트 타고르 시집 | 장경렬 옮김 | 224면

152 **도리언 그레이의 초상** 오스카 와일드 장편소설 | 윤희기 옮김 | 384면

153 **레우코와의 대화** 체사레 파베세 희곡소설 | 김운찬 옮김 | 280면

154 **햄릿** 윌리엄 셰익스피어 희곡 | 박우수 옮김 | 256면

155 **맥베스** 윌리엄 셰익스피어 희곡 | 권오숙 옮김 | 176면

156 **아들과 연인** 데이비드 허버트 로런스 장편소설 | 최희섭 옮김 | 전2권 | 각 464, 432면

158 **그리고 아무 말도 하지 않았다** 하인리히 뵐 장편소설 | 홍성광 옮김 | 272면

159 **미덕의 불운** 싸드 장편소설 | 이형식 옮김 | 248면

160 **프랑켄슈타인** 메리 W. 셸리 장편소설 | 오숙은 옮김 | 320면

161 **위대한 개츠비** 프랜시스 스콧 피츠제럴드 장편소설 | 한애경 옮김 | 280면

162 **아Q정전** 루쉰 중단편집 | 김태성 옮김 | 320면

163 **로빈슨 크루소** 대니얼 디포 장편소설 | 류경희 옮김 | 456면

164 **타임머신** 허버트 조지 웰스 소설선집 | 김석희 옮김 | 304면

165 **제인 에어** 샬럿 브론테 장편소설 | 이미선 옮김 | 전2권 | 각 392, 384면

167 **풀잎** 월트 휘트먼 시집 | 허현숙 옮김 | 280면

168 **표류자들의 집** 기예르모 로살레스 장편소설 | 최유정 옮김 | 216면

169 **배빗** 싱클레어 루이스 장편소설 | 이종인 옮김 | 520면

170 **이토록 긴 편지** 마리아마 바 장편소설 | 백선희 옮김 | 192면

171 **느릅나무 아래 욕망** 유진 오닐 희곡 | 손동호 옮김 | 168면

172 **이방인** 알베르 카뮈 장편소설 | 김예령 옮김 | 208면

173 **미라마르** 나기브 마푸즈 장편소설 | 허진 옮김 | 288면

174 **지킬 박사와 하이드 씨** 로버트 루이스 스티븐슨 소설선집 | 조영학 옮김 | 320면

175 **루진** 이반 뚜르게네프 장편소설 | 이항재 옮김 | 264면

176 **피그말리온** 조지 버나드 쇼 희곡 | 김소임 옮김 | 256면

177 **목로주점** 에밀 졸라 장편소설 | 유기환 옮김 | 전2권 | 각 336면

179 **엠마** 제인 오스틴 장편소설 | 이미애 옮김 | 전2권 | 각 336, 360면

181 **비숍 살인 사건** S. S. 밴 다인 장편소설 | 최인자 옮김 | 464면

182 **우신예찬** 에라스무스 풍자문 | 김남우 옮김 | 296면

183 **하자르 사전** 밀로라드 파비치 장편소설 | 신현철 옮김 | 488면

184 **테스** 토머스 하디 장편소설 | 김문숙 옮김 | 전2권 | 각 392, 336면

186 **투명 인간** 허버트 조지 웰스 장편소설 | 김석희 옮김 | 288면

187 **93년** 빅토르 위고 장편소설 | 이형식 옮김 | 전2권 | 각 288, 360면

189 **젊은 예술가의 초상** 제임스 조이스 장편소설 | 성은애 옮김 | 384면

190 **소네트집** 윌리엄 셰익스피어 연작시집 | 박우수 옮김 | 200면

191 **메뚜기의 날** 너새니얼 웨스트 장편소설 | 김진준 옮김 | 280면

192 **나사의 회전** 헨리 제임스 중편소설 | 이승은 옮김 | 256면

193 **오셀로** 윌리엄 셰익스피어 희곡 | 권오숙 옮김 | 216면

194 **소송** 프란츠 카프카 장편소설 | 김재혁 옮김 | 376면

195 **나의 안토니아** 윌라 캐더 장편소설 | 전경자 옮김 | 368면

196 **자성록** 마르쿠스 아우렐리우스 명상록 | 박민수 옮김 | 240면

197 **오레스테이아** 아이스킬로스 비극 | 두행숙 옮김 | 336면

198 **노인과 바다** 어니스트 헤밍웨이 소설선집 | 이종인 옮김 | 320면

199 **무기여 잘 있거라** 어니스트 헤밍웨이 장편소설 | 이종인 옮김 | 464면

200 **서푼짜리 오페라** 베르톨트 브레히트 희곡선집 | 이은희 옮김 | 320면

201 **리어 왕** 윌리엄 셰익스피어 희곡 | 박우수 옮김 | 224면

202 **주홍 글자** 너새니얼 호손 장편소설 | 곽영미 옮김 | 360면

203 **모히칸족의 최후** 제임스 페니모어 쿠퍼 장편소설 | 이나경 옮김 | 512면

204 **곤충 극장** 카렐 차페크 희곡선집 | 김선형 옮김 | 360면

205 **누구를 위하여 종은 울리나** 어니스트 헤밍웨이 장편소설 | 이종인 옮김 | 전2권 | 각 416, 400면

207 **타르튀프** 몰리에르 희곡선집 | 신은영 옮김 | 416면

208 **유토피아** 토머스 모어 소설 | 전경자 옮김 | 288면

209 **인간과 초인** 조지 버나드 쇼 희곡 | 이후지 옮김 | 320면

210 **페드르와 이폴리트** 장 라신 희곡 | 신정아 옮김 | 200면

211 **말테의 수기** 라이너 마리아 릴케 장편소설 | 안문영 옮김 | 320면

212 **등대로** 버지니아 울프 장편소설 | 최애리 옮김 | 328면

213 **개의 심장** 미하일 불가꼬프 중편소설집 | 정연호 옮김 | 352면

214 **모비 딕** 허먼 멜빌 장편소설 | 강수정 옮김 | 전2권 | 각 464, 488면

216 **더블린 사람들** 제임스 조이스 단편소설집 | 이강훈 옮김 | 336면

217 **마의 산** 토마스 만 장편소설 | 윤순식 옮김 | 전3권 | 각 496, 488, 512면

220 **비극의 탄생** 프리드리히 니체 | 김남우 옮김 | 320면

221 **위대한 유산** 찰스 디킨스 장편소설 | 류경희 옮김 | 전2권 | 각 432, 448면

223 **사람은 무엇으로 사는가** 레프 똘스또이 소설선집 | 윤새라 옮김 | 464면

224 **자살 클럽** 로버트 루이스 스티븐슨 소설선집 | 임종기 옮김 | 272면

225 **채털리 부인의 연인** 데이비드 허버트 로런스 장편소설 | 이미선 옮김 | 전2권 | 각 336, 328면

227 **데미안** 헤르만 헤세 장편소설 | 김인순 옮김 | 264면

228 **두이노의 비가** 라이너 마리아 릴케 시선집 | 손재준 옮김 | 504면

229 **페스트** 알베르 카뮈 장편소설 | 최윤주 옮김 | 432면

230 **여인의 초상** 헨리 제임스 장편소설 | 정상준 옮김 | 전2권 | 각 520, 544면

232 **성** 프란츠 카프카 장편소설 | 이재황 옮김 | 560면

233 **차라투스트라는 이렇게 말했다** 프리드리히 니체 산문시 | 김인순 옮김 | 464면

234 **노래의 책** 하인리히 하이네 시집 | 이재영 옮김 | 384면

235 **변신 이야기** 오비디우스 서사시 | 이종인 옮김 | 632면

236 **안나 카레니나** 레프 톨스토이 장편소설 | 이명현 옮김 | 전2권 | 각 800, 736면

238 **이반 일리치의 죽음·광인의 수기** 레프 톨스토이 중단편집 | 석영중·정지원 옮김 | 232면

239 **수레바퀴 아래서** 헤르만 헤세 장편소설 | 강명순 옮김 | 272면

240 **피터 팬** J. M. 배리 장편소설 | 최용준 옮김 | 272면

241 **정글 북** 러디어드 키플링 중단편집 | 오숙은 옮김 | 272면

242 **한여름 밤의 꿈** 윌리엄 셰익스피어 희곡 | 박우수 옮김 | 160면

243 **좁은 문** 앙드레 지드 장편소설 | 김화영 옮김 | 264면

244 **모리스** E. M. 포스터 장편소설 | 고정아 옮김 | 408면

245 **브라운 신부의 순진** 길버트 키스 체스터턴 단편집 | 이상원 옮김 | 336면

246 **각성** 케이트 쇼팽 장편소설 | 한애경 옮김 | 272면

247 **뷔히너 전집** 게오르크 뷔히너 지음 | 박종대 옮김 | 400면

248 **디미트리오스의 가면** 에릭 앰블러 장편소설 | 최용준 옮김 | 424면

249 **베르가모의 페스트 외** 옌스 페테르 야콥센 중단편 전집 | 박종대 옮김 | 208면

250 **폭풍우** 윌리엄 셰익스피어 희곡 | 박우수 옮김 | 176면

251 **어셴든, 영국 정보부 요원** 서머싯 몸 연작 소설집 | 이민아 옮김 | 416면

252 **기나긴 이별** 레이먼드 챈들러 장편소설 | 김진준 옮김 | 600면

253 **인도로 가는 길** E. M. 포스터 장편소설 | 민승남 옮김 | 552면

254 **올랜도** 버지니아 울프 장편소설 | 이미애 옮김 | 376면

255 **시지프 신화** 알베르 카뮈 지음 | 박언주 옮김 | 264면

256 **조지 오웰 산문선** 조지 오웰 지음 | 허진 옮김 | 424면

257 **로미오와 줄리엣** 윌리엄 셰익스피어 희곡 | 도해자 옮김 | 200면

258 **수용소군도** 알렉산드르 솔제니찐 기록문학 | 김학수 옮김 | 전6권 | 각 460면 내외

264 **스웨덴 기사** 레오 페루츠 장편소설 | 강명순 옮김 | 336면

265 **유리 열쇠** 대실 해밋 장편소설 | 홍성영 옮김 | 328면

266 **로드 짐** 조지프 콘래드 장편소설 | 최용준 옮김 | 608면

267 **푸코의 진자** 움베르토 에코 장편소설 | 이윤기 옮김 | 전3권 | 각 392, 384, 416면

270 **공포로의 여행** 에릭 앰블러 장편소설 | 최용준 옮김 | 376면

271 **심판의 날의 거장** 레오 페루츠 장편소설 | 신동화 옮김 | 264면

272 **에드거 앨런 포 단편선** 에드거 앨런 포 지음 | 김석희 옮김 | 392면

273 **수전노 외** 몰리에르 희곡선집 | 신정아 옮김 | 424면

274 **모파상 단편선** 기 드 모파상 지음 | 임미경 옮김 | 400면

275 **평범한 인생** 카렐 차페크 장편소설 | 송순섭 옮김 | 280면

276 **마음** 나쓰메 소세키 장편소설 | 양윤옥 옮김 | 344면

277 **인간 실격·사양** 다자이 오사무 소설집 | 김난주 옮김 | 336면

278 **작은 아씨들** 루이자 메이 올컷 장편소설 | 허진 옮김 | 전2권 | 각 408, 464면

280 **고함과 분노** 윌리엄 포크너 장편소설 | 윤교찬 옮김 | 520면
281 **신화의 시대** 토머스 불핀치 신화집 | 박중서 옮김 | 664면
282 **셜록 홈스의 모험** 아서 코넌 도일 단편집 | 오숙은 옮김 | 456면
283 **자기만의 방** 버지니아 울프 지음 | 공경희 옮김 | 216면
284 **지상의 양식·새 양식** 앙드레 지드 지음 | 최애영 옮김 | 360면
285 **전염병 일지** 대니얼 디포 지음 | 서정은 옮김 | 368면
286 **오이디푸스왕 외** 소포클레스 비극 | 장시은 옮김 | 368면
287 **리처드 2세** 윌리엄 셰익스피어 희곡 | 박우수 옮김 | 208면
288 **아내·세 자매** 안톤 체호프 선집 | 오종우 옮김 | 240면